翻身嫁對郎 1

風 文創 501

方以旋 著

目錄

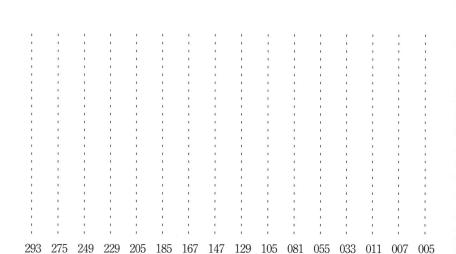

序

方以旋

創作《翻身嫁對郎》這本書，最開始的靈感，其實是來自於一本野史，作者不是個喜歡正史的人，卻對一些奇聞軼事情有獨鍾。野史的內容是描述明末清初那段歷史，更加側重的還是明末年間，從萬曆皇帝，到一月天子光宗，再到木匠皇帝天啟帝，一直到亡國之君崇禎帝。

福王、鄭貴妃、魏忠賢、客巴巴、東林黨……這些人都曾在歷史上有過濃墨重彩的一筆，我突然對這段歷史很感興趣，也突然很想寫一個關於這個時代的故事。

熟識歷史的朋友，看完這本書之後，就會知道本文的時代背景是架空的明末，當然，故事之所以為故事，還是在於它的虛構，大家可以在文中各角色上找到許多歷史人物的影子，但作者寫的畢竟是架空，這些人與歷史中的形象不會完全相同，作者也在其中添加自己的理解和一定的劇情需要，純屬娛樂。且作者第一次寫長文，必定會有處理不當的地方，還請大家不要過多考據，也大可以將之看作是一個全新的故事。

人活在世，總有各種各樣的遺憾，如果可以重來一次，往往可以避免許多事的發生，而女主顧妍就是這樣重生的。她前世的悲劇和遺憾太多，所以重生之後，無論她愛的，她想守護；她恨的，她欲毀滅，她總在嘗試改變身邊人的結局，而彼時她人小力微，活在這樣給自己設置的枷鎖裡，我不能說她快樂。

可重生的意義是什麼？在我看來，重活一世，不僅僅是有怨報怨、有仇報仇，不是只為彌補前世的遺憾，不是借助自己的預知，一味趨利避害……重生是優勢，是一件有利的武器，卻不是給自己設的牢籠，它畢竟不是一成不變的，跳出這個固有的循環，我更希望我的女主，能為自己而活，能更好地學習、成長，也找到自己的幸福。所以顧妍跳出了這個循環，而與她相對的，我也設置了另一個重生者，一味追循著前世的軌跡，最後卻畫地為牢，作繭自縛。

重生即新生，這是我想表達的意思。

女主不是個多麼了不起的人，她沒有改變大局勢的能力，也沒有多麼遠大的雄心抱負，她只能憑自己的本事，讓自己所喜所愛都安穩太平一世。

至於情之一字，也有許多種解釋，也許是一眼的淪陷，驚豔了時光；也許是一輩子的相守，溫柔了歲月。我不是個多麼會寫感情戲的人，我覺得，人這一生，或許能遇上許多心動的人，但最後能走到一起的，必是最合適的那個。飛蛾撲火、轟轟烈烈的感情固然璀璨，細水長流、相濡以沫的陪伴也動人心弦。毀滅與新生，天堂與地獄，往往都只在一念之間。

而人與人之間的相處，七情六慾必不可少，宅鬥之所以鬥得起來，無非脫不開一個「利」字，這世上本就沒有純粹的好人或者壞人，能對得起的，只是自己的心，是一句初心莫負。

楔子

六月的天，烈日炎炎，蟬鳴一陣一陣地擾人清夢。

顧妍聽著聽著頭腦倒是能清醒幾分。她也不知這樣過了多久，只能根據日光的強弱和溫度來推斷，大約快兩年都過著這樣的日子了。想著便低低嘆息了聲，手指慢慢摩挲著坐下的扶椅。

她身上穿的衣服樸素簡單，髮絲草草束在腦後，襦裙下一雙細足被裹得密密實實，又腫又大。如果有眼尖的嬤嬤看到，就會知道這是被人打碎腳骨的後果，其中痛楚該有多大難以想像，以至於小宮娥每次見她，都會先在那處流連片刻。

「顧姑娘，該喝藥了。」

小宮娥端著藥碗靠近她，剛抬眼看了下，又迅速低下頭去。

青白的皮膚，瘦削的面龐，高高突起的顴骨上，一雙眼的位置，深深凹陷下去——她是被人生生剜去雙眼的。

顧妍側過頭，不予理會，小宮娥一下子急了。「顧姑娘，好歹喝些，不然奴婢不好交差。」

交差？要向誰交差？

明明早該忘掉的東西，這些日子總反覆想起來。

今日應該是她十八歲生辰的，舅舅跟她說過，要送她一份生辰禮物，十八歲是成人了，雖然她不明白，女子明明十五及笄的。

可舅舅人呢？

那日和紀師兄買通獄卒進入牢房的情形還歷歷在目：幽暗逼仄的刑房，被烤得滿身焦黑看不出人形的囚犯，窒悶燒焦的空氣……往日風度翩翩的舅舅皮肉翻捲，奄奄一息。

他仰倒在紀師兄懷裡，厲聲呵斥他們。他要他們走得遠遠的，他說君子報仇十年不晚，魏都作惡多端，會有報應的，他讓他們好好照顧舅母。

舅舅說了很多，可他們到底讓他失望了。他們回去的時候，舅母已經投繯自縊，柳家抄家是一瞬的事，男子們被問斬，女子們被流放，紀師兄逃亡被抓，死在亂箭之下，而她被扣住，剜眼廢足。

這一場反抗，以他們的傾覆告終，以西銘黨的失敗落幕。

魏都呢？高高在上做著他的九千歲，翻手為雲，覆手為雨，外人只知有魏都而不知有陛下！這樣的結果，她要怎麼接受？

魏都害死她母親姊弟，閹黨割據朝野數年，大夏朝堂被這群閹人腐蝕蛀空，而以西銘黨為首的清流還被如此逼迫打壓？為什麼？明明先前很順利的！

顧妍木然地想，一動不動，毫無生機。她有時候覺得，做死人，比做一個活人要容易多了，可她偏偏不能死！魏都還沒有失勢，顧家還沒有倒塌，李氏還好好享受著她一品誥命夫人的頭銜，就連夏侯毅，如今都是皇帝了。

想到夏侯毅，平靜的呼吸一瞬紊亂。

她從前是叫他師兄的，與紀師兄一般，夏侯毅也是舅舅柳建文的學生。她自離開父族起，便跟在舅舅身邊，與他們都是相熟的，可夏侯毅，與紀師兄不一樣。

她還記得漫漫雪天裡第一次見到他的景象。那人凍得手指通紅，正收集著梅花瓣上的細雪，見她過來了，笑著對她說：「小師妹是吧？我是妳的師兄！」

少年笑容溫暖，她臉一下子就紅了，慌張地跑開，卻又好奇地回頭悄悄看一眼。

只這多餘的一眼，注定了日後解不開的羈絆。

舅舅對夏侯毅一直有所保留，她不清楚為什麼，只覺得舅舅有偏見，私下裡便什麼都不瞞著他。

彈劾魏都的事本來十之八九成的，路都鋪好了，只差在成定帝面前當面揭發，一切便水到渠成。可她萬萬沒想到，夏侯毅會是其中變數！

先帝兒子不多，統共只有六個，活到成年的只有成定帝和信王夏侯毅，成定帝的兒子更少，只有三個，其中之二已經夭折，剩下的還是個病秧子。若是成定帝駕崩了，唯一的皇子也猝逝，合理的皇位繼承人只有夏侯毅了。

魏都怎麼會不知道？他是個太監，坐不來那個位置，那麼輔佐一個傀儡皇帝無疑是最好的選擇，可夏侯毅早已不是任人擺布的年紀，魏都又怎會放過他？所以，他將西銘黨謀劃的事透露給了魏都，換得自己安然無恙，他用成百上千的忠臣義士，成全了他自己一條命。

而夏侯毅所知道的一切，都是出自她的口！

菜市場前的人頭割了一輪又一輪，滿地鮮血觸目驚心。

舅舅、舅母死於非命，紀師兄萬箭穿心……

顧妍要怎麼原諒他？又要怎麼原諒自己？她沒有顏面去地下面對那些冤魂。她只有等著，等著所有人的報應都到了，她才能下去懺悔贖罪。

可是，她真的快撐不住了……

小宮娥又舀起一勺藥汁遞到她的唇邊，急得滿腦門的汗。

顧妍雖是被囚禁在這個地方，卻是被要求好吃好喝伺候的，原先是因為張皇后，現在則是因為昭德帝——夏侯毅。

昭德帝的來由，就如舅舅說過的，昭然天下，為政以德。他怎麼還有這個臉？

顧妍忽然很想哭，偏偏一滴淚也掉不出來。

耳邊還是小宮娥嘰嘰咕咕的聲音，她已經一句都聽不清了，恍惚間好像看到了母親，看到了親姊、胞弟，看到舅舅、舅母鶼鰈情深，看到紀師兄青衫磊落。

他們笑得輕暖和煦，帶了早春陽光暖融融的青草香，低聲喚她。「阿妍……」

第一章

顧妍又一次滿頭大汗地驚醒，睜著眼大口喘息。

天色已經大亮，她環顧四周，慢慢閉上了眼，再睜開時，還是這幅情景。

她起身，趿上鞋子走到妝檯前。鏡子裡的人瘦瘦小小，年約十歲的樣子。彎彎的眉，黑葡萄一樣的眼，整個人粉嫩而嬌弱，卻是她幼時的模樣。

顧妍微微鬆了口氣。昨日她迷迷糊糊醒來，就發現周圍一切都變得熟悉又陌生。熟悉，是因為這是她幼年在長寧侯府時曾住過的閨閣清瀾院；陌生，卻是因為她已多年不曾踏足，更因為長寧侯顧家早在昭德元年便被削職抄家。

她的記憶止於大金鐵騎破關的那一刻：大金國的秦王斛律成瑾帶了最精銳的部隊殺入燕京城，推翻了順王建立僅僅四十一天的政權，揮刀斬下順王的頭顱。

當年魂斷之際，她沒有進到地府，而是成了個孤魂野鬼四處飄蕩。她看著魏都被逼自縊，顧家被抄家，看著大夏毀在夏侯毅手上，看著他自縊於景山，看著紛亂的京都改頭換面，只覺得心下大慰。然而轉眼，本是魂魄狀態的身體，卻被一股重大的吸力扯入雲空，再睜眼，就回到十二年前。

顧妍不喜歡這個地方，當年母親和胞弟在這裡殞命，她被趕出家門，嫡姊在這裡受盡折磨不成人形，可那些罪魁禍首卻逍遙快活了許多年……她一想起這些就覺憤懣不堪，連帶著腦後也刺痛陣陣。

她的後腦受了傷。在記憶裡，僅有的一次頭部受傷，是和二房的三姊爭執起來，被她失手推了把，撞到桌角——很可笑的橋段，卻實實在在發生在自己身上。

她記得自己那年十歲，算起來應該是方武三十七年……

顧妍心中猛地一跳。如果說這一年對她而言有何特殊，大約是外祖母的過世，母親的病重。而若說她最深刻的記憶是什麼，那便是方武三十八年時，胞弟過世，她被驅趕，母親身亡。僅僅半年的時間，她的世界發生翻天覆地的變化！

顧妍一時怔忡。

門簾微動，腳步聲靠近，一個圓臉大眼、白白淨淨的婢女端了茶水走進來。她看到只穿著寢衣站在妝檯前的顧妍，愣了一下，擔憂道：「小姐怎麼起來了？還穿得這樣少？」

她連忙將茶盤放下，快步走至床前給顧妍穿好衣衫，又蹲身給她套起襦裙。

顧妍直直看著她。時間長了，有些事模糊了，可有些人她還記得。眼前的婢子叫百合，是她的貼身大丫鬟，乖巧聽話，沈穩溫和，十分能幹，她很滿意也很喜歡。

然而，她記得方武三十八年，二伯母失足小產，若非百合指證是她做的，二伯母也不會視她如眼中釘，卯足勁將她趕出門庭。

她哪裡有害二伯母小產呢？她只是聽了百合的話，去園中散步消食，正巧遇上二伯母啊！

然而，真的只是恰巧嗎？

顧妍僵著身子一動不動，等百合替她穿好衣服，笑盈盈地看向她時，卻被她定定的目光看得渾身發毛。

「五小姐？」

她有哪裡做得不妥嗎？

顧妍移開視線，往妝檯前坐下，淡淡道：「洗漱吧。」

百合應諾，給顧妍梳起了頭髮。手法很輕，很柔和，讓人倍感舒適。

顧妍腦子裡還有點亂，輕輕閉上眼。

百合不由一愣。平日裡總要嫌東嫌西意見一大堆的人，今兒個怎地這樣安靜？莫不是撞了一下頭，把腦子也撞壞了吧？不過這種事她也就想想，斷不至於傻得說出來。

內室的棉布簾子打起，又一個婢子走進來，一見屋裡的情景就嚷道：「這怎麼了？五小姐怎麼起身了？身子骨還沒好全呢，起來做什麼？」

「百合，妳怎麼也不勸勸，五小姐這是傷了身的，就應該好好躺著。」她扠著腰指指點點，聲音響亮。

顧妍只覺得十分聒噪，下意識蹙起眉。

那婢女走過來將百合擠開，搶過她手裡的梳子。「五小姐，奴婢來給您梳頭髮，您可是最喜歡奴婢梳的髮式了！」

顧妍由著她去。這個人她恰好也記得，叫綠芍，原本只是個燒水的小丫頭，分派到她身邊沒多久，就因為能說會道，哄得她很開心，於是坐穩了大丫鬟的位置。只是這人手腳不乾淨，又總愛貪小便宜，她這屋子裡，但凡不曾登記造冊的釵環首飾，有不少進了綠芍的口袋。

顧妍幼時任性倔強，行事莽撞，稍有不順心便責罰下人，府中家生子清楚她的秉性，分配去各院落的時候寧願費些錢財給管事嬤嬤，也不願來伺候她。貼身的婢子換了一批又一批，沒幾個是長久的，直到百合、綠芍出現，才算對了她的脾性。

那時候好像才過八歲，她聽到院子裡有人嚼舌根，說她的不是，立即氣急敗壞地將她們發賣了，隨後她與六妹顧婷說起這件事，這位貼心的好妹妹就毛遂自薦，去求李姨娘給她找兩個伶俐能幹的貼身伺候。

想到這裡，顧妍心下了然，原來是李姨娘！

顧妍的母親是顧三夫人柳氏，出身江南姑蘇，是個柔弱溫和的女子。她十三年前嫁給父親，半年後便生下了姊姊顧婼，生活也算幸福美滿。

可隨後三年，柳氏再無所出，眼看著父親膝下無子，老夫人便讓大伯母安氏為顧三爺張羅一房妾室。

正室無子，納一房妾本沒什麼大不了，柳氏性子溫和，就算心裡膈應也不會太過反抗，從身邊的丫鬟裡挑一個出來開臉，未來和自己還是一條心。

可不知道大伯母是怎麼想的，挑來選去最後居然找上了李姨娘——這個善解人意、貌美如花的女人一出現，就入了父親的眼，極討他歡喜。

李姨娘說白了就是來給父親傳宗接代的媵妾，可偏偏天意弄人，她一進門，柳氏就有了身孕，隨後兩月，李姨娘也有了身孕。妻妾各自有孕，父親覺得這是因為李姨娘旺丁，更做好了準備享齊人之福。殊不知，這恰恰成了爭端的開始。

柳氏這次生了對龍鳳胎，正是五小姐顧妍和三少爺顧衡之，然而顧衡之生來體弱多病，自小養在藥罐子裡，柳氏也元氣大傷，自此子嗣艱難。

李姨娘生了個女兒，是六小姐顧婷，聰明伶俐，討巧可人，和顧妍最是親近。這兩母女在人前矯揉造作，背後卻是最陰狠的毒蛇。

有些事，顧妍當年看不清，但慢慢的，真相浮出水面，她哪能不明白？若非是那個人，她和母親怎會落得這步田地？

顧妍一想起李姨娘，身體就止不住地發冷，然而綠芍並無所察。

她手伸進妝奩匣子，拿了支點翠紅寶釵，又拿了根攢珠金簪，還不忘抓幾個赤金南珠耳墜。

「小姐今日要戴什麼首飾？」綠芍盈盈笑問，眼神卻黏著手裡的東西。

顧妍心裡冷笑，若非她這些東西都是冊子上過明面的，綠芍怕已經塞到自己兜囊裡了。

「妳覺得呢？」她淡聲問道，就好似平常一般等著綠芍拿主意。

綠芍心中頓時升起一抹自得。「奴婢覺得小姐的臉色還有些蒼白，就用豔麗一些的顏色蓋過去。您身上的小襖太素了，換成銀紅的，再用這支紅寶釵，戴上兩朵粉絹花，奴婢給您稍稍抹些脂粉，就跟年畫裡走出來的一樣！」

綠芍越想越覺得合適，就要拿那些東西往顧妍頭上戴，顧妍卻伸手制止她。

「五小姐？」綠芍不明所以。

就見顧妍劈手奪過綠芍手裡的東西，扔進匣子裡，素著臉問：「妳的規矩跟誰學的？」

綠芍一愣，轉了轉眼珠子道：「是高嬤嬤……」

「胡說！高嬤嬤是姨娘身邊的得力嬤嬤，最是知禮，豈會將妳教養成這樣？」

「五小姐？」綠芍錯愕。

她原本就是灶房燒水的小丫頭，是高嬤嬤找她來伺候五小姐的，一開始她還戰戰兢兢，高嬤嬤就提點她幾句，讓她好好伺候主子，哄好主子。她自認將五小姐哄得很好，五小姐也是極喜歡她的，簡直都對她言聽計從呢！

顧妍見綠芍不明所以，倒是氣樂了。

她從前到底有多傻，一個個的不懷好意，在她眼裡怎麼就成了懇切殷勤？

「妳好啊！妳可真好啊！」

顧妍恨極，使勁踹在了綠芍小腿肚上，踹得綠芍尖叫一聲蹲下身子。

「外祖母九月過世，妳要我現在穿金戴銀、塗脂抹粉地出門，是要讓別人怎麼說我呢？妳這是要陷我於不孝之地啊！」

前世就是由著綠芍給她那樣打扮，穿著大紅色的夾襖，戴滿頭珠翠，回頭就將母親氣得暈厥過去。

外祖母柳江氏過世的訃告傳來的時候，母親便病倒了。千辛萬苦回了江南姑蘇弔唁，傷心過度數次昏厥，回了燕京依舊臥病不起，被她這麼一氣，病得便更重了。

當時她覺得委屈，去向庶妹顧婷哭訴，顧婷安慰她說：「這也不能怪五姊，五姊從小生長在燕京，姑蘇回過幾趟？您與外祖母沒見幾回面，親疏遠近總是有的，一時不察，也不是什麼大事。」

那時她覺得顧婷當真體貼，什麼事由她開導就什麼都不是了，歡歡喜喜將事情拋在腦後，沒有半分愧疚之色。母親大為失望，連一向好脾氣的二姊顧婼都氣憤地數落她。

她與顧婼自幼關係就一般，而幼時她性子乖張，二姊當著下人的面給她沒臉，她怎會樂意？就地和顧婼吵起來，又將母親狠狠氣了一回……

顧妍不由嗟嘆，幼年的她，為何這般駑鈍！

她扯起嘴角嗤了聲。「一點規矩都沒有！」

不去顧綠芍，顧妍披上大氅就出了門。

凜凜的寒風颳得急，聽著便教人覺得清冷，北地的冬天，一向都是滴水成冰。

十一歲那年初春，還是個孩子的她被顧家送去清涼庵修身養性，山寺清寒，染了一身寒症。被舅舅接走後，好不容易安穩下來，又是接踵而來的陰謀算計。死後做鬼魂飄蕩那些年，日日夜夜隱在暗處，看得多了，早將冷意刻入了骨髓。

她是冷，身冷，心更冷。

直到此刻，顧妍仍有些恍惚，生怕這一切都是夢。總要親眼見一見娘親，才能安心……

來到母親的琉璃院時，遠遠就看到唐嬤嬤在與兩個丫鬟說著什麼。

唐嬤嬤是柳氏的乳娘，亦是整個三房的管事嬤嬤，只她平時嚴肅刻板，不苟言笑，顧妍便不喜歡她。

見到顧妍過來，唐嬤嬤愣了一下，倒也從善如流請她進屋。「五小姐不是還病著，怎地這個時候過來了？」

唐嬤嬤的語氣淡淡的。這也沒辦法，她在人們眼裡任性驕縱、不明事理，大家都是有眼睛、有腦子的人，當然知道該用什麼樣的態度對待什麼樣的人。

顧妍脫去大氅，輕聲道：「身子好得差不多了，有些日子沒見娘親，就過來看看……娘親的身體好些了嗎？」

她能這樣和顏悅色說話，唐嬤嬤心中微訝，仍然回道：「還是老樣子，一直調理著，夜間咳嗽睡不好，連帶胃口也不佳。」

見顧妍走向西梢間，唐嬤嬤提醒道：「二小姐正伺候夫人用早膳。」

顧妍頓住腳步。她和顧婼往日不親不疏，甚至因為顧婼各方面都優秀，出於那一點小嫉妒，顧妍心裡對她是不待見的，偶爾還會口角相向，顧婼也就對她不屑一顧。

柳氏想過很多法子想要她們能和睦些，可她們兩個，一個倔強，一個高傲，誰都不樂意拉下面子，慢慢發展成現在這樣。

唐嬤嬤無非是想她能軟和點，至少在母親面前能和顧婼保持和平安好。

顧妍扭頭笑了笑。「那就正好，我也有些日子沒見二姊了，如此倒省得我再跑一趟。」說著話，人已經掀簾走進去。

繞過一扇仕女圖屏風，就看到一個身穿菱花襖裙的少女正在餵床上的婦人喝粥，顧妍一下心頭又酸又甜。直到此刻，才有了真實的感覺。

聽到動靜，顧婼側頭看了眼，微微蹙眉。「妳怎麼過來了？」

顧妍跟顧媛爭鬧的事是瞞著柳氏的，她剛還對柳氏說顧妍感染了風寒，這幾天怕出不了門，誰知道，這丫頭這麼快就來了。

柳氏順著視線，同樣看到杵在一邊的顧妍，蒼白的臉上揚起一抹微笑，嗔怪起顧婼來。「妳妹妹過來了還不好？」又轉頭笑道：「阿妍身子可好些了？有沒有哪裡不舒服？」

柳氏又想起外頭的冰天雪地，忙招手道：「這麼冷的天，妳身子沒好透出來做什麼？快過來，這兒暖和……」

聽著娘親絮絮叨叨的話語，顧妍的眼淚再也憋不住，三步併作兩步撲過去，埋在床頭就哭。

柳氏被嚇了一跳。「阿妍？怎麼了？」

她乾瘦的手撫上顧妍的髮。從外頭帶入的風雪氣息鑽進來，柳氏將將將吸了口，又止不住開始咳。

「娘！」

顧婼放下粥碗將顧妍拉開，仔細扶起柳氏，一下下輕拍她的後背。丫鬟們又是端茶又是遞水一通忙活，就連外間的唐嬤嬤都走進來。

顧妍跌坐在地，收了淚，怔怔望著柳氏難受的模樣。每一下咳嗽都像用盡全身力氣，扯風箱似的撕裂喑啞，可見喉間肺部都受了創。

竟是這般嚴重？

顧妍愣了愣，顧婼含怒瞪她。「妳怎麼搞的，娘親昨晚咳了半宿，好不容易止住了，根本受不得涼，被妳這麼一攪和，全白忙活了！」

都說關心則亂，顧婼一急之下，口氣也有些重，換作從前，顧妍就要炸毛了，但此刻也不過呆愣愣地聽著。

柳氏緩過一口氣，搖搖頭。「怎麼能怪阿妍？又不是她的錯……」話沒說完又開始咳。

顧妍默不作聲地爬起來到火盆前烤火，等將手烤暖了，這才回到床前，按壓起柳氏一、二掌骨間的合谷穴和腕前太淵穴。

「妳幹什麼？」

剛剛就已經害得娘親重咳了，怎麼還來！

顧婼上前就要拉開她，卻被一旁的唐嬤嬤攔住。「二小姐，夫人怎麼說也是五小姐的娘親。」

總不能女兒想與娘親親近一下也不被允許吧？

顧婼聞言癟癟嘴，好一會兒幽幽嘆道：「她還記得誰是她娘啊……」那語氣既無奈，又悵然。

顧妍按壓的動作頓了頓，只一瞬又重新動起來。

顧婼無非是在說她與李姨娘更親近……看起來好像確實如此。她和六妹顧婷感情最好，去李姨娘那兒的次數遠比來琉璃院的多，李姨娘溫柔小意，無微不至，她也就樂意給李姨娘這個面子。

顧婼不屑詢問，她懶得多說，而旁人又不好置喙她們的事，一路便將錯就錯下去，誤會漸深。

顧妍專注地按壓揉捏，柳氏發覺胸口的悶乏竟緩解不少，吸了口氣道：「好了阿妍，娘親沒事了。」

到了現在，顧婼也看出來顧妍剛剛是在幹什麼了。「妳怎麼知道有這個法子止咳的？」

顧妍想起上輩子被舅舅接出清涼庵後，在柳府生活的那幾年。

舅舅柳建文是江南士林，學識淵博，涉獵廣泛，她日日耳濡目染，自然學了不少學問。又因為自己身體不好，也會時常翻看醫書，知道一些淺顯的皮毛，尚能對付普通頭疼腦熱。剛剛按壓的合谷屬手陽明大腸經，而太淵屬手太陰肺經腧穴，長按這兩處，可以有效舒緩久咳。

顧妍面不改色道：「前幾日病了，咳得難受，我又不願意喝藥，便纏著大夫硬討了幾個偏方，很有效。」

聽起來合情合理，柳氏信了，顧婼眉頭卻皺得更緊。

母親不知道，她是清楚的。顧妍前幾日哪是病了，根本是撞了腦袋休養起來，只不過她對柳氏是那麼說而已。既如此，顧妍做甚去向大夫討要止咳的偏方？難不成還是牽掛母親的病情？

唐嬤嬤也將視線投在顧妍身上，今日的五小姐很不一樣，大約經了事懂事了。她上前遞杯熱茶，輕嘆道：「可惜龐太醫這時候不在府裡，來給夫人診治的都是半吊子郎中，這身子總不見起色。」

長寧侯顧家身處京都富貴圈，該有的門面一樣都不能少，侯府中供著一位老太醫，每隔幾年會回一趟老家，恰好趕在這時候。

顧妍對龐太醫印象不深，依稀記得好像這次龐太醫回了老家後再沒回來，據說是在半路翻車死了。正是由於龐太醫猝逝，府中一時找不到替代人選，柳氏的病情才反覆無常好不索利，折騰幾個月將身子掏空了。

這裡面是否有一定關連？

柳氏抿一口熱茶，長長吁口氣。「現在說什麼也無濟於事，慢慢養著吧。」

她心裡其實清楚，歸根結柢，還是心病。柳江氏的去世，給了她極大的打擊。

說著話，內間的簾子挑了起來，柳氏的大丫鬟鶯兒進來道：「夫人，李姨娘和六小姐來了。」

顧婼皺眉不耐，柳氏合著眼有些疲乏。

顧妍知道母親其實不願應付這些，可人家來都來了，哪有拒之門外的道理？

撒花門簾子再次打開，一個高眺的婦人牽了個嬌滴滴的小娘子走進來。

李姨娘和顧婷見到顧妍也在屋中，有些驚訝，卻也從善如流地給柳氏請了安。

「前幾日去了普化寺禮佛，為夫人求了個寄名符，請高僧持誦過了，願保夫人早日康復。」李姨娘拿出一塊玉牌交給柳氏。

柳氏微微笑道：「妳有心了。」又交給身邊的丫鬟雀兒。「找根軟綢帶子串起來。」

李姨娘順勢詢問起柳氏的身體狀況，顧婷就到顧妍、顧婼面前二姊、五姊地喚，顧婼淡淡應一聲，顧妍則微微頷首，沒顯得如何親暱熱絡。

顧婷微怔，轉而關切問道：「前兩日不在府中，五姊現在身子怎麼樣了？頭還疼不疼，是不是噁心想吐？我那兒存了罐醃梅子，五姊若不嫌棄，我待會兒送去清瀾院。」又笑著看了看李姨娘，道：「姨娘吩咐廚房燉了豬頭湯，正好以形補形，給五姊好好調理身子。」

顧妍心中發緊，顧婼目光瞥了過來。前面若說還模稜兩可，後頭的話可就不對勁了。

她們特意瞞著柳氏顧妍受傷的事，就是不想柳氏知道了操心，顧婷倒好，就差沒全倒出來了，一看就是故意的！

果然聽到柳氏問起。「什麼以形補形？阿妍怎麼了？」

顧婼攥緊拳頭，想著該如何解釋，顧妍不滿的聲音忽地響起來。「還能什麼以形補形，不就是我前些日子被容娘子說不思進取，繡藝難堪？換言之不就是腦子不好使？姨娘便想著給我燉些豬頭湯好好補補唄。」說罷便有些幽怨地嗔道：「姨娘也真是的，這種事也要說出來，太調侃人了！」

李姨娘一怔，神色變得莫名。

柳氏聽得直笑。「該！妳這隻猴兒，是該好好補補，什麼都不好好學！」

唐嬤嬤心裡訝異，面上卻微笑道：「五小姐只是不用心，等夫人身子好了親自教五小姐，也好將五小姐在容娘子那兒落下的課業補上。」

柳氏點點頭，氣氛活絡起來，李姨娘也扯著嘴角笑咪咪的。「夫人的蘇繡是極好的，容娘子都曾討教過，若有夫人教導，相信五小姐定能突飛猛進。」

妳一句我一語的，前世十多年，她看的、聽的不少，以前或許招架不住，現在卻今非昔比。

顧婼低頭斜睨顧妍，目露疑惑，再見顧婷暗暗扯著帕子，心情又陡然好了。

說了一會兒話，柳氏就有些力乏，李姨娘服侍她喝了藥，便帶著顧婷離開。

臨走時，顧婷拉著顧妍撒起嬌，隱隱有舊事重提的勢頭。「五姊，說好了給妳醃梅子的，妳隨我去拿吧。」

顧妍擺擺手。「我記得六妹最喜歡吃醃梅子了，妳的心意五姊領了，那梅子妹妹就留著自己吃吧。」

免得回頭與人說道，她嫡姊又搶了她什麼東西！

顧婷一時語塞，李姨娘拉過顧婷，轉頭關切顧妍幾句，顧妍大大方方應對，由著她審視。

有些事，再一再二不再三，顧婷說起來是童言無忌，李姨娘卻不方便擺到明面上來。

送了李姨娘和顧婷出門後，顧婼的目光便停在她臉上。「妳怎麼回事？」

「姊姊覺得呢？」顧妍很少這麼稱呼她。

顧婼有些不適應地別過頭。「我怎麼知道妳都在想什麼？妳要怎樣我不管，只有一件……」她定定看著顧妍，一字一頓。「別讓娘為難。」

其實顧婼從前不止一次跟她說過離李姨娘和顧婷遠一些的話，可她哪裡會聽？故意說顧婼小肚雞腸，嫉妒自己跟六妹要好，幾次下來，顧婼都懶得說了。

「我知道了。」顧妍低低應了句。

唐嬤嬤服侍著柳氏歇下，出來看見兩人站在一起，氣氛還算融洽。

「夫人這兒有奴婢看著，二小姐好幾日不曾好好歇息了，這裡不用擔心。」唐嬤嬤又轉而對顧妍道：「五小姐的臉色不是很好，早些回去，別著了涼。」

顧婼對唐嬤嬤一向敬重有加，蹙眉嘆氣道：「娘親病著，我哪裡安得下心？」可又念及眼下的事情亂糟糟的，自己又是長女，應當擔起責任，首先便是不能虧了自個兒身體，便點頭道：「那就煩勞嬤嬤了，我先回去，晚間再來。」

顧婼帶了貼身丫鬟出門，顧妍還是站著不動，過了會兒抬頭問唐嬤嬤。「衡之怎麼樣了？」

三少爺顧衡之，是三房唯一的男嗣，和顧妍是一對雙生子，只比她晚了半個時辰降生，二人生得幾乎一模一樣。只是顧衡之先天不足，自幼都養在湯湯水水裡，過了寒露更是乾脆不出門，萬一染個傷風感冒，又是一番折騰。

提起三少爺，唐嬤嬤一籌莫展。「還是老樣子，天天湯湯水水地喝，三少爺又是孩子心性，這兩日還有點厭食，吃了就吐，看著病懨懨的，沒精神……」

顧衡之的弱症是先天從娘胎裡帶出來的，自出生起就沒少受過罪。

顧妍閉了閉眼，轉身披上大氅。「我去看看他。」

百合先前被留在小茶房，眼見顧妍出來，立刻跟上去。

顧衡之住在正房的東跨院，但顧妍沒有立刻就去東跨院，反而轉道去了小廚房，過了半個時辰才從裡頭出來。此時的百合面色古怪，手裡也多了一個紅黑漆描金的八棱攢盒。

等顧妍到了東跨院，正好聽到屋子裡頭的吵鬧聲。

「走開！我不喝……」男孩不滿地抱怨，伴隨重物散落一地的聲音。

顧妍皺著眉走進去，一股濃烈的藥味撲面，隨後就是一個裹得厚厚的粉團子一下子撞到自己身上，將她徑直逼退幾步。顧妍無奈，她護著那個比自己矮了一截的男孩，明明穿著厚實的冬衣，卻好像還能感受到他硌人的骨頭。

顧衡之不適地挪動了一下身子，抬起頭來。小小的孩童面色發白，眼袋青黑，幾近透明的膚色青筋橫亙，看起來就像一張上好的堂紙，薄且透。

「衡之……」顧妍喃喃低語。

顧衡之見到顧妍，眼裡驚喜一閃，卻又癟了癟嘴將她推開，自顧自地扭身往屋裡走去。腳下邁得極重，他一屁股坐在炕上，束手抱胸，滿臉寫著「我不高興」四個字。

羊絨地毯上沾了大片藥污，書籍、茶盞散落一地，有小丫頭在收拾碎瓷殘渣，顧妍大概能猜到他方才在做些什麼。

她走過去挨著他坐下，顧衡之卻自發往旁邊移了一段距離。

她低聲喊他。「衡之……」

顧衡之癟嘴，哼了聲。「誰是衡之，我不認識妳！」

顧妍一時語塞，只好哄道：「好了衡之，別生氣，姊姊這不是來看你了嗎？」說著拉過顧衡之的手。

小小的，涼涼的。她幾乎下意識想起那個孤零零地躺在棺槨裡的人，白的臉，白的唇，一動不動，毫無聲息。明明前一天他們還在為一盤粉果笑鬧，衡之將最後一塊粉果給了她，她也答應給衡之繡一個香囊。可香囊還沒繡，人就沒了。

顧妍的情緒低落，顧衡之也感受到了，他扭過身子朝顧妍身邊擠了擠。「我不生氣了！」又坐近些，道：「我沒生氣。」說著腦袋一歪，朝顧妍的肩上靠過去，張開手指道：「姊姊五天沒來了！」

顧妍摸摸他的頭。「這幾日病了，怕將病氣過給你，就沒來。」

她讓百合把食盒擺在炕桌上，先前放著的各色早點一口沒動，唐嬤嬤說這些天衡之連湯羹都不愛喝了，更別提好好吃上一頓正經飯食。

「來，喝一點。」顧妍端起一只茶盞遞到顧衡之面前，哄著他喝下。

顧衡之忙搖頭。「五姊，我不想喝，我什麼都不想吃……妳要是逼我吃，我一定會吐出來的。」

周圍伺候的人無奈至極，乳娘陳嬤嬤更是愁眉不展。

顧妍繼續哄道：「你就嚐嚐，要是不喜歡，就不要吃。」

「真的？」

見顧妍認認真真點頭，顧衡之這才嘗試著掀開盅蓋。暗紅色的湯飲，鮮亮晶瑩，他輕抿了口，酸酸甜甜的味道充斥口腔，還有一股子果香味。

他眼前一亮，不自覺又喝了一口。

周邊伺候的人暗暗稱奇，就見顧衡之兩三口喝完了，隨後舔舔嘴唇。「好喝！這是什麼？從來沒喝過呢！我還要！」

「是用碎山楂和冰糖熬煮的，滴上果子露，用來開胃剛好……不過山楂性涼，不宜多吃，你只能喝這麼一杯。」

她拿起桌上的淮山雞內金粥遞過去。「還有這個。」

顧衡之剛喝完那杯山楂飲，覺得腹內空空，想也不想就接過來，吃得津津有味，沒有半分嫌惡之色。

陳嬤嬤目瞪口呆，又止不住地歡喜。「春杏，還愣著幹什麼，還不快去服侍三少爺用膳？」

一個粉衣丫頭連忙上前要去給顧衡之布菜，卻被他避開。「我又不是沒手，不用妳管！」

春杏訕訕地收回手，顧妍則輕聲一笑，挾了塊糕點給他。「再嚐嚐這個。」

見顧衡之依言咬了口，眾人喜不自禁，陳嬤嬤笑著迎上來。「五小姐，不知是哪位廚娘做這頓飯食的，奴婢稟了唐嬤嬤，讓嬤嬤好好獎賞她！」

顧妍想了想，道：「好像是個叫芸娘的，手藝活兒不錯，確實該好好賞了。」

陳嬤嬤連連道是。

一旁的百合聽到這句話，面上的古怪之色愈加明顯了。這些東西雖說是那個芸娘做的，可實際配方、做法卻是五小姐說的，可五小姐是從哪兒得來這些方子的？她素來十指不沾陽春水，又不會鑽研膳食，哪能憑空捏造？

百合不由自主悄悄打量顧妍，顧妍就像沒看到。

方武三十九年，名動大夏的神醫晏仲，天下無人不知、無人不曉，將方武帝最寵愛的鄭貴妃從鬼門關拉了回來，從此聲名大噪，一醫難求。若非舅母與晏仲是表兄妹，又若非舅母也如衡之一般先天不足，她大抵也不會知道這麼多藥食方子。

晏仲性情古怪，蹤跡不定，醫術卻頂尖的好，只不過其人淡泊名利，出名的時候年近四十了。顧妍知道晏仲與鎮國公蕭遠山是忘年交，是其麾下一名幕僚，當初若非是看在鎮國公面子上，晏仲是不會去給鄭貴妃醫治的。而要說此人有什麼弱處，大約便是他貪嘴好吃。當年舅舅為與晏仲結交，可是親自下廚做了好些精緻佳餚，才能與他和顏悅色坐下來對飲幾杯。

顧妍心裡起了個念頭。晏仲的行跡雖漂泊不定，她卻知道他在京都的下榻之所，若是可以，她也想去碰碰運氣，若能請得晏仲出手來治療衡之和母親，定然能有所成效。

而她和舅舅學的廚藝也繼承了七七八八，既然舅舅能夠讓晏仲駐足留步，她為什麼就不行？

顧衡之見她神情恍惚，一迭連聲問道：「五姊在想什麼？」

她回過神。「我在想，衡之今日這麼聽話，該有獎勵才是，五姊給你繡個香囊，你喜歡什麼花樣的？」

前世那個香囊沒送出去，今生她卻不想再有這個遺憾。

顧衡之雙眼大亮，抿嘴想了又想。「我聽說垂花門處的垂絲海棠開了，紅紅火火的很好看，我就要那個！」說完又後悔了，苦了臉嘟囔道：「我聽說五姊的刺繡手藝差得很，該不會把我的海棠繡成喇叭花吧？」

這事真不是沒可能，想當初他曾經在五姊房裡看到她繡的水鴨子不錯，誇了兩句，不想五姊卻告訴他那是孔雀。

顧衡之發誓，他左看右看也看不出那隻鳥是孔雀！

顧妍無言。「……」

丫鬟們低低笑起來，顧妍佯怒嗔道：「你要不喜歡，可以不要！」

顧衡之連忙討饒。「不行，我一定要！別說是朵花了，就是根狗尾巴草，那也是五姊送我的，就是頂好頂好的！」

見胞弟滿嘴的好話，跟抹了蜜似的，顧妍無奈極了。

第二章

屋子裡歡聲笑語，門口皮簾子掀開，一個身穿月白小襖的丫鬟端藥走進來，屈膝行禮問安。

「原是五小姐來了，難怪我們三少爺這麼高興。」她將藥碗放至炕桌上，溫聲道：「三少爺，該喝藥了。」

「玉英姊姊，我不想吃藥。」顧衡之剛喝了小半碗粥，又吃了兩塊糕點，現在什麼都吃不下了。

玉英極有耐心地柔柔笑著。「三少爺，不吃藥身子怎麼會好？」又想到顧衡之還是個孩子，便哄道：「奴婢準備了許多蜜餞甜果，三少爺若是怕苦，等喝完，奴婢給您一盤。」

顧衡之像是有點怕玉英，明明不樂意，卻不反駁，也沒有乖乖喝藥。

顧妍目光便在那碗藥汁上掃了掃，滿屋子藥味裡，她恰恰聞到了濃濃的老蔘味。

老蔘滋補不假，也得看是用在什麼地方。是藥三分毒，衡之這種身子弱的人，虛不受補，不適合用老蔘，若是大夫開的藥方裡加了這麼一味，劑量斷不會如此重，玉英煎藥的時候有沒有發現？

顧妍抬了眼皮去看她，丫鬟裡，玉英是生得極好的了，膚白若雪，傲鼻薄唇，生生的美人胚子。玉英本是侯府老夫人身邊的大丫鬟，亦是府裡的家生子。她的老子是父親顧三爺身邊的大管事，娘親則是世子夫人安氏身邊的管事嬤嬤，下人都賣臉地尊稱一聲玉英姑娘。只是半年前起，老夫人便讓玉英照顧三少爺的身子，府裡人都會說老夫人是真心疼愛三少爺，把得力的丫鬟賞給三少爺。

換作以前，顧妍或許也會這般想。可她上輩子在離開侯府之後有聽說，父親除了扶正李姨娘為正室夫人之外，又新添了一名玉姨娘，而這玉姨娘恰恰不是別人，便是眼前的玉英。若是多了這層牽扯，顧妍不得不留心。她故意拿食指刮了刮臉。「衡之居然怕藥苦呢！」

顧妍說完，轉而就要端起藥碗給他喝，也不知是手滑了或是藥碗太燙了，居然失手打翻。

玉英的臉色微變，陳嬤嬤和顧衡之忙上前看顧妍有沒有傷了手。

「怎麼紅了？」顧衡之大聲叫嚷，連連問道：「痛不痛？燙著沒有？陳嬤嬤，快去拿藥膏來！」

顧妍皺著臉，一副很疼的樣子，眼淚汪汪。「藥都打翻了……」

「打翻就打翻了，反正我也不吃。」顧衡之不以為意。

顧妍怔了怔。他不吃是什麼意思？他知道那藥是有問題的？

還未等想明白，玉英溫聲哄道：「五小姐別在意，不過是一碗藥，奴婢再煎就是了。」

玉英畢竟曾是老夫人身邊的人，此時無人責備她。陳嬤嬤取了燙傷膏來，顧衡之就鬧著要親自給她上藥。

剛剛那處不過是顧妍用手搓紅的，如今顏色已褪了少許，顧衡之渾然不覺，依舊仔仔細細給她塗藥膏。

一旁的玉英心生納悶，她記得那碗藥明明是晾溫了才送來的，五小姐怎會燙著？難道小孩子皮膚就這麼細嫩？

不過藥汁都灑了，要求證無從下手，看兩人煞有介事的模樣，玉英不好細問，又煎藥去了。

顧衡之等她走遠，才靠著顧妍低聲說道：「五姊放心，我不會喝的，便是喝了，我也能吐出來。」

「你！」顧妍大驚，簡直不相信自己剛剛聽到了什麼。

顧衡之卻揚起大大的笑臉，像得了寶貝似的討賞道：「姊姊，誰對我真心，誰對我假意，我至少還是分得清的。」

年紀小小的他，卻有一種與生俱來的敏銳，他心裡很清楚，究竟誰是真心對他好，而誰又是打著幌子虛情假意。他不知道玉英給他吃的藥究竟是什麼，但是每次看到玉英看他喝藥時期盼的眼神，他就直覺這東西是喝不得的，每每不是找機會倒了，便是吃了後又吐出來。

顧妍聽了這話，心裡又高興又苦澀，摸摸他的頭，目光看著他瘦瘦小小的臉，緩緩變得堅定。

衡之，這一世，你一定要長命百歲，平平安安。

顧妍回到清瀾院的時候，綠芍正指揮丫鬟、婆子掃雪。她走起路來一瘸一拐的，在看到顧妍時，「瘸」得更嚴重了。

「五小姐，您回來了！」綠芍吃力地拐過來。

在她心裡，五小姐到底還是那個對她言聽計從的小丫頭，只要自己好好表現，把人家哄好了，今早發生的所有不愉快便會一筆帶過。

顧妍扯了扯唇角，眸光淡淡落在她那隻看似無力的腿上，笑問道：「這屋前積雪這麼多，可真是有勞妳看著了。腿還疼嗎？」

綠芍聞言一喜，暗道自己果然沒有猜錯，連忙搖頭。「不疼不疼，一點都不疼！能為五小姐做事，那是我幾輩子修來的福氣，不煩勞，不煩勞……」

說得倒是真好聽！

「這樣啊……」她歪著頭細細想了想，指著靠在牆角的一把破敗竹掃帚，淡淡道：「既然如此，妳就拿那把掃帚去掃雪吧。」

綠芍聞言望去，那把破掃帚上只殘留著幾根竹條，大多都已經斷裂，根本就是報廢了，哪裡掃得動雪？何況……

「小姐，掃雪是三等丫鬟的工作！」

她可是五小姐身邊的一等大丫鬟，指揮督促人家掃雪還差不多，哪能做三等丫鬟做的低賤活計？

果然說得比唱得好聽！

顧妍冷笑連連，轉頭就對所有人說道：「那都聽好了，從今日開始，綠芍就是三等丫鬟了。」語畢，頭也不回就回了暖閣。

滿園的人驚得張大了嘴。綠芍可是五小姐身邊除管事嬤嬤以外最得臉的婢子了，前幾日五小姐剛剛將管事嬤嬤支走，這綠芍眼看著就要成為清瀾院裡第一人了，怎麼說降就降？

眾人臉色各異，百合也嚇了一跳，一時愣怔在原地。

「百合，妳還不進來？」

顧妍淡淡的聲音傳來，百合窒了窒，忙掀簾走了進去。

綠芍的臉一下子白了，腳下不受控制地也要跟進去，卻被守門的兩個丫鬟攔住。「三等丫鬟不得入內，綠芍，妳該去掃雪了。」

二人對視一眼，似笑非笑。

綠芍簡直不敢相信自己聽到了什麼，五小姐竟然真的將她貶為三等丫鬟了？

「五小姐！」綠芍站在門外大喊。

「要是再囉嗦，就滾出去。」

綠芍頓時噤聲了。

在場的人不少都面露譏誚，先前綠芍做大丫鬟的時候，可沒少仗勢欺人，如今可不風水輪流轉了？

就見一個青衣小丫頭拿了角落裡那把破掃帚遞過去，笑嘻嘻道：「綠芍，快些將雪掃光了，不然五小姐又要生氣了！」

綠芍氣得臉色青黑。這些人，平時可都是卯足了勁巴結她，尊稱她一聲綠芍姑娘的，現在卻這副樣子，問題到底出在哪兒？前些日子五小姐還客客氣氣的，怎麼一轉眼就變了個人？難道是因為早上那事？

綠芍一下想到了百合。今日五小姐去哪兒都帶著百合，說話上也抬舉百合，早上還是百合伺候著……

好傢伙！定是這個賤蹄子在小姐面前說了什麼！

顧妍悠閒擺弄著瓷瓶裡的佛手，碗口大的花開得燦爛，散發著幽幽清香。

她以前不怎麼喜歡香，但舅母明氏是製香高手，京都貴婦都以能求得舅母一味合香而倍感榮幸，她在舅母身邊幾年，慢慢也養成弄香的習慣。又想到要給衡之做個香囊，那其中香料也得好好調配。

她瞥了百合一眼，道：「去幫我把衛嬤嬤找過來。」

衛嬤嬤是顧妍的乳娘，和顧衡之的乳娘陳嬤嬤一樣，都是唐嬤嬤挑的。

上輩子時，顧妍在撞到頭部後就把衛嬤嬤趕去漿洗房，原因是衛嬤嬤沒有管好院子，任由顧媛隨意闖入。她之後再見衛嬤嬤，已是身處清涼庵了。庵堂清苦的日子讓她很不適應，高燒了好幾日，也不知衛嬤嬤從哪兒得知的，竟跑來照顧她，等她退燒安定下來後，也會時不時探望。只是衛嬤嬤後來身子不好，沒幾年也過世了。

顧妍想到前世對這位乳娘做的，不由心中愧疚，她身邊得用的人本就少，真正待她好的，她還往外推，委實糊塗。

百合一聽衛嬤嬤，先驚了一下，回過神來才知道，綠芍是真沒回路了。

百合應諾便去辦事，只是她將將出門，迎面一個雪球就砸在她身上。她看過去，就見綠芍又捏了兩個雪球朝她招呼過來。

「妳個死蹄子，都是妳害我的，妳去死！」

幾個小丫頭瞧著要出事了，紛紛上去將綠芍攔下來。

百合的髮髻全亂了，身上又都是雪，跺了跺腳，叫了個小丫頭去請衛嬤嬤，自己則回房整理。

顧妍站在窗口看著，嘴角微微彎起。

攘外必先安內，百合、綠芍定是不能用的，她早晚得將她們攆出去！

顧妍坐下不一會兒，衛嬤嬤便進來了。

衛嬤嬤三十多歲的樣子，穿著石青色的棉大襖。她跪在地上請安，目光先在顧妍臉上掃了掃，見她無大礙，長吁了口氣。

顧妍走上前去，彎腰將衛嬤嬤扶起來，緊緊握著衛嬤嬤的手。

衛嬤嬤驚住了，她的手這麼冰，小姐怎麼……

她想抽回來，但顧妍不讓，看著衛嬤嬤手指一根根腫了起來，忙問道：「乳娘疼不疼？我讓人去尋些凍傷的藥，妳多搽搽。都是我的錯，是我不懂事……」

衛嬤嬤更驚訝了，連忙搖頭。「不不不，是奴婢沒有管好這院子，才讓小姐受委屈了。」她又擔憂起來。「五小姐身子可好些了？還有沒有哪裡不適？」

顧妍撞到頭一事和三小姐顧媛脫不了干係。

九月的時候，柳氏因為母親病逝，帶了顧妍和顧婼兩個孩子去姑蘇弔唁，顧衡之因為身子不好便留在燕京。一來一回，近兩個月，回來時也是十一月了。

江南本就富庶，姑蘇遍地錦繡，柳家是當地豪族，家中世代經商，通南北貨運，銀錢多如牛毛，往粗俗裡說，柳家窮得就只剩錢了！而柳氏作為族中唯一的女兒，當年的嫁妝讓人嘆為觀止，因而顧家三房的生活比其他幾房要寬裕許多。

三小姐顧媛便是個看不得別人比她好的，也不知是誰嘴碎，說顧妍這次回姑蘇帶了面西洋鏡回來。

大夏自十多年前就實行海禁，直到今年年中才重開關口，西洋物件在大夏就是個稀罕物。顧媛一聽有這麼個東西，非要來看，衛嬤嬤沒攔住，顧媛進屋找了圈沒找到，就說顧妍小氣，連看都不給人看一下。

顧妍當真冤枉！

別人不知道，她卻是知道柳家斷不會有西洋物件的。當年顧妍的外祖父就是因為出海經商遇難，柳家對西洋玩意兒深惡痛絕，她又怎麼可能從姑蘇帶回西洋鏡？

然而顧媛不聽她的，帶了幾個丫鬟在她房裡翻箱倒櫃，她也生氣了，去拉顧媛，兩個人推推搡搡，顧妍就這麼好巧不巧撞在桌角上。

要說顧媛霸道，那也確實，顧媛是老夫人最疼愛的孫女，仗著有老夫人的寵愛，她怕什麼？在府裡她最愛做的便是找顧妍的碴。

顧婼各方面出色優秀，在老夫人面前有幾分臉面，顧媛不好動她。顧婷是個庶女，顧媛就沒放心上，那顧妍這個不受老夫人寵愛，又是三房嫡女，過得比她還好的妹妹就成了她的眼中釘。

顧妍微微嘆口氣。「我的身體好得差不多了，這次的事也確實怪不得乳娘，三姊那性子任誰攔得住？是我想左了。乳娘可願意再回來？」

衛嬤嬤當然是願意的。

顧妍與她說：「這院子裡以後還是交給乳娘了。綠芍不知事，我已將她降為三等丫鬟，妳瞧院裡哪個不錯的，便提上來調教一下，以後好近身伺候。」

衛嬤嬤一迭連聲地應是。「五小姐，奴婢早看那綠芍是個不像樣的，您降了她確實應該，至於百合，做事穩妥，奴婢看著倒是不錯。」

顧妍笑了笑不置可否，又讓衛嬤嬤幫著去尋些秋梨來。

這個季節要找到水果不容易，可有錢萬事好辦，柳氏咳症太嚴重，吃藥不管用，顧妍想到了一道藥點。宮廷裡的秘方秋梨膏，對潤肺止咳有奇效，是宮嬪們保養的好東西。晏仲進宮可搜刮了不少珍貴方子，後來還有不少送來舅母這裡，這道秋梨膏便是其中之一，如今給柳氏用剛剛好。

顧妍第二日一大早便由衛嬤嬤伺候起身，她昨日既然已經出來走動，那就說明身子好得差不多了，再不去老夫人那兒請安，又要被人說故作驕矜。她雖不在乎這些說法，到底不想要母親為難。

外頭的雪還在，但比昨日小了許多，丫鬟、婆子正在清理，顧妍沒見到綠芍，問衛嬤嬤人去哪兒了。

衛嬤嬤道：「既然綠芍已經被降成三等，昨日奴婢便差人將綠芍的房間整理出來，讓她去住小房間，綠芍抱著被子不肯走，在屋外坐了半宿，病了。」

顧妍只是笑。「那就請大夫多開幾服藥，讓她快點好，這院子太大，才幾個人可忙不過來。」

衛嬤嬤應諾，顧妍便去了老夫人的寧壽堂。

寧壽堂前鋪著青石地磚，兩邊放置著半人高的松鶴延年盆景，屋內的聲音斷斷續續傳了出來。顧妍站在門前，便聽到有少女尖利的嗓音。

「聽說她昨日將伺候的大丫鬟腿腳踢壞了降成三等，就說她一點事沒有，還能瞎鬧騰！」

少女的聲音尖細又明利，正是三姊顧媛。

昨日她院裡才發生的事，顧媛倒是早早就知道了，該說她是消息靈通呢，還是別有用心呢？

「五姊向來是有主見的……」

一個柔柔弱弱的聲音接上，顧妍知道，這是顧婷。

有主見……真是個有意思的回答。往好裡說，那便是說她武斷果決，要往壞裡說，不就是附和顧媛說她沒事找事？

顧妍彎彎唇，步伐輕緩地大步邁進。

顧婼、顧媛和顧婷都已經到了，坐在下首。顧婼神色淡淡，顧媛正滿臉譏諷地與顧婷說著話，世子夫人安氏和二夫人賀氏則坐在上首。

「五丫頭來了？」世子夫人安氏一見顧妍，就起身噓寒問暖起來。「身子可好全了？也不用急著過來。」

顧妍低頭應道：「已經好了，若是再繼續躲懶就不像話了。」

「可不是，才幾天就全好了，還以為能有多嚴重呢！」顧媛從顧妍出現開始就面色暗沈，逮著機會便冷嘲熱諷。「裝模作樣的東西！」

顧妍受傷休養，顧媛也被禁足在房裡三日，她心裡還憋著一股火呢！

顧妍淡淡看向顧媛，眼角微斜，瞥到顧婼眉心皺了皺，而顧婷則捏著衣角一副不贊同的模樣。

若是她沒猜錯，這個時候，顧婷就該表現一下她的「姊妹情深」了。

果然就見顧婷急急辯解道：「三姊，五姊之前躺了好幾天呢，昨日才剛剛能下床的，先前一直頭昏腦脹的，可難受了。」

誰知顧媛聞言，心裡更火大了。

昨日才能下床，今日就來請安？顧妍是這麼勤快的人？鬼能信啊！這賤蹄子根本是在沒病裝病！還頭昏腦脹得厲害？

哼！顧妍這麼說，顧婷這隻哈巴兒當然信了！

見顧媛的雙眼如刀狠狠剜過去，顧妍不由覺得好笑。「六妹不是昨日才從普化寺回來嗎？怎知道我先前一直躺著動彈不得？而且我也不記得有與六妹提過頭昏腦脹之類的話呢……」

她看著顧婷剎那微紅的臉，笑了笑，走過去對顧婼、顧媛行禮。「早前就能夠下床了，不過昨日才出門，勞三姊掛心。」

俗話說伸手不打笑臉人，顧妍這個樣子，顧媛倒是不好開罵了。她啐道：「誰關心妳，妳多大臉？少給自己臉上貼金！」

顧妍當沒聽到，挪了幾步往顧婼身邊坐下。

顧媛以刺人為樂，最喜歡的就是看人家惱羞成怒。從前自己急躁，倒是經常上套，現在她看著，也不過是小孩子玩的把戲，怎會放心上？

果然顧媛頓時像一拳頭打在棉花上，渾身不得勁。

女兒吃了悶虧，賀氏當然不樂意，可她是長輩，怎好跟小孩子計較？而且顧妍什麼都沒做錯，她想挑骨頭也挑不出來，隨即臭了一張臉。

安氏見顧妍乖巧懂事，心中微訝，不過轉眼瞧見賀氏的臉色，不由嘴角輕揚。

顧妍冷眼旁觀，想著她大伯母安氏，知禮識趣，處事公正，在侯府口碑相當不錯……可當年若不是安氏從中作梗，李姨娘肯定不會進門的，安氏她到底圖什麼？

正想著，見顧婼的目光落在自己身上，顧妍回以微笑。「二姊精神不錯，昨晚休息得可好？」

對顧妍的熱絡，顧婼還是不習慣，淡淡道：「還行。」

昨日柳氏夜間咳嗽，正是按照顧妍白日裡的按摩手法才好了許多。顧婼安了心，睡得自然踏實了，只是她還不習慣跟顧妍解釋那麼多，就不痛不癢回了句。

顧婷瞧顧妍不坐自己身邊，反去親近顧婼，心中不悅，再一想剛剛顧妍當眾拆穿她，更覺得萬般不是滋味。

顧婷擰著小手絹到顧妍面前，拉起她的手，道：「五姊，剛剛那些話我也都是聽下人們說的，妳別惱，我是因為關心五姊，一時失了分寸，妳可千萬別與我置氣啊！」

顧妍笑著回握住顧婷的手，皺眉不滿地道：「六妹說的是哪兒的話，妳我姊妹，我哪能不知道妳什麼心思，說什麼置不置氣可就太見外了，五姊心裡都是有數的……」

顧婷一下子有些發愣。那話聽著明明應該是安心的，然為何她總覺得哪兒彆扭？

安氏也回過頭來笑著打圓場。「可不是嘛，都是姊姊、妹妹，打斷骨頭還連著筋呢，妳們和和樂樂的，做長輩的看著才歡喜。」

顧妍等人點頭應是，顧媛卻不買帳。「大伯母這話有失偏頗，那也得看是對誰，若是與那沒臉沒皮的親熱和樂，不是拉低自己的身分？」

顧媛驕縱慣了，連安氏的面子也會駁，反正天塌下來有高個兒在她前面頂著，顧媛才不怕惹事。

安氏倒也不惱，笑了笑不置可否。

賀氏自然是與女兒一條心的，之前無論媛姊兒怎麼鬧騰，老夫人最多說幾句完事，回頭還會賜些首飾的來寬慰。這次因為五丫頭的事，媛姊兒實實在在被罰了一頓，這是當著滿府的面，明晃晃打她們母女的臉。要說賀氏心裡沒有怨懟，那就是違心話了，說到底還是意難平的。

察覺到自己母親的態度，顧媛底氣更足了，一下挺直腰桿，走至顧妍面前，居高臨下。

「怎麼樣啊，五妹，妳說呢？」

顧妍抬眼淡淡看過去。

顧媛比她大兩歲，越過年也有十二了，杏眼桃腮、體態豐盈，個子也高䠷。若是收起目中無人的態度，也是個名門閨秀。然而，可惜啊，老夫人最心疼的孫女，偏偏就是這個德行！

顧妍聽到門前腳步聲的駐留，一雙水眸眨了眨，懵懂無知，裝傻充愣倒也信手拈來。

「三姊，我聽不明白妳是什麼意思……」

顧媛怒火中燒，這死丫頭油鹽不進，不好好教訓她一頓，怕也不會長記性！

滿腔怒火無處發洩，顧媛氣得肝兒都疼了，高高揚起手掌，抬手就要打下去，顧妍倒也不躲，由著她來。

安氏和賀氏離她們都有一段距離，哪怕安氏察覺顧媛的意圖，想要阻止也來不及了。眼見那白皙的手掌就要落下，一聲怒喝從門外傳進來。「三丫頭！」

顧媛的手抖了抖，勢頭稍減，顧妍卻忽地抬頭一笑。

顧媛突然明白過來，頓時氣壞了，雙目圓瞪就要狠狠甩下一臉，一隻潔白纖細的手卻在中途截了過去。

「三妹，說不到幾句話就動手動腳，這可不是先生教的道理。」顧婼淡聲揮開，拉著顧妍後退兩步，順道暗暗瞪了她一眼。

那意思：妳傻啊，人家都打過來了，還不知道躲？

顧妍別過頭輕笑，心裡升起一絲淡淡的暖意。

那笑容顧媛怎麼瞧怎麼刺眼。忍耐，在顧媛的人生中，是沒有的事，哪怕只有一瞬。

「顧妍，妳這個賤蹄子！」顧媛腦子一熱，脫口就罵了出來，衝過去作勢又要打她，人卻已被安氏一把拉住。

將情況收入眼底的顧老夫人狠狠皺起眉，厲聲道：「三丫頭，妳在做什麼？胡鬧！」

賀氏剛聽到老夫人聲音的時候就懵了，一看自己女兒如今的樣子，心中咯噔一下，立即起身迎過去。「娘，您別氣，都是孩子們鬧著玩呢，哪有什麼事啊？」

顧媛被氣狠了，她就知道，顧妍這死丫頭就是存心讓她在祖母面前出醜的！她肯定早就知道祖母就在屋外，還故意激自己！

顧媛紅了眼眶，撲到老夫人面前一把鼻涕一把淚。「祖母，妳要為我作主啊！顧妍那個小賤人她陷害我，她不要臉！那個死蹄子，連西洋鏡都不讓我看一下，還害得我被禁足，她還給我裝傻充愣，當我是白癡地耍，根本不將您放眼裡……」

「住嘴！」老夫人額角狠狠跳了跳，頭隱隱作痛起來。「妳這些話都是誰教的？都成個什麼樣子？」

好好的大家閨秀，說的話居然像個市井潑婦無賴！

老夫人一怒，顧媛也不哭了。

幾個孫女裡，顧老夫人最偏愛的便是顧嫒，凡事依著她。出發點或許是好的，可惜用錯了方法，顧嫒在一次次縱容中越發不知分寸，等到顧嫒年紀大了，這樣的性子怎麼說人家？至少，世家大族不會需要一個不識大體的宗婦，而清流文臣之家也不會需要性子急躁的媳婦。

上一世，舅母曾經為顧妍張羅過親事，相中的是兵部侍郎楊岩的次子。武將家中沒有那麼多講究，哪怕她被逐出家族，又是喪婦之女，但憑舅舅與楊岩過命的交情，楊夫人親自相看過她，倒也能成事。只是那時她心心念念的都是夏侯毅，這事才不了了之。

一次偶爾聽楊夫人說過，曾經顧老夫人想將三孫女說給她的兒子，但她暗中打聽了一下，知道顧嫒在府中的為人後便婉拒了，這事讓顧老夫人顏面受損，也逐漸對顧嫒嚴厲起來。

算一算時間，差不多就是這個時候。

顧嫒從前也不是沒有仗勢欺人藉機打罵過顧妍，只是每每都是被偏心的老太太搪塞過去。然而這一回，顧嫒卻實實在在被老夫人罰了，可見老夫人是真的上了心，不再容顧嫒為非作歹。

老夫人望著顧嫒這張與自己相似的小臉，到底還是沒有真的如何，只板著臉道：「都哭成什麼樣子了，還不下去淨面？」

「祖母，顧妍她……」

顧媛還待要說，老夫人已是不耐，喊了丫鬟就帶顧媛下去淨面換衣。

賀氏一瞧，也要跟著去，卻被老夫人叫住了腳步。「三丫頭都多大了，妳還要事事看著，日後她要怎麼辦？都是妳這個做娘的慣著……也不知跟誰學的這些！」

老夫人一想到剛才顧媛那些話，心裡就極不是滋味。

賀氏是老夫人姪女，從小跟在她身邊長大，與老夫人最親近，平時重話都不曾說一句，現在點名道姓地指責，賀氏極不痛快，想到方才顧媛的指責，說是顧妍故意讓她當著老夫人的面失態，她越想越覺得有道理。

孩子當然都是自家的好，賀氏是一點兒沒往自己女兒品行方面去想，她即刻不滿道：「娘只說媛姊兒的不是，怎麼也不說說五丫頭，要不是五丫頭惹惱媛姊兒，媛姊兒何至於口不擇言？」

這時候，安氏必須說兩句了。「二弟妹，五丫頭還只是個孩子，她又做錯了什麼？」從頭至尾，也只是顧媛一人的獨角戲，若不是顧媛氣量狹小，哪會有今兒的鬧劇？不過這話，安氏不打算說，哪怕是說了，賀氏也聽不進去。

賀氏聞言就是冷笑。「我的媛兒就不是孩子了？」

安氏搖頭嘆氣。

老夫人不想理會賀氏的胡攪蠻纏，草草教眾人請了早安。賀氏雖不情不願，卻也只得暫時偃旗息鼓。

請過安後，安氏留了顧婼說些事，顧妍和顧婷便各自出門歸去。

顧婷大口喘氣，拍著小胸脯問道：「五姊沒事吧？可有被嚇到？」又想起顧媛的隨心所欲，義憤填膺起來。「三姊太過分了，怎能隨便就出手打人呢？萬一真傷著了怎麼辦？還好有驚無險。」

曾有句話說，患難見真情。

方才顧媛那手快速落下的時候，她不躲不閃，就是打算大不了挨一巴掌，若能換顧媛吃一頓排頭，也是值當的，所以她心情平靜。

就是在這樣的冷靜裡，她看到顧婷是如何悄悄挪開一小步，唯恐顧媛殃及無辜，而總是對自己冷淡的二姊，卻出乎意料地站出來為她擋下那隻手。

誰更真，誰更假，早已一目了然。

顧妍淡淡睨一眼顧婷，笑而不語，走出了正堂。

顧婷愣在原地，頓了頓腳又快速跟上，一手抓住她。「五姊怎麼走得這樣快，我都跟不上了！」說著跺了跺腳，鹿皮小靴踏出兩個小小的腳印。

顧婷看她面色不佳，想到方才發生的事，輕嘆道：「五姊別惱了，方才祖母不是為了五姊責備三姊了嗎？可見祖母心裡還是公允的……只可惜我人微言輕，否則定要給五姊論個公道！」

是啊，馬後炮，誰不會呢？

顧妍暗笑於心，不著痕跡地點頭。「這些我自然明白。」說著掙開手，不經意地問道：「六妹還有什麼要說的？」

沒看到意想中的反應，顧婷有些懵，再一聽那話，又嘻嘻地湊了過來。「五姊，父親今日休沐，就在外院書房，我們去父親那兒好不好？」

她眨眨眼睛故作神秘。「容娘子前些日子給的課業，要我們姊妹幾個各完成一幅繡品，眼瞧著便要查驗了，我這還沒影兒呢！」

容娘子是京繡大家，在針黹女紅上技藝高超，聞名遐邇，閨秀中若有誰師承容娘子，地位就能一路水漲船高，說親嫁入高門的機會自當增大。當初長寧侯府為了請容娘子來，可費了好大力氣。

「這與父親何干？」顧妍音色淡淡，興致不高。

顧婷就接著道：「父親的工筆畫畫得極好，我準備繡一幅雨打芭蕉圖，若能請父親畫一幅花樣子，縱然技藝不到家，也能圖個新意不是？咱們不求脫穎，但求新鮮，五姊覺得怎麼樣？」

她雙眼眨巴著亮晶晶的，其間滿是子女對長輩的孺慕。

幼齒小兒，大約對父親都有一種本能的孺慕之情，顧妍從前也會時不時在父親面前湊趣賣乖的。年少的心思單純而又天真，來來回回不過這麼幾樣，只可惜，被包裹上糖衣的黃連蜜丸，外頭再如何甜膩，內裡終究是澀得發苦。

顧妍心中一嘆，不甚在意地笑了笑。「六妹還是自己去吧，我的繡藝我自己清楚，容娘子給的簡單花樣子尚且不能完全掌握，就更別提其他了，免得糟蹋了父親的墨寶。」

她有些無奈，又拍了拍顧婷的手。「容娘子常說六妹心靈手巧，一學就會，再得父親相助，想必到時候定能一鳴驚人。」

上一世她在房裡躺了許久，不曾出門，容娘子的查驗她也錯過了，並不知最後是誰的繡品奪得桂冠，橫豎她也不在乎。

顧妍不去管顧婷了，擺擺手便轉身離開，在途中拐了個彎，到垂花拱門處摘了新鮮的垂絲海棠給顧衡之送去，自己則去了小廚房。

小廚房的芸娘因昨日一頓飯食得了唐嬤嬤兩個上等紅封，一見顧妍來了，即刻殷勤地迎上去。

「五小姐又來送方子了？」芸娘擦了擦手，笑盈盈問道。

顧妍對芸娘印象不錯，微微頷首。「是啊，衡之昨日吃得多，娘親聽了很開心，那位郎中又寫了幾套方子來，說要好好試試。」

為了掩人耳目，顧妍只與芸娘說方子是郎中給的，反正芸娘不識字，顧妍只需口述一些不甚重要的步驟，也能保存方子的完整性。

芸娘完全能夠理解。能解決三少爺厭食症的方子，也不知三夫人是花了多少銀子才買來的，哪能隨意交由別人知道？而她只要做好本分，就能領到豐厚的賞錢，何樂不為？

芸娘連連點頭。「三少爺能有起色就太好了，府裡頭上上下下都緊著三少爺呢，昨兒個玉英姑娘還一遍遍地問三少爺的吃食方子是哪兒來的，那是真將三少爺放在心尖上。」

顧妍挑挑眉，心道：這就沈不住氣了？

她笑笑，和芸娘一道做了早膳，又找了個小丫頭提著，去了東跨院和衡之一起吃了。從衡之那兒出來，顧妍就去琉璃院與柳氏說話。

「剛剛和衡之用過早膳了，我數了下，衡之吃了三個小饅頭，喝了小半碗蓮子山藥粥，還有一盅南瓜飲，竟與我吃的都差不多呢。」

幼子的身體是柳氏的心病，哪怕是病著也時刻牽掛顧衡之的身體，聽了顧妍這麼說，柳氏心中很是欣慰。

「難為妳還給衡之找方子，沒想到那些雜書放妳書房，除了積灰，還能派上其他用場。」柳氏語帶揶揄。

在柳氏面前，有些事不用說得太詳盡，柳氏對孩子總是寬容的，正如舅舅說的，給孩子多些自己的空間，只要不是過錯，柳氏不會非要刨根究柢。

顧妍彎了眉，說：「我還看到有一道秋梨膏，正是對了咳症的，已經讓衛嬤嬤去尋秋梨了，到時候讓廚房做給娘親吃。」

小女兒的眼睛亮得很，柳氏聽得直笑，也不潑她冷水，拍拍她的手道：「妳有這份心，娘就心滿意足了……」

第三章

到了下午，衛嬤嬤還真的就找到一些秋梨來，顧妍去小廚房整飭了小半天，做出一盅就送往正房去。

院裡靜得很，下人們動作都刻意放輕，這樣的情形，大約是父親來了。

顧妍慢下腳步。早上便聽顧婷說過，今日父親休沐在家。他平常沐休時，一般都會在書房待一整日，能想起來到正房看看母親，已經難得了。

顧妍將手中新做的秋梨膏交給柳氏的大丫鬟鶯兒收起來，斂了斂裙襬走進內室去。

顧婼、顧婷和李姨娘都在，一個身穿竹青色杭綢直裰的英挺男子正坐在床前錦杌上，與柳氏說著話。他背脊挺直，面容清俊，風度翩翩，頗有文人英才之姿。

顧家人的樣貌都是極好的，顧三爺顧崇琰更是個中翹楚，年輕的時候不知有多少燕京貴女芳心暗許，然而父親卻娶了江南的柳氏，一個商戶之女。

顧妍垂下眸子，幾步上前給顧崇琰請安。「父親。」

他不讓子女們叫他爹爹，他說他是個嚴父，叫爹爹顯得不夠威嚴。可她卻時不時聽顧婷叫他爹爹，他每次都是歡歡喜喜地應聲的，可見，不是不讓，只不過要看是對什麼人。

顧崇琰原先跟柳氏說話也說得差不多了，見到顧妍過來，應了聲，也沒再繼續說什麼。

柳氏的神情疲憊，顧崇琰低頭喝了口茶，道：「妳先好好休息著吧，年節的事，有阿柔幫著照看，妳且慢慢養好身子。」

阿柔，是李姨娘的小名，她本名李書柔，很文雅的名字。

李姨娘聞言，屈膝福了福，道：「夫人放心，婢妾一定會盡力做好的，若是有什麼不會、不懂之處，婢妾再來請教唐嬤嬤，嬤嬤經驗豐富，定會為婢妾解惑的。」

她又對唐嬤嬤行了半禮。

李姨娘好歹是半個主子，唐嬤嬤怎好受這個禮，她連忙側身讓開，面無表情道：「姨娘言重了，若能幫到姨娘，奴婢自當盡力。」

李姨娘要的便是這句話。

柳氏窒了窒，垂了眸，道：「有妳管著，我也好順道躲躲懶。」

李姨娘柔順地頷首，又像是不經意地悄悄看了眼顧崇琰。

顧崇琰甫一抬眸，收到那繾綣的目光，心中微軟，眉眼都舒緩幾分。

顧婼暗暗攥拳。父親的事，她這個做女兒的無法過問，可母親好歹與父親夫妻一場，為何不顧惜一點情分？連三房的管事權都交給李姨娘了，之後可還能要得回來？那時候，三房還有母親的容身之地？

顧婼深吸口氣，上前一步低聲道：「父親，我也想學著如何管家……」

顧崇琰聞言看了過去，淡淡的，沒有太多情感。

顧婼便頂著這樣的目光，徐徐說道：「女兒越過年也有十三了，在家裡的時間只怕也不多了，有些事總是要學的，祖母與女兒說過，要請教養嬤嬤好好教導規矩。既然如今母親病重，女兒身為長女，更責無旁貸，也想出一分力……」

顧婼當然不是想幫李姨娘分擔壓力，之所以提出來這事，也不過是要監管李姨娘罷了。先前三房都是柳氏在管，李姨娘無法插手進來，但如今這麼個好機會擺在眼前，李姨娘若是不做些什麼，顧婼不信，而正因如此，她才要橫插一腳，免得有人監守自盜。

顧婼說得有理，顧崇琰沒有理由反對。

李姨娘自然是要做出歡喜的樣子。「二小姐冰雪聰明，有二小姐幫忙那便再好不過了，婢妾先謝過二小姐，只是到時二小姐千萬別嫌棄婢妾笨手笨腳。」

等說完事，顧崇琰也覺得差不多了，起身要離開，臨了對幾個女兒說：「雖然快過年了，諸事瑣碎，但妳們也不可以荒廢了女學，凡事都要注意得體分寸。」

顧妍幾不可察地一笑。她前些日子剛和三姊鬧起來，父親就教導她們注意得體，顯然就是說給自己聽的。

進士出身，又是顧家書香門第教出來的，父親十分注重女子的德容言功，無疑，自己在父親心裡的印象又大打了一個折扣。

顧崇琰頓了頓，又道：「過兩日就是容娘子驗收妳們繡藝的時候了，這是容娘子在顧家教授的最後一年，妳們仔細應對，千萬別丟了侯府的臉面。」

說完，他眼角餘光似乎瞥見炕桌上笸籮裡放著的小繡繃，淡笑道：「婼姊兒已經開始準備了？」

顧婷一聽，眼睛亮亮的，邊去拿那笸籮裡的繡繃，邊笑問：「二姊繡了什麼？」

手尚未搆到，顧婼已經快一步拿了藏於身後，淡淡道：「無聊時的習作，沒什麼可看的。」

顧婷愣住，臉色一下子有些紅，眼睛水汪汪地低下頭去，囁嚅著說：「對不起二姊，我錯了。」

看到這兒顧崇琰就不滿意了，蹙眉責備。「婼兒，婷姊兒是妳妹妹，妳們都是血緣至親，有什麼東西是不能給她看的？」

顧崇琰對待子女尚且溫和，極少發火，顧婼又是懂事的，不用他操心，從未曾被這般對待過。

見父親如此，顧婼忽然有些委屈。

顧婷就順勢走到顧崇琰的身邊，伸出小手抓著他的衣袖，仰頭道：「父親，都是我不好，我沒有經過二姊的同意就拿，是我不對……」

小女兒聲音綿細軟糯，眼睛含淚，可憐得緊。

顧崇琰心疼地撫了撫她的頭，溫聲道：「早上送了妳一方端硯，爹爹那兒還有幾塊墨錠，一塊兒給了如何？」

是爹爹，而不是父親。

顧婷聞言眼睛一亮，用力點頭，又抹了把淚向顧婼和顧妍道別，隨顧崇琰出了門。

屋子裡的人去了大半後，一下子空曠下來，顧婼手裡還攥著那只小繡繃，攥得緊緊地，柳氏見了有些心疼。

「婼兒……」柳氏低聲喚她，顧婼僵直的身子緩了緩，回過神來，卻別過頭，背對著柳氏。

顧妍伸手拿過她手裡的小繃，顧婼一驚，就見她已經扯出那塊素絹正在撫平上頭的摺痕。

顧婼暗瞪她一眼，顧妍卻像是沒看到般，仰頭道：「這麼好看的佛手花，姊姊要是不喜歡，可以送我呢！」

嫩黃的花瓣，蕊芯一點亮紅，層層暈染，栩栩如生。

顧妍眯起眼睛，兜著那塊帕子，低下頭輕笑。「正好我還沒繡，拿姊姊的充數最好不過了。」

話音方落，顧婼已伸手奪過。「想不勞而獲，妳想得美，老老實實自己繡去！」

顧妍一愣，不敢置信地看著已經空了的手，像是懊惱剛剛怎麼一時嘴快說漏了。

顧婼看著看著，一張臉再也繃不住，噗哧一聲笑出來。

這般一打攪，方才的情緒倒淡了許多。

柳氏微微笑了，喚她們過去，緊緊握著兩人的手。「孩子，他是妳們的父親，到底是為妳們打算的，縱然有些時候嚴厲了些，總還是為了妳們好……」話到了這兒，又不知該怎麼繼續下去了。

顧妍想，其實母親早就看清楚了，父親對待顧婷和對待她們幾個，終究是不一樣的。

顧婷自小聰明伶俐，很得父親歡喜；二姊在父親面前顯得寡淡，父親對她也不怎麼親和；而自己幼時那樣的性子，除了母親，在這個家裡還有哪個長輩會恣意包容的？她從前是傻，一個勁兒做著無用功，現在想開了，卻也並不覺得什麼。

顧妍想著又偏過腦袋，看了看顧婼，顧婼半垂著眼，悶不吭聲。她想起當初自己對父親徹底心寒時，花了多大的力氣。

二姊這樣的人啊，看起來最不在意的，往往卻是心裡最重要的，大約又是個傻姑娘吧。

顧妍心中暗嘆，讓鶯兒舀了一勺秋梨膏，就著溫水餵柳氏服下，又陪著說了一會兒話，才回到清瀾院，準備起繡品，箍起小繃，有一針沒一針地繡著。

她小時候不喜歡針黹女紅，連綾襪都做不像樣，針腳參差不齊，容娘子恨不得根本沒教過她，後來還是跟著舅母，以前討厭的、不喜歡的，最後慢慢卻學好了。

百合端了蓮子糖水來，輕手輕腳放在桌前，顧妍看到她目光隱晦地瞥了眼她的繡繃，又飛速低下頭去，不由皺皺眉。

她放下針線，開始和百合說話。「……這些東西有什麼可學的，又麻煩又費事，整天盯著看，我眼睛都快花了，若說以後有用得著的地方，根本也沒有多少。」

見顧妍嘀嘀咕咕地抱怨不休，百合卻莫名鬆了口氣。

這樣的五小姐，總算讓她找到一些原先的影子了。

她斂容回道：「小姐現在瞧著無用，可日後出嫁的嫁衣便是要自己繡的，哪怕繡藝平平，那繡一塊紅蓋頭也是必要的。再者，未來去了夫家，小姐也要為姑爺準備貼身衣物，針線房做的總是沒有自己親手做的有心意……」

顧妍面露不耐，看到百合腰間掛著的流蘇荷包，那上頭繡的蝴蝶唯妙唯肖，不由伸手抓住仔細端詳。

「這荷包是妳繡的？看著可真精緻，我瞧著竟與容娘子不分上下了。」只是色彩更為鮮豔亮麗，用的還是雙股線，有點魯繡的韻味。

就聽百合說：「這是奴婢娘親繡的，她是針線房的繡娘，也就做做府裡的春裳夏衫了，哪裡能和容娘子相提並論？」

百合解下荷包遞給顧妍，顧妍細看了一會兒，發現確實是魯繡，哪怕已經融合京繡技巧，那魯繡的精髓倒是留下來了。

她印象會這麼深刻，是因為上一世，張皇后拜師時，曾贈與舅母的拜師禮中有錦鯉戲荷的魯繡錦屏，她很喜歡，舅母給她放在房間裡。

第一次聽百合說起她娘親，顧妍問道：「我記得妳不是府裡的家生子呢，倒是沒聽妳提起過家人。」

百合垂下眼說：「奴婢祖籍是濟南，家裡犯了事被賣來北直隸，爹早去世了，娘帶著奴婢和弟弟輾轉數年，來了侯府供職。」

「妳還有個弟弟，也在府裡頭做事？」

「沒有，弟弟身體不好，做不得粗活……」

簡單說來，就是富貴病了。

顧妍這會兒有些明白了，為何上一世百合會出面指證她害得二伯母小產。

孤兒寡母，百合和她娘在侯府做事，養活自己，可是百合弟弟這個富貴病，可不是靠著母女倆微薄的月錢能養得活的。家中最後一滴血脈，怎麼也要保存，大約李姨娘就是拿捏住這一點，所以百合才會給她致命一擊。

顧妍手指摩挲著那荷包繡面，不過是最普通的細布，繡上蝴蝶之後便一下子變得與眾不同。見微知著，百合的娘只怕也不是簡單的人。

顧妍抬頭問道：「妳會這種繡法嗎？先前容娘子授課我沒聽，娘親那兒我也不好意思問，現在繡不出來不好交差，就妳來教我吧。」

魯繡不比四大繡藝，傳播範圍較窄小，因此傳承也更嚴謹，百合娘要想將這門技術活傳承下去，只有教百合純正的魯繡藝術，不與其他混淆，才能保證其原汁原味。

百合聞言有些猶豫，顧妍霎時瞇了眼睛。「什麼啊，連這點都不願意，又不是讓妳做什麼，真沒用！」她哼了聲，突然一下子想起綠芍來了，懶懶地說道：「不知道綠芍的病養好沒有，若是還沒好透，我也得找個能替補的換上去了……」

百合聽明白其中意思，大驚失色，連忙說道：「不是的，五小姐，奴婢只是怕自己技術不到家，反而教壞了您。」

「我本來就什麼也不會，再不濟也就那樣了，怕什麼？」

百合這下沒話說了。做主子的要求，她哪有拒絕的道理？娘親告訴過她不要將技藝外傳，不過她估量五小姐的資質，大約只能學個皮毛，何況她現在是絕不能離開五小姐身邊的，若因此惹了五小姐不痛快，反而得不償失。

百合手把手教顧妍繡了一叢素心蘭，顧妍故意將落針做得歪歪扭扭，針腳稀疏，學得也慢，百合陪著做了兩天，才算是完成一小叢蘭花，可仔細看來，也不過差強人意。

百合擦了擦汗。倒不是說五小姐愚笨吧，大約是真的天賦使然，五小姐在這上面真的不開竅。前一刻鐘才說過的，轉眼就忘了，又得從頭開始……她總算能夠理解容娘子是何等無奈，當下也不怕這魯繡技藝外傳了。就五小姐這樣的資質，沒兩天就該全忘了。

顧妍早早地拿了那幅繡品去寧壽堂，今日顧老夫人特意請容娘子用膳，來與她品評幾位小姐的長進。這是容娘子在顧府的最後一年，之後她便準備要去雲遊四海過幾年快意日子，因而這也算是最後一場考核。

姊妹幾個的繡品早就被送去針線房交給容娘子過目了，顧妍完成得晚了些，現在還揣在懷裡，只等著當面交給容娘子。

寧壽堂內，顧婼、顧媛、顧婷已經到了，正坐著喝茶。

顧妍進來的時候，顧媛的目光就死死瞪在她身上，恨不得將她啖肉飲血，然而轉瞬，顧媛就轉了轉眼珠子，意味深長地一笑。

顧妍知道她什麼意思，不就是等著今日看她出洋相嗎？

顧妍當沒看見，走到顧婼身邊坐下，拉了她的衣袖嗔道：「二姊每次都來得這樣早，也不等等我！」

雖然同住三房，顧婼請安問禮卻從來不與她一道，每每都是她來的時候，顧婼已經等候在旁了。

顧婼放下杯盞，兩指一捏拎開她的手，撫了撫袖口道：「妳睡得雷打不動，誰叫得醒？」

這幾天兩人關係緩和了不少，顧婼明明心裡是想親近她的，無非是有些拉不下面子，彆扭極了。

顧妍一點也不惱。「那二姊下次直接掀了我被子，我一準兒能醒！」

顧婼斜她一眼，悶頭吃起茶，顧妍就學著她的樣子吃茶。

顧婷眼神晦澀地望向顧妍，就連顧媛都瞇起眼睛，想不通這兩姊妹什麼時候要好起來了。

過了一會兒，老夫人和容娘子在安氏、賀氏等一眾人簇擁下進來，顧妍幾個連忙起身問好。

容娘子是個年過四十的婦人，身形消瘦，氣質卻出眾。

老夫人對待容娘子很是禮待，滿臉笑容極為熱絡，請了她上座與她寒暄，而安氏和賀氏則分坐下首。容娘子身後跟著的婆子手裡疊了幾張絹帕，不用說也知道那是幾位小姐的繡品。

安氏的女兒也就是大小姐顧姚，早在年初就出嫁了，她自然不太在意，當下穩坐如泰山，然而賀氏自從坐下來便開始有些急躁，眼睛時不時往婆子的方向瞟。

要知道，能得到容娘子一句誇讚，對於閨閣小娘子來說，是種榮耀，說出去豈不是響噹噹的？

「幾位小姐的繡品我看過了，都十分不錯，長寧侯府顧家的姑娘們，個個都是心靈手巧的。」

上首的容娘子說了這麼一句話，賀氏的心一下子提了起來，身子都不由自主坐直了。

顧媛、顧婷也都正襟危坐，目光發緊；顧婼神色倒是自如；顧妍就更不用在意了——她的繡品還在自己懷裡揣著呢，和顧媛、顧婷爭這個有什麼意思？然而，不知怎地，心裡有種不妙的預感。

顧老夫人聽容娘子這般說，心裡高興，招手讓婆子將那幾塊絹帕呈上來細看。

放在最上頭的，繡的是雨打芭蕉圖，粗大挺拔的芭蕉樹上，開了一串串淡黃色的花，細細密密的針腳，整齊儼然，看得出來刺繡的人是十分認真的。

老夫人看了看落款，是顧婷的。

容娘子在一旁說：「六小姐學得很快也很好，雖然技藝還不算成熟，但在這個年紀已是極為難得，而且這芭蕉傳神，有些靈韻，看得出這畫樣是極好的。」

老夫人一下子想到三兒子的工筆畫，了然一笑。

顧婷一顆心鬆下來，面上也帶了些歡喜。

顧媛不屑地冷笑。顧婼抿著嘴角，長翹的睫毛微動，默不作聲地喝了口茶。

顧妍知道，二姊心裡是尊敬父親的，與大多數子女一樣，崇拜孺慕著父親。然而在這個世界上，並不是所有的感情都能得到同等回報的，父親有他自己的喜好，二姊又能做什麼？但心裡，終究還是會失落。

老夫人將顧婷的帕子翻過，下面放著的是顧媛的繡品，賀氏伸長脖子瞧見了，眼睛一亮，趕忙去瞧容娘子的神色。

然而容娘子始終一副淡笑的模樣，喜怒不測，賀氏一時也把不準。

顧媛繡的是一幅水墨山河的景象，充斥了整張細綢白絹，帕子上用的盡是深淺不一的黑色絲線，密密麻麻勾勒出氣勢磅礴的山水輪廓，東方一點鮮紅，猶如旭日東昇，大氣恢弘。

老夫人眼中閃過驚豔，不敢置信地望向顧媛，那其中的激賞讓顧媛一下子挺直背脊，面露倨傲之色。

在她看來，什麼鶯鶯燕燕、花花草草的，實在是太過小家子氣了，既然要讓容娘子印象深刻，自然得別出心裁。

賀氏一直腰桿子，勾了勾唇角坐挺身子。

畢竟是自己最喜歡的孫女，老夫人看到這塊帕子就對顧媛很滿意。脾氣品行可以慢慢教導，好好學總是能成的，可這些琴棋書畫、針黹女紅就不是一、兩日能夠達成的，媛姊兒能有這麼好的繡藝，也不枉費自己疼她一場。

老夫人老懷大慰，又想聽一聽容娘子誇自己孫女，就笑著對她說：「媛姊兒繡得倒是特別，我瞧著進步很大呢！」

「三小姐的繡藝確實不錯。」容娘子點到為止，卻沒有再多說什麼。

老夫人顯然不滿足這個回答，先前婷姊兒都能得那樣的評價，為何到了媛姊兒就如此草率？

老夫人不甘地繼續引導這個話題。「我啊，年紀大了，眼睛也慢慢看不清了，這孩子繡得那麼密，想來也是極為用心的，都說慢工出細活，真是不容易的……」

容娘子也是在貴圈子裡混的，當然知道老夫人是什麼意思。她也不多看，淡淡一笑。「這繡品確實出色，只是各人技藝不同，互不契合，若是細看，就顯得太過駁雜了。」

容娘子抿了口茶，說得儘量委婉，其實也就是看不上眼的意思。拿了別人的東西充好，除了是品行不佳外，也是對她的敷衍和不尊重。她原先不想點破，給彼此留些餘地，老夫人非要逼迫她說出什麼好話來，那可就沒有了！

賀氏和顧媛臉唰地一白，隨後又紅了起來，顧妍聽了卻險些笑出聲。

大約這些身懷絕技的人在某些方面都有些莫名其妙，如晏仲孤傲，容娘子耿直，在他們的原則上面，半點不得退步。

顧媛觸了容娘子的霉頭，人家沒有即刻拂袖而去已是給足臉面了，偏偏老夫人得理不饒人，非要捅出這樁醜事，自討苦吃。

老夫人滿心的期望被一盆涼水澆了個透心涼，面皮僵著一時回不過來。

各人技藝不同，互不契合，太過駁雜……這幾個詞是什麼意思，稍一琢磨也就明白了。顧媛這是請了人代繡，而且還不止一個！

老夫人臉色一下難看起來，咬著牙頓時有種恨鐵不成鋼的意思。

賀氏的面色黑了又白，白了又黑，她找了好幾個繡藝出色的繡娘給媛姊兒刺繡，又是仿著媛姊兒平日的針法習慣，還有地方特意出錯，不顯得過於完美，媛姊兒都說簡直就是她自己繡的一樣，沒想到容娘子一眼就看穿……

賀氏的算盤當然是打得響，可惜搬起石頭砸了自己的腳！

安氏嘲諷一笑，但也起身揭過顧媛的繡帕，似要緩和氣氛地道：「快來看看婼姊兒繡的，容娘子一度說婼姊兒的天賦出眾呢……」

話音到這兒戛然而止，安氏的面色僵住，手下動作也停了。

顧妍驀地心中一緊，朝老夫人望過去，卻見老夫人的眼睛一下子瞇起來，像在竭力隱忍什麼。

容娘子在上首說：「二小姐繡藝精湛，唯妙唯肖，雖尚顯稚嫩，但已初具風韻，假以時日，定能大成……」

容娘子說了一通好話，老夫人的面色卻未曾緩和，反而越來越難看。

顧妍這個角度看不到那張繡帕，她咬了牙離開座位上前去，拿出懷中的繡帕交給容娘子。「容娘子，這是我的繡帕，雖然遲了，但是我一針一針繡的……」

小娘子眼睛睜得大大的，容娘子原先不喜這種不守時的行徑，但見顧妍還算真誠，倒是接過來細看，顧妍就趁她低頭的工夫，朝桌上看過去。

豔黃色的，真紅色的，層層疊疊的，是一大朵朱砂紅霜菊，帕子角落繡了一個「䒗」字，菊花旁是唐代元稹的一首詩。「不是花中偏愛菊，此花開盡更無花。」

顧妍不敢置信地回頭。

她那日見二姊繡的東西明明是金佛手，怎麼一下子變成了朱砂紅霜？難道就因為顧婷鬧了那一齣，所以臨時換了？可再如何，她也不能繡菊啊！無怪老夫人現下面色難看得回不過來，府中人都知道，老夫人痛惡菊花，尤其是朱砂紅霜！

原因……據說是因為顧老爺子。顧老爺子定居在大興，年節時才會回府，因著顧四爺的生母，也就是顧老爺子的妾室朱姨娘被老夫人害死了，顧老爺子一氣之下就與老夫人異地而居。

相傳這位朱姨娘最愛的就是朱砂紅霜菊。

顧婼怎會不瞭解老夫人的喜好和忌諱，怎麼會在這個時候犯了這種錯？

顧妍絕對不信！

那這塊帕子，是誰做的？

安氏白著臉，張了張嘴想說些什麼，然而試了幾次，始終開不了口，別過頭無能為力。

顧妍盯著安氏細捏絹帕的那隻手——悠然而閒適地翹著蘭花指，哪裡像是心中哀憤的？方才就是安氏急匆匆地將二姊繡帕拖出來的，看似是在緩和氣氛，可仔細一想卻有些刻意了。

這件事，安氏也有參與？

「妳這不是京繡，也不是蘇繡，倒有些像是魯繡和蜀繡……」容娘子盯著那歪歪扭扭不是很好看的素心蘭半晌，得出了這麼個結論。

容娘子是燕京人，擅長的正是京繡，顧妍的母親是姑蘇人，擅長的是蘇繡，舅母卻是巴蜀人，擅長蜀繡，她幼時不學這些，大了些才跟舅母學的蜀繡，京繡也會一點，魯繡則是因為百合才會的。僅憑這樣一幅半殘品，容娘子能看出端倪，確實是內裡行家。

顧妍竭力平復自己的心情，正容說道：「是的，說來慚愧，先前娘子教授課程，阿妍沒有仔細學，然而繡品交不出來，也不成樣子，只好求教身邊的婢子，她們正是會蜀繡與魯繡，才有了現在這樣……」

容娘子點點頭。「看得出妳是用心的。」

她又仔細看了看，像是發現了什麼，轉過頭看顧婼繡的那朱砂紅霜菊，恍然笑道：「我說好像哪裡看見過，妳們兩姊妹，都是用了魯繡啊！只是二小姐這裡藏得深，我倒是一時間還看不出來呢！」

顧妍聞言眼睛一亮，顧婼卻倏地蹙起眉。「什麼魯繡？我從沒學過這個。」

「沒學過？」容娘子拿起那塊絹帕端詳。「這加撚雙股絲和辮子股針，不正是魯繡特有的嗎，妳若是沒學過，怎會這麼用？」說到這裡又有些奇怪。「倒也是，這幾針都被蓋起來了，不仔細看都看不出來，倒像是手誤似的……」

老夫人容色終於緩和了些，聽到容娘子這麼說，恍惚像是明白了點什麼。她沈聲問道：「婼姊兒，妳繡的是什麼？」

顧婼一直坐在下首，看不到老夫人案首上放的絹帕，她有些奇怪，自己繡了什麼，難道祖母看不出來？

可既然老夫人問了，顧婼也老老實實回答道：「是金佛手。」

老夫人額角跳了跳，長吐了口氣。先前氣狠了，也沒深想，如今冷靜下來，才察覺到疑點重重。

容娘子不是侯府人，當然不明白老夫人的忌諱，只當她是年紀大了身子不好，於是站起身請辭道：「幾位小姐的繡品都看過了，我在顧家的教學也告一段落了，以後有緣再見吧。」

老夫人回過神來，起身送容娘子出門，而後就這麼靜靜地站立在廊廡底下。

賀氏方才丟了人，現下哪怕凍得哆嗦也沒臉去勸，安氏就在旁說道：「母親，外頭風大，進去吧。」

老夫人點點頭，「嗯」了聲，走進屋內，腳步有些虛晃，在賀氏和嬤嬤攙扶下又坐回了上首那張太師椅。

「媛姊兒回去閉門思過，老二媳婦妳也回去，這幾天不要過來請安了。」

冷靜下來後，老夫人的腦子清醒了許多，剛剛的事也逐漸清晰起來。想到容娘子說顧媛找了人代繡，她那張老臉就覺得火辣辣地疼——虧她有一瞬還為這個孫女感到驕傲，原來全是放屁！

顧媛哭喪了臉。「祖母……」

「滾！」老夫人正在氣頭上，想著就是自己平日裡的縱容，才釀成今日的苦果，心裡百般不是滋味。

顧媛一下子嚇住了，祖母什麼時候跟她說過這種重話？她委屈得直想哭，跺了跺腳拔腿就往外跑。

賀氏自己理虧在先，再看老夫人這怒氣一時半會兒消不下去，認栽地起身追上顧媛去，心想過幾天再來娘這裡討個好。

賀氏滿肚子氣地離開了，安氏蹙著眉站在一邊，抿著唇似是心情有些不好。

怎麼可能會好呢？安氏打的算盤落空了，老夫人沒有上套，這下子努力白費了，又怎麼高興得起來？

安氏目光極隱晦地睃了顧妍一眼，只見顧妍傻乎乎地笑。安氏一愣，眉心皺得更緊，暗想莫非真是巧合？

「好了，都散了吧。」老夫人疲憊地揮揮手。

安氏想留下，也被老夫人擺擺手趕走了。

廳堂裡空落下來，老夫人就拿起那塊繡了朱砂紅霜的帕子攥在手裡，越攥越緊，像是下一刻就要將這塊布撕碎扯爛。

長年伺候老夫人的一個老嬤嬤輕聲勸道：「夫人，切莫傷了身子。」

「傷身？心都死了，傷身又怕什麼？」她冷冷嗤笑，身子卻頹然下來。

過了這麼多年了，原來什麼都沒忘，什麼都鐫刻在骨子裡了。

不是花中偏愛菊，此花開盡更無花。

當年那個玉樹臨風，芝蘭玉樹的男子，就是與那個賤人這般說的，一生一世，只傾心一人。那她又算什麼？

老夫人雙手一用力，隨著「嗤啦」一聲，帕子被撕成兩半。

「查！給我查清楚怎麼一回事！」

府裡頭要算計什麼她不管，不鬧出大動靜，她權當睜隻眼閉隻眼。哪家的後宅是清清楚楚、乾乾淨淨的？可要是有誰想著揭了她的傷疤，借了她的手來行事，那就休怪她不客氣！

眾人離開寧壽堂後各自回屋，顧妍眸子慢慢瞇起來，側目就看向百合發白的臉色。

她們幾個來寧壽堂請安，丫鬟、婆子都是被留在外頭不許進的，百合或許不知道發生了什麼，不過當她看到二姊完好無損大搖大擺走出來，心裡就該有點譜了。

「剛剛怎麼回事？」顧婼想了半晌也不得門竅，也不知是在問自己，還是在問顧妍。

顧妍注意到百合身子一正，還微微側了耳做傾聽狀。

她不願多談。「快些回去吧，這雪眼看著是要下大的。」說完就看了百合一眼。

百合一愣，低下頭打開油紙傘為顧妍撐起，神色卻難掩急切。

顧婼看她一眼，若有所思，抿了唇一道走了。

一路上兩人不曾開口，連眼神交流都沒有，百合便是想透過她們的神情看出什麼蛛絲馬跡來也徒勞無功。

直到二人去了正院，顧婼屏退眾人問她。「那個丫鬟有問題？」

顧婼謹慎聰明，細心周到，有些東西她一想便明白。

見顧妍點頭，像渾不在意，顧婼便不解地問道：「妳既然知道那人有問題，還把人留在身邊伺候？養虎為患，身邊種了這麼顆毒瘤，妳倒是從容得很。」

她心知顧妍已不如過去那樣一味蠻幹任性，就像是頃刻間突然長大懂事了，可有些事，她越發看不懂。

「我若是隨手把她打發了，今日二姊就沒那麼容易倖免了……」顧妍輕嘆了口氣，還有些慶幸和後怕。

「妳什麼意思？」

顧婼一聽這話就覺得不對勁，她本就覺得今日這事有蹊蹺——祖母那神色都像是要吃人了，還莫名其妙問她繡的是什麼，容娘子說的魯繡，一團團的亂如麻，竟然還牽扯上百合？一個婢子，能掀起什麼風浪？

「妳的繡品被人掉包了，老夫人那兒看到的是被換了的帕子，上面繡的是朱砂紅霜菊，還附帶了兩句詩。」

是什麼詩，顧婼一想就清楚了，老夫人那時候可是氣得險些背過氣去……處於理智決堤崩潰的邊緣，但凡有一條導火線引燃，後果可想而知。

話到了這兒，顧婼臉色就是一白，隨後黑了下來。「這是栽贓嫁禍？」

背後那隻手是誰的，只要想想誰能從中獲益就明白了，肯定是李姨娘！

柳氏不得老夫人喜歡，父親待母親也大不如前，李姨娘在三房的地位日益攀升……何況前不久，顧婼還在父親面前提出，要為母親分憂，分了李姨娘的管事權。

李姨娘面上說著好，心裡指不定怎麼罵呢！定要想法子把她這塊絆腳石除去的！

她深吸幾口氣，按捺住心中激憤，又問道：「這和那丫鬟有什麼關係？是她換了我的絹帕？」

顧妍搖搖頭。「百合的娘是針線房的繡娘，她們本是山東人，擅長的是魯繡技藝，我找了百合教我刺繡，交去的帕子上用的便是魯繡，而容娘子看出妳那塊被掉包的帕子上也有魯繡的痕跡，這才誤打誤撞教容娘子察覺出端倪來。」

容娘子在侯府教課，最常去的地方就是針線房，她在針線房有自己的宴息室，幾位小姐完成繡品後，就是讓大丫鬟送到針線房的，在這個過程裡，若有人偷天換日掉個包，倒也是容易的事。

要模仿二姊的針法，就要精通蘇繡、京繡，還要不教人輕易看出差別，那必須得是個技藝十分高超的繡娘。

顧婼一聽有些發怔，喃喃道：「竟然這般巧？」

巧？也算是巧吧。

李姨娘居心不良，時時刻刻瞄準著她們，什麼事都能給她掀起風浪，讓人不得不防。

百合是李姨娘的眼線，當然幫著她做事。

顧妍是故意讓百合教她魯繡的，將魯繡精髓無限放大到容娘子面前，她不信容娘子看不出來，而至於容娘子能否順利地聯繫到二姊的那張繡帕上，卻是有些在賭了，所幸好運是站在她們這邊的。

顧妍心情不錯。「二姊是有福之人，逢凶化吉，便是巧合又如何？橫豎如今不用我們擔心，祖母那兒不罷手，牽連的總會被揪出來。」

只是她一直有個疑惑，安氏……怎麼會幫李姨娘的？

侯府的中饋管家權早已交給安氏，但真正大事的決斷卻依然要經過老夫人的首肯，既然老夫人下令要嚴查，安氏自然要拿出最快、最有效的章程出來。

從二小姐顧婼身邊的丫鬟、婆子，到三房上上下下可疑之人，再到針線房裡裡外外每個角落，一丁點蛛絲馬跡都沒放過……

事情很快水落石出，那日二小姐身邊的大丫鬟伴月送了二小姐的繡帕來針線房時，是一名姓趙的嫂子接的。

年節將至，最近針線房忙得不可開交，趙嫂子能抽出空來為伴月做事，伴月還感激了一通。趙嫂子將二小姐的繡品送去容娘子那處，但容娘子看到的，卻是被掉包的絹帕。再一查趙嫂子是山東人，本身亦是擅長魯繡的繡娘，所有的矛頭暫時便推向她。

「……是前年的時候來府裡的，家中有個病兒子，還有個女兒在五丫頭身邊伺候。」安氏將查出的結果告知老夫人。「今夏的夏衫送到二丫頭那兒的時候，上頭的玉簪花繡成了芙葉，二丫頭發了通火，罰了針線房做那套衣服的繡娘兩月月錢，就著這趙姓嫂子。」

六小姐顧婷最愛的就是芙葉，而二小姐顧婼卻是最不喜歡的，針線房的人以前不曾出過錯，但趙嫂子是新來的，一時沒注意，就惹了個麻煩。

「那趙嫂子家的小兒子是個病的，就靠她和她閨女的月錢吊著半條命，趙嫂子被罰了錢，這下子藥錢沒了，東拼西湊地借，她那兒子還是去了大半條命……家中唯一的骨血，險些保不住，趙嫂子就怪到二丫頭的身上。」

「所以，就伺機要給婼姊兒一個教訓，還用了這種法子？」老夫人斜斜覷了眼安氏，冷笑一聲。

安氏順勢端了盞茶遞給她。「那趙嫂子本是濟南彩雲坊最好的繡娘之一，繡藝是頂尖的，因家裡男人犯了事，才被削為奴籍。家裡頭幾代單傳，僅有這麼個兒子，寶貝得猶如命根子，但凡威脅到孩子，作為一個母親，能做出什麼真是不好說……」

話到了這兒，安氏嘆息一聲，她想到自己那早夭的大兒子。當初長子過世的時候，她也是險些就要一道跟著去了。

老夫人到底接過茶盞抿了口，道：「既然做了，就做好準備別後悔！」

一隻螻蟻還妄想不長眼地往她身上咬，那便沒有什麼轉圜的餘地了。

「婼丫頭也算受了委屈，她不是要學管家嗎？撥個人過去看著吧。」老夫人又道。

安氏剎那明白要怎麼做，即刻退下。當她派了常嬤嬤來三房時，顧妍正和顧婼一道在西次間裡習字描紅。

顧妍的字是跟著舅母學的，勾踢、轉折、輕重、連斷，如同行雲流水，下筆舒卷自如。

顧婼大為吃驚。「妳的字寫得好，進步極大。」真不像是她寫得出來的。

這句話顧婼沒說出來，顧妍卻聽出了其中的意思，她轉過頭來道：「二姊的書畫也極好，工筆寫意都不差，不也是一樣嗎？」

二姊在書畫上的天賦極高，四叔還竭力誇讚過她明悟通慧。

顧婼微怔，淡淡笑了笑，復又低下頭去。「妳那丫鬟怎麼了？」

轉移話題的方式實在不怎麼高明。

顧妍順著她的話，不甚在意地道：「現在見不到人影了，估摸著是被叫去哪兒了吧。」

這些事與她沒有關係，要害她的人，她又何必留情？

不一會兒，常嬤嬤就奉了命令來三房，與顧婼說明來意，又道：「針線房的趙嫂子犯了事，世子夫人將她打了三十大板交給僑門了。趙嫂子閨女百合為她娘求情，衝撞了世子夫人，世子夫人就一併將她打了後發賣了……」

顧妍一副吃驚的模樣。「百合都走了，我身邊哪裡還有什麼人伺候啊？」

常嬤嬤是安氏身邊的老人，她閨女就是三少爺顧衡之身邊伺候的玉英，既然常嬤嬤奉了安氏的命令過來，顧妍若是不做點樣子給她們看，就顯得可疑了。

常嬤嬤見顧妍不滿，反而放了心，道：「那奴婢與世子夫人說說，給五小姐再找幾個伶俐的丫鬟來伺候？」

安氏送來的和李姨娘送來的，有差別嗎？

顧妍堅決地搖頭。「我才不要府裡的家生子呢！等來年開春了，我讓牙婆送了婢子來親自挑選，就不信找不到合適的！」

大家族繁衍生息百年，下面人早已盤根錯節，主子們讓下人辦事也盡心，家生子肯定是比外頭來路不明的丫頭好得多……五小姐這任性胡鬧的性子真是一點兒沒變。

常嬤嬤心中暗諷，面上還是連連說好。

第四章

進入臘月，顧婼就開始忙起來，侍疾的事便落到顧妍身上。

先前做的秋梨膏極管用，柳氏的咳症已經好了許多，覺得有力氣時還會陪著顧妍打絡子玩。

「妳還小的時候，就喜歡和衡之一道纏著我陪你們翻花繩，我應付不過來了，就用五彩的絲線給你們打絡子玩，你們一下子就都高興了……」

顧妍記不清楚那時候的事了，但似乎印象裡，母親的絡子的確打得很精緻。

她找了許多線來，白嫩的手指繞來繞去，很快打好了一個鬆鬆垮垮的攢心梅花，舉到柳氏面前。「阿妍也會打絡子的！」

「是啊，阿妍越來越厲害了！」柳氏接過來，轉頭讓唐嬤嬤去找了塊碧璽圓玉，嵌在上頭。「梅花開於冬春之交，有報春之意，是吉祥之花，更是歲寒三友之一，高潔、堅韌、樸素、甜美。梅花絡子要沿著結體多走幾遍線，才能看起來結實緊緻……」

柳氏一邊說，一邊耐心打，玫紅色的絲線繞在手指上，別樣的好看。

顧妍目不轉睛地盯著她瞧，等柳氏收了線，就給她別到腰間。

這個時候，丫鬟燕兒走進來說：「五小姐，二少爺回來了，現在在寧壽堂，表少爺也一道來了……」

顧妍撫著絡子的手一頓，一瞬間有些茫然。

柳氏瞧著有趣，笑問道：「妳平時不是和妳二哥最親嗎？怎麼人家回來了妳卻是這個反應？」

按理不是應該急急起身去寧壽堂前候著人嗎？

顧妍晃了晃神，旋即一笑。「那女兒便撇下娘親過去了，娘親不會生氣？」

柳氏哭笑不得。「跟你們兩個孩子有什麼可置氣的，快過去吧，妳二哥都走了半年，你們兩兄妹也有許久不見了。」

許久不見……可不是嗎？前世今生加起來，已經太久了。

顧妍點點頭，站起身，由唐嬤嬤披上一件白狐狸皮披風，整張臉嵌在厚實的風帽裡，這才出了門。

由於百合先前被打發走了，綠芍還是做著三等丫鬟的事，衛嬤嬤冷眼瞧了幾日，提拔了一個叫青禾的小丫頭做了二等丫鬟，如今貼身伺候著顧妍。

顧妍對青禾還算滿意，這丫頭話少，但做事爽利也細心，暫時說來還是不錯的人選。

而青禾對顧妍的感覺則是驚訝居多。她原先是在莊子上的，年紀到了就來府裡做事，沒錢沒勢也不認識什麼人，被管事嬤嬤分到五小姐這裡。所有人都說五小姐難伺候，說不定待了幾日便要被趕走了，她一直戰戰兢兢生怕出一點錯。可這幾日她近身服侍五小姐，卻覺得五小姐不像傳聞中那樣脾氣大，反而很溫和……與外頭說的一點兒也不像。

青禾默默跟在顧妍身後，穿過迴廊，只要再越過一個花園就到寧壽堂了，顧妍卻在這裡停了下來。

她是不想去寧壽堂的，這裡是往來的必經之路，二哥一出來，她自能見到。

「就在這兒等吧。」

青禾低頭拭淨倚欄上的雪水，又墊了塊方帕，讓顧妍靠著坐下，顧妍笑看了她一眼，伏在欄杆前，若有所思。

二哥顧修之，半年前就被送去江南金匱的西銘書院讀書去了。顧家乃書香世家，侯府的男丁又少，自從大少爺夭折後，安氏便將重心全放在次子顧修之身上，恨不得他早日出人頭地光耀門楣。為了這點心思，安氏可算煞費了苦心，這才想到要將二哥送去讀書風氣重的江南。

西銘書院是江南的頭等學府，就好比燕京的國子監，享譽盛名，慕名而來的學子數不勝數，二哥想入學委實困難，但姑蘇毗鄰金匱，柳家在姑蘇是大族，每年西銘書院整修添資，柳家都是義不容辭，舅舅更曾任書院講師，聲名遠播。

有了舅舅的親筆書函一封，又有了柳家出面，二哥入學便是輕而易舉之事，安氏這才歡歡喜喜送了二哥去江南。

然而安氏承了母親這麼大一個人情，臨了卻反過頭來幫李姨娘……果然不是一家人，不進一家門！

顧妍扯了唇冷笑，只一瞬卻又凝了神色。

西銘……對她來說實在是太過熟悉的字眼，它不僅僅是書院的名稱，更代表了一種風骨。西銘人士標榜氣節，崇尚實學，既講學又議政。他們狷介耿直不畏強權，敢於直言、坦蕩正義，在朝中有許多志同道合見解相似的盟友，他們慢慢就被稱作了西銘黨。

一思及舅舅也是西銘黨人，顧妍閉上眼睛，似乎又想起了那場屠殺。

夢裡的血匯聚成涓涓細流，魏都坐在上首輕搖羽扇，劊子手得令，大刀揮下，一個個的人頭落地，死不瞑目地盯著一個方向。

都是因為她……

顧妍身子禁不住發抖，又像墜入那個無力的夢裡，痛不欲生——直到一隻寬大溫熱的手掌抓住她緊扣欄杆的手。

「阿妍，哪裡不舒服？」

少年的嗓音響在耳畔，手上的溫熱通過指尖傳遞到全身，顧妍有些迷濛地抬頭看了眼。

俊眉修目的少年穿了身月白襴衫，披著灰鼠皮大氅，眉宇間還帶著僕僕的風塵，難掩疲憊，一臉擔憂。

「二哥……」顧妍的聲音像堵在了嗓子眼，翻騰了許久才吐出這兩個字。

不知怎的，顧妍想到最後一次見他時的樣子。他穿了身黃燦燦的戰甲，臉上、身上都濺了血，提了把大刀虎虎生風而來，將大夏的戰神蕭瀝斃於刀下……

眼前的少年還只有十三、四歲，眉清目秀，氣質爽朗，看著她的一雙眼都是含笑的，不見半絲血雨腥風，著實難以與記憶裡的人影重合……

「怎麼了？」顧修之伸手在她面前揮了揮，又察覺她的手太過冰涼，忙攏在自己手裡焐起來。

「大冷的天坐這裡幹什麼，手還這麼冷！」他瞪了她一眼，轉而就脫了自己的大氅給她裹好。

顧妍整個人都顯得鼓鼓囊囊的，只有一雙眼露在外頭，像極林間偷吃松子的花栗鼠。

二哥與兄弟姊妹幾個都不投緣，偏偏與她要好，他們彼此分享著那麼多的秘密，度過最難捱的時光。

前世送他出征，得來的是他身亡的消息，她難過悲痛之餘，以為只有來世再見了，卻沒想到，昭德五年，她看到二哥領著大金的鐵騎南下，一路奪了遼東七十二城，斬殺了大夏的戰神蕭瀝！

她又驚又喜，想和他說幾句話……可她只是個鬼魂，二哥看不見她，也聽不到她的聲音。世間最遙遠莫過於陰陽相隔，她以為就這樣了，就只有這樣了……但老天似乎又給了她一個機會。

「二哥……」顧妍的聲音帶了哭腔。

顧修之身子僵了僵，也不在意，大手揉著顧妍的腦袋，笑道：「傻丫頭，幹什麼呢？還以為這半年妳有什麼長進呢！」說著這樣的話，手臂卻收緊了一圈，又有些高興地道：「我知道我回來妳很開心，可也犯不著這個樣子啊！瞧瞧妳，哭得這麼難看，醜死了！以後嫁不出去怎麼辦？」

顧妍卻是再也哭不出來了。她在他身上蹭了蹭，把臉上淚痕都擦乾淨了，齜了牙，道：「嫁不出去就在家裡做姑子，讓二哥養著！」

「胡說什麼！」他伸手揉顧妍的頭髮。

梳得好好的髮髻被弄亂，顧妍終於忍不住瞪他，顧修之卻依舊這般樂此不疲。過了會兒，他才像是想起什麼，從懷裡拿出一個油紙包遞過去。「喏，妳上次來信說想吃糖捲，我特地替妳到姑蘇采芝齋去買的，就妳說的那家老字號，其他的一點兒也不地道。」

顧妍打開紙包，那一個個的紫薯糖捲早已冷透，都有些壓扁了，但保存得還是很好，隱隱能聞到糯米和蔗糖的清香。

從姑蘇到燕京，千里迢迢帶過來，他也不嫌麻煩！

顧妍小心翼翼包好攏進懷裡，細聲嘟囔道：「我也就是這麼說說而已……」

府裡也不是沒有擅長白案功夫的師傅，可做出來的東西卻總像是哪裡欠了點火候，比不上她在采芝齋吃過的。有一段時間她念念不忘，想起在金匱讀書的二哥，居然寫了信過去，讓他回來時捎上一些，現在想想實在是強人所難了，但二哥竟還真的帶了回來。

顧妍心裡像被溫泉浸洗過一般暖融融的，顧修之見她高興，在一邊咧著嘴笑，剛想說些什麼，卻聽到迴廊另一頭傳來一道尖細的聲音。

「就說二哥偏心，只想著五妹，倒是忘了我們姊妹了！」

顧修之一聽這話就皺了眉，轉頭不耐煩地看過去，就見顧媛穿了身大紅，打扮明豔動人地走過來，方才的好心情瞬間就打了個折扣。

顧妍眼尖地看到，在顧媛的身後，顧婷亦步亦趨地跟著，身子幾乎掩在陰影裡，不引人注意，完全充當顧媛的陪襯。

從上次針線房趙嫂子的事後，三房安靜了一段時日，顧婷許久沒出來蹦躂了。顧妍還以為顧婷韜光養晦起來了，沒想到這些日子竟是去巴結顧媛。說起來，顧媛的性子就是被寵壞了的驕橫，而顧婷對付這種人往往是最有法子的，她從前就是被顧婷哄騙得七葷八素，那張甜嘴，真是討喜極了……

顧媛幾步就站定在兩人面前，瞅了眼顧妍懷裡的油紙包，挑眉笑道：「有什麼好東西還要藏著掖著的，二哥未免太過了吧！」

顧修之順勢坐到顧妍身邊，撣了撣衣袍，冷冷說道：「帶給兄弟姊妹幾個的禮物早就備好送去各房各院了，妳不滿意就算了，少來這兒給我擺什麼臉色瞧。」

對於自己喜歡的人，顧修之自然是千般萬般的好，但要是遇上自己不喜歡的，他是絕對不會強迫自己和顏悅色的，這就是他的脾氣。

顧媛微笑的面容霎時扭曲，一雙美目瞪圓了，差點就要翻臉。

若不是因為侯府男丁稀少，顧衡之又是個病的，顧修之成了小字輩裡唯一的希望，她會拉下臉來去奉承他？她從來都看不上這個吊兒郎當、不務正業的二哥好嗎？

偏生賀氏除了她一個女兒再無其他孩子，二房也沒有男嗣繼承，老夫人想著再緩幾年看看賀氏肚子有沒有動靜，為了日後自己能有一個倚仗，顧媛這才勉強笑臉相迎的。

和顧妍這賤蹄子一樣，都是給臉不要臉的！難怪能混到一塊兒去！

顧媛氣得身子直抖，顧婷在這時就暗暗扯了扯她的衣袖，示意她往另一頭看去。原先滿面的怒容，剎那就變成了溫婉似水，柔情密意。

顧妍暗暗納罕，順著她的視線望去，卻在下一刻，僵在了那處。

遠遠走過來的，是一個十七、八歲的少年，身形高眺，十分清瘦，相貌出眾，玉樹臨風，最難得的是他身上有股歲月沈澱後的溫潤內斂。

顧妍想起之前下人通報時說，表少爺也來了。她當時聽到二哥回來的時候就愣了，也沒留心，現在見到安雲和，卻是驚訝居多。

安雲和是安氏的姪子，因為安氏的緣故，經常和長寧侯府打交道，顧妍偶爾也會見到他。然而，她幼時對他的記憶零星得可憐，印象深刻的原因，卻是柳家抄家那日，是安雲和帶人去的。

魏都手下五虎五彪之首，狠辣的手段絕對不輸給任何人。那些軍官進了柳府就開始肆虐，打砸虐殺，活像蠻不講理的草莽流寇，安雲和卻好整以暇作壁上觀，甚至縱容手下輕薄侮辱著府中女眷，更喪心病狂地還要對屍骨未寒的舅母下手……

顧妍想竭力壓制住自己的情緒，但可惜忍不住目光中的冷銳。別人看來的翩翩公子，在她眼裡，就是衣冠禽獸。

安雲和一路閒庭看花般走來，見顧修之大剌剌坐在倚欄邊上，失笑道：「修之，走這麼快做什麼？」走近了，才發現拐角口還有不少人，他倒也不慌不忙，頓下作揖道：「原是諸位表妹，有禮了。」

顧媛看到安雲和過來，一張臉早已紅透，眼睛晶亮，再一見他與自己說話，忙上前一步福身還禮道：「安表哥莫客氣，一路舟車勞頓，辛苦安表哥了。」

她一面說，一面低下頭，耳尖泛了層淡淡的粉，平時的跋扈樣竟無跡可尋。

安雲和愣了愣，一笑過後也沒多在意，又寒暄了幾句，似乎是察覺到顧妍的視線，他看了過去，乍然對上那雙黑森森的眸子，心裡驀地有些怪異。他頓了一瞬，還是禮貌地打了招呼。「……五表妹。」

顧妍低下頭去，暗暗吸口氣。她自然是不會在這種時候表露出心緒，讓人察覺的，便只輕聲與顧修之耳語道：「許久不見，眼生得很，都不認得了……」

顧修之噗哧一聲。「瞧妳這記性，就光記著紫薯糖捲了！」

顧妍瞪他，站起身低了頭有些不好意思。「安表哥別見怪。」

「自然不會。」安雲和溫聲頷首，心裡依舊有些疑惑，不免多看了眼。

這一眼尋常看來自然沒什麼，但對於整副心神都放在安雲和身上的顧媛來說，就如一根尖刺狠狠扎在心頭軟肉上，下一刻就看向顧妍——瘦小的人兒裹得粽子似的，髮髻微亂，面龐埋在風帽裡，神色平和，稚嫩的臉蛋還未長開，那五官卻已十分精緻……以前怎麼沒發現，這小蹄子竟然長得這樣好看！

顧媛瞇起眼睛，卻難得收斂了脾氣。她又殷切地問了些瑣事，企圖將安雲和落在顧妍身上的注意力拉回來。「安表哥要在府裡住下嗎？客房可都安排好了？若是缺了少了什麼，安表哥千萬不要客氣，只管吩咐下去。」

安雲和一一有禮相回。「與修之一道回來的，只臨時決定來見見姑母，在侯府逗留一、兩日，姑母早已安排妥當了，勞三表妹掛心。」

你來我往一番，顧修之直聽得頭疼。他可清楚顧媛在打什麼主意！像表哥這樣少有慧名的才俊，不知幾何的閨秀為之傾心，若不是安家以先立業後成家來約束表哥，表哥也不至於如今十八了還未娶妻。先不提表哥近幾年之內會不會考慮終身大事，便是考慮了，也斷不會考慮到她顧媛的身上，就她這樣子的，安家才看不上！

顧修之癟癟嘴，對顧妍道：「咱們回去吧，這裡怪冷的……我還有好東西要給妳呢！」

顧妍也不想在這裡多待，更不想多看安雲和一眼，點點頭便由顧修之帶著悄悄走了。

安雲和便低聲說：「雪大風寒，兩位表妹還是先回吧，我那兒還有些東西尚未整理，必得親自來……」

說到這分兒上，顧媛也不好繼續，目送安雲和離去，到看不清人影了，這才戀戀不捨地收回目光。

顧婷就說：「經年不見，安表哥似乎越發風姿出眾了……」

凡是好話，顧媛自然願意聽，然轉念一想又有些不對勁，斜睨著顧婷，那目光審視裡帶了幾分冷銳，似是在維護自己所有物一般，不容他人褻瀆。

顧婷順勢眨著眼，一派天真。「安表哥待人接物都是彬彬有禮的，尤其對三姊，似乎格外溫和呢，就像二哥對五姊一樣……」

顧修之與顧妍有多好，顧媛是知道的，乍一聽顧婷這麼說，她臉上就倏地浮現兩抹紅暈，看人的目光也變得柔和起來。

都說當局者迷，旁觀者清，她沒發現，顧婷卻應該是看得清楚的，莫不是安表哥對她也……

顧媛一顆心剎那心跳如擂鼓，又是期待又是高興地問：「妳說的是真的？」

「自然是的。」顧婷忙回道。

顧媛一下歡喜極了，可不知怎的，驀地就想起將才安雲和望向顧妍時的目光，心頭那塊軟肉又開始隱隱作痛。她皮笑肉不笑地看著顧婷。「平日裡妳不是與妳那五姊最好嗎，怎地近日看她都對妳愛搭不理的？」

提到這事，顧婷面色也有些無奈。「也不知是我哪兒惹了五姊不高興，她最近也不怎麼與我說話，便是我一貫遵從順著她，她也再無往日那般了……」

嫡女大抵生來就對庶女有一種自我優越感，顧媛一向都是瞧不起顧婷的，還曾經對顧妍那麼依賴顧婷嗤之以鼻，可如今顧妍突然和顧婷劃清界線了，她又覺得顧妍這人品行實在不堪。

「她不就是那個脾氣，也就妳，人善被人欺，現在可不是吃苦頭了？」顧媛自是逮著機會也要奚落顧妍幾句的。

顧婷抿了抿唇，道：「姊姊們都是嫡女，難免要看不起我的，我也不過是受了點氣，其實也沒什麼大礙，總是和和睦睦的好，畢竟大家都是血濃於水的親人……」

顧媛心裡那股優越感便越發旺盛了。「算了算了，她們不拿妳當姊妹，總還有其他人的，以後，總有我來護著妳……」

顧修之說的好東西原來是一把匕首，顧妍收到的時候簡直哭笑不得。

姑娘家的身上帶著利器總是不好看，也虧得二哥竟然想到要送她這玩意兒。然而轉念想想，這也確實是二哥做得出來的事，她雖身處內宅，但也保不齊哪天會有什麼意外，總之備著防身卻是沒錯的。

將匕首交由青禾好好收著，顧妍辭別顧修之就回了清瀾院。

自從百合走後，院子裡似乎蠢蠢欲動起來。先前貼身侍候五小姐的兩位大丫鬟一個被降等，一個被發賣，所有人都想著萬一自己得了五小姐青睞，說不定就發達了，於是一個個卯足了勁表現，明爭暗鬥少不了。

顧妍權當睜隻眼閉隻眼，反正她們就算是掙破了頭，也不過是白搭，她都決定到外面買丫頭了。

屋子裡熏香有些濃，又甜又膩，經由地龍熱氣一蒸騰，更加悶得很。青禾忙上前去打開槅扇，涼風灌進來，才算好受了些。

「今兒這香是誰點的？」顧妍一邊問，一邊走進內室，剛掀開門簾，一個綠衣丫鬟就笑著湊過來，無端將她嚇了一跳。

那人便是先前被降等的綠芍。

「五小姐！」綠芍一雙眼亮極了，捧了盞茶就迎上來。「五小姐回來了，快喝些熱茶暖一暖。」她一面說，目光就一面逗留在青禾的身上。

百合先前被發賣的時候，她還很高興，覺得這就是自己的機會了，指不定很快能回來。誰知五小姐竟提拔一個無名小卒，將她這知冷知熱的貼心人撇下不管，她心裡可別提多麼憋屈了，對青禾的不滿和恨意就一下子綿綿不絕起來。

顧妍看見綠芍，眉心就慢慢攢起。她現在身邊伺候的人不多，衛嬤嬤要管的太多，又不能時時刻刻都待在她房裡，難免不能面面俱到，她屋前雖說有人守著，然到底不是心腹，還是讓綠芍鑽了這麼個空子。

顧妍眯著眼，擦肩走過去，在炕床上坐下。

綠芍見顧妍都不理自己，心底猛地一涼。先前她病了，五小姐還差衛嬤嬤找郎中給她診治，她原本還以為五小姐是掛心她，只要自己好好哄勸一把，一切都會變回從前的樣子，可事情怎麼跟她想的不一樣？

綠芍心底忐忑，幾步上前跪在地上，端起茶盞舉過頭頂，哽咽道：「五小姐，奴婢知錯了，都是奴婢不好，奴婢今後一定會改，您就讓奴婢回來您身邊伺候吧……奴婢跟著您這麼久，總是比那新來的要知根知底的，奴婢一定會好好伺候您的！」

她頭垂得低，舉著白瓷茶盞的手有些紅腫，大約是這些日子吃了苦頭了。

顧妍饒有興趣地問：「妳知錯了，錯哪兒了？」

綠芍一呆。她怎麼知道自己錯哪兒了？還不是百合那臭不要臉的詆毀她的名聲，五小姐才會這樣的嗎？她又哪裡有錯？

綠芍吶吶半晌，才道：「奴婢思慮不周，口、口不擇言……」

顧妍笑了，勾起唇角接過她手裡的杯盞，綠芍心裡一鬆，還沒來得及喜悅，一杯茶水就兜頭灑在她的裙襬上，濡濕一片。

「這麼燙的水，妳怎麼做事的？」

綠芍瞪大了眼，不敢置信，那茶水明明是溫的……

正想說什麼，衛嬤嬤進來了，看見綠芍也在，揮手叫兩個膀大腰圓的婆子進來將人攆出去，還說道：「三等丫鬟就該有三等丫鬟待的地方！」

衛嬤嬤的強勢綠芍早有領教，面對她怨毒的一雙眼，衛嬤嬤當沒看見，上前道：「五小姐，奴婢管教不力，今兒個門前當值的是墨蘭、墨梅兩個，奴婢已經罰了她們……」

顧妍點點頭，倒是沒有多在意，她目光在房裡轉了圈，問道：「妳看看我這屋裡有哪兒不對勁的？」

綠芍進了她的屋，要說不做些什麼，她可不信！

衛嬤嬤有些不明白顧妍的意思，看了一圈也沒覺得哪兒不一樣，青禾卻道：「五小姐的妝奩盒子早上還是放在左手邊的，怎麼現在到了右手邊？」

顧妍心道一聲。果然，這大蛀蟲，到現在了還是死性不改！

妝奩盒子是上了鎖的，綠芍原先管著鑰匙，可自從顧妍重生之始，房中裡裡外外的鎖都換了個遍，綠芍就是想打開也沒有這個本事。

衛嬤嬤很快明白其中原委，沈下了臉。「這個手腳不乾淨的，奴婢這就去收拾她！」

她說完轉身要走，顧妍卻出聲叫住了。「捉賊拿贓，什麼證據都沒有便強行動手，恐怕有人會不樂意呢！」

顧妍打開奩盒，拿了一串紅珊瑚釧出來。「這是娘親去年給我的，南海的紅珊瑚到底少見，想必值不少錢。」

衛嬤嬤心頭一跳，正色接過，道：「奴婢明白了。」

顧妍給顧衡之繡的香囊早就完工了，只是其中的香料委實費了一番工夫。從花瓣的採選、烘焙、碾磨再到調配，顧妍都不假他人之手親力親為，成效自然也是顯著。

這一味香，初聞起來還只是清清淡淡的，安神靜氣，可慢慢地，蘭花的底蘊就會隨著沉水香緩緩顯現出來，那是一種極為雅致又沁人心脾的味道，嗅來令人心曠神怡。

這是舅母調製的配方，在以後很長一段時間裡，甚至成了京都貴婦人們爭相模仿的對象，然而任誰都無法做出舅母的神韻，舅母製香的名聲也隨此越擴越大。

顧妍拿了香囊送給顧衡之，顧衡之簡直不相信這是她做的，那上面繡著栩栩如生的垂絲海棠，和瓶裡養著的竟是分毫不差。他如何也不信能把孔雀繡成鴨子的五姊做得出這種東西，直到顧妍當著他的面繡了一對蝴蝶，顧衡之這才信了，捧著那香囊愛不釋手，連睡覺都要放在枕邊……

日子似乎過得舒和又平緩，顧妍去了柳氏那兒陪著剪窗花玩。

柳氏的身子好些了，精神看著也比往日要好，只是人依舊是憔悴的，看得出來已是傷了元氣根本。

顧妍心裡有些擔憂，想著得找個藉口出門去尋一尋晏仲，說不得就遇上了。

這一日，她正在柳氏房裡剪窗花，唐嬤嬤進來了。

「五小姐。」唐嬤嬤斂衽行禮，聲音聽著有些沈重。

顧妍心中已有了一點譜，但仍是問她出了什麼事，唐嬤嬤便回道：「衛嬤嬤差人將清瀾院掃灑一番的時候，在綠芍的褥子底下發現了這個。」

她拿了一串紅珊瑚釧出來，赭紅色的珊瑚珠子顆顆飽滿，泛著水潤潤的光，做工十分精緻。

顧妍「呀」了一聲，好一會兒才道：「這不是我去年生辰的時候，娘親送的生辰禮嗎？怎麼會……」

後面的話不用明說了，顧妍好一會兒才道：「綠芍她偷我的東西！」

唐嬤嬤點點頭。「查過了，確實是五小姐的。」

又聽到外頭傳來惱怒的聲音。「都是些什麼貨色，竟沒一個安分的！」

顧婼也掀簾走了進來，後面跟著安氏派來的常嬤嬤，而常嬤嬤的臉色不大好看。

「二姊也知道了？」

「豈止知道！」

顧婼揮手就招了一個婆子進來，顧妍瞧著眼生，顧婼就道：「這是二門看門的馬婆子，妳問問看她都看到了些什麼！」

馬婆子撲通一聲跪在地上。「奴婢在二門當值有些年頭了，自從綠芍來了五小姐身邊伺候，奴婢隔三差五都能見綠芍出門，每每都說是奉了五小姐的命令去外頭購置些玩意兒。奴婢一開始想，五小姐還小，哪裡有這麼多東西要購置的，且每每綠芍回來的時候，手裡頭都是空的……奴婢起了疑心，有一次問綠芍到底是去做什麼，綠芍就給了奴婢兩角銀錁子，讓奴婢不要多問。後來一次綠芍行色匆匆間，奴婢見到她身上掉下來一支藍寶石蝶戀花的簪子，奴婢雖不識貨，可也知道這樣的東西斷不會是綠芍能戴的……」

顧婼就站一邊冷笑。「妳可知綠芍每每出門都是做什麼去？」

顧妍搖搖頭，顧婼就讓她的丫鬟伴月端了個紅木托盤上來，那上面放了各種小首飾，或精緻或玲瓏，卻各個貴重。

「妳可還記得這些東西？」

顧妍雖不能認全，但其中一個黃碧璽鐲子卻認得，有一次因為衡之淘氣，她的鐲子撞到桌角，缺了一角。

「這個小蹄子，在妳身邊時日不長，東西倒是拿了不少。我問過和她交好的墨蘭、墨梅了，綠芍這人私底下最愛玩博戲，骰子、牌九、馬吊，樣樣精通，輸了銀子，就拿了妳房裡的東西拿出去當，偶爾還會分一些給墨蘭、墨梅她們封口！」

顧婼氣得不輕，唐嬤嬤和常嬤嬤面色都不好看，柳氏也有些生氣地說：「這樣的人，是絕不能留在阿妍身邊的。」

「哪裡只有綠芍一個？那個墨蘭、墨梅，各個都不是好東西，綠芍做這種事，我才不信那院子裡的人沒有不知道的！」顧婼緊抿唇角，看了常嬤嬤一眼，道：「常嬤嬤跟我說，斬草要除根，我看乾脆就一次全整頓了，省得以後還出這種事！」

常嬤嬤張了張嘴想說些什麼，可方才二小姐都把她搬了出來，而那些話也確實是她說的，如今倒是不好開口了。

顧妍心裡暗暗給顧婼豎了個大拇指，面上卻是難過的樣子，苦著臉道：「我竟不知道……」

唐嬤嬤安慰說：「這事還是該報給世子夫人知道，五小姐身邊的人確實要好好整頓，別什麼阿貓阿狗都混進來。」

常嬤嬤窒了窒，好久才附和說：「是，這事確實該世子夫人出面了……」

五小姐一向都是三房的一個大漏洞，如今一下子就清理乾淨了，可不得報告給世子夫人知道？

想了又想，常嬤嬤道：「這樣一來，五小姐身邊可不是沒人伺候了，奴婢讓夫人再送些貼心的過來。」

顧妍聞言冷笑不已，這些人見縫插針的本事真是不小！

她突然跑過去抱住唐嬤嬤的腿直哭。「阿妍不要府裡的僕人，都騙阿妍，還偷阿妍的東西！阿妍不要……」

常嬤嬤一張臉僵在那裡。

柳氏看得心疼，忙讓唐嬤嬤牽了顧妍過去，溫聲哄道：「阿妍不哭，阿妍說什麼就是什麼，娘親不逼妳……」
說到這裡，柳氏又抬頭對常嬤嬤道：「勞嬤嬤掛心了，阿妍還小，這次的事只怕她心裡不好受，先按著她想的來吧，大嫂那兒……就由我去說。」
顧妍抽抽搭搭地在柳氏跟前哭，顧婼看不下去了，扔過去一塊帕子，嗔道：「瞧妳那點出息！」
直到常嬤嬤回了安氏那兒稟報後，顧妍這才收了淚，拿起顧婼的帕子胡亂擦了一通。雪白的雲緞髒兮兮的，顧妍不好意思地道：「我給二姊洗乾淨……」
「得了吧，妳還會洗帕子？」顧婼才不信，讓閒雜人一律退了下去，坐在炕上喝茶，又揉揉眉心，畢竟要在短短時間內查出這麼多東西，她也費了不少心力。
顧妍看著，心裡不無動容。若說那一串紅珊瑚釧只是個引子，那後面的一切便是一環套一環的連鎖，掌握了關鍵一點，後事便能無往不利。
母親身邊有唐嬤嬤把關，二姊個人警覺心頗高，衡之待人接物格外敏銳，三房裡只有她懵懵懂懂，唐嬤嬤屢次想插手都被她拒絕，弄得她身邊盡是些魑魅魍魎，自己也很快成了李姨娘與安氏的目標。
二姊當然將一切清楚地看在眼裡，但從前兩人關係不親，二姊有心插足也無能為力，何況凡事都要有個由頭，現在二姊管三房的事，就更不能失了威儀。
這次綠芍偷竊，就是個很好的機會，雖說她算準二姊會幫她，卻也沒想到會幫到這個地步，一次就絕了後患，再以後，安氏她們再想鑽空子已是沒那麼容易了。

連灌了幾口溫茶，顧婼才起身道：「娘親先歇著，過兩日便要臘八了，這幾天各個掌櫃、管事都送禮來，我還要去清點，得先去了。」

柳氏見顧婼這段時日下巴都尖了，也覺得心疼，說道：「找唐嬤嬤幫幫妳，別凡事自己來，注意些身子。」

「我曉得。」顧婼點點頭正要走，顧妍卻一下子站起來。

「二姊！」她急急跑過去，因為穿得多，小小的身子裹成了團，剛剛又哭過，臉上淚痕未乾，就像隻小花貓。

顧婼有點想笑，生生憋住了。她側過頭輕咳了聲，淡淡問道：「做什麼？」

早在顧妍聽到掌櫃、管事這幾個字時，便已眼前一亮。這些人平日裡都是最常接觸外頭的，要打聽什麼消息由他們去最好不過了。晏仲的下落，其實也可以交給他們的。

顧妍拉起顧婼的衣袖，仰頭望她。「二姊要去見管事嗎？帶我一道去吧，我還有些東西要讓他們帶呢，必得親自交代。」

顧婼還是不太習慣顧妍這些小動作，但也沒有把手抽回去，只是道：「我是要出門的，有什麼要的跟我說一聲，我讓他們去找，妳還是留下吧。」

她自己出門已是不大方便了，何況顧妍還小，年關這時候外頭亂得很，誰知道會遇上個什麼。

顧妍卻是想著，能出門這才好呢！要是能親自去貓兒胡同那裡看看，才算真的放心。不過看二姊的架勢，和她來硬的行不通。

「二姊……」顧妍拉著顧婼的衣袖撒嬌，注意到顧婼眉心越皺越緊，乾脆坐在羊絨地毯上，拉著她的褲腿說：「二姊不答應，我就不起來了！」

顧婼嘴角猛地抽了抽，簡直不相信這個潑皮耍賴的人是她平日裡認識的，一時怔在原地吶吶不得言。

柳氏也驚住了，好一會兒，才道：「婼兒，帶著阿妍去吧，多帶些人，讓衛嬤嬤也一道跟著。」

「娘？」顧婼不敢置信，指著顧妍道：「娘，我是去做正事！」

「阿妍也是做正事的！」顧妍理直氣壯。

柳氏終是忍不住笑了，擺手道：「去吧，阿妍跟著妳，娘親是放心的。」

到底顧妍是自己的女兒，柳氏雖然不清楚她心裡想的是什麼，卻也能感受到她絕不是在胡鬧。

顧妍心裡一動，揚起了大大的笑臉。

最後顧婼還是帶著她一起出門，只是反覆叮囑她不許惹事。

青帷小油車停在二門處，兩人上了車，便由車夫帶著一路往外。

燕京城大致分了四個部分，東西南北四面，分布著不同的人群。

皇城位於南面，從午門出來，便是一條朱雀大街，沿街坐落數個里坊，南城住的便都是首屈一指的權貴名流，這地段也真真應了那句寸土寸金；北城則是大部分朝廷官員以及中等勛貴的居所。長寧侯府以文起家，到如今早已脫離那頂尖的圈子，安於北城一角，已是凡桃俗李；東城大多是鱗次櫛比的鋪面商店，更有燕京城數一數二的銷金窟，龍蛇混雜；西城大多是平民百姓的居所。

顧妍知道母親手裡有許多產業分布於東市，每年的收益抵得過侯府兩年的開銷，府裡頭一旦需要花錢的，無一不是推給母親。

這個家裡有多少人眼熱母親的東西，顧妍不知道，卻清楚上輩子母親死後，這些原本該留給子女的資財，盡數被顧家這張血盆大口吞併，連一點骨頭渣子都不剩，他們甚至以二姊是給兩廣總督范一陽做續弦，不需要太多嫁妝為由，只給了僅僅二十四抬！

顧妍仍記得最後一次見二姊時的樣子，瘦削得就像是皮包骨頭，從前總是高傲明亮的雙目被灰敗死寂取代。

「娘親去世前讓我好好照顧妳，我想著，要不是妳，娘親也不會走得那麼快，便想要不管妳的，可是臨了我要遠嫁了，最放心不下的，還是妳……」

當時的二姊和她說了那樣一番話，她聽得淚如雨下，那是她們之間頭一次如此推心置腹、心平氣和地交談，卻沒想到，那也是最後一次。

顧妍坐於馬車的軟墊上，靜靜望著顧婼閉目養神的安然面容。

她們兩個長得其實不像，但一雙眼卻幾乎一模一樣，都像極了柳氏。許是因為這份血緣的牽引，所以上一世，哪怕二姊心裡怨她，卻還是為著她好。

顧妍的目光專注，連顧婼都感覺到了，她睜開眼皺了眉。「做什麼？」

顧妍嘴角翹起，搖頭道：「沒什麼。」說著掀開了車簾。

車夫趕車的技術很好，路段又平穩，顧妍坐得穩穩的。她掠過外頭飛走的景象，目光變得柔和。

已經許久不曾好好看看燕京的風貌了……

「二姊這是要去東市？」顧妍看了看沿途的風景，輕聲問道。

「嗯。」

柳氏名下的產業大多在東市，她要做什麼，去那裡是最方便了。其實，她若是有事，只要叫管事來一趟侯府便好，一次吩咐下去，他們各個都能幹得漂亮。

只是長寧侯府畢竟是姓顧而不是姓柳，人多口雜，最是小人難防，她也是為了謹慎起見，才要親自走這麼一趟。

再往後兩人便沒什麼話了，馬車一路到了一座茶樓下。

第五章

年關已近，置辦年貨的店鋪人滿為患，像這種茶樓、酒樓卻空置下來。

顧婼一早便吩咐下去，掌櫃的知道東家來了，忙請了幾人進去二樓的雅間，上了各色茶點。

掌櫃的姓胡，身形微胖，面容看起來笑咪咪的，很是和藹的樣子。

顧婼有些事要與胡掌櫃交代商討，便去了雅間裡面的小套間，顧妍則坐在窗口喝茶、吃點心。

儘管內裡的聲音壓低了，卻仍舊有細細碎碎的話語傳出來。顧妍側耳去聽，便聽見那胡掌櫃說道：「侯府前些日子送了筵席的單子過來，與往常沒什麼大區別，只是這干貝、鮑魚和血燕的分量多了三成，問了也只是說，夫人的身子不好，需要好好補補……」

能得胡掌櫃稱作夫人的，自然是柳氏了。

顧妍扯了個冷笑出來。她是不知道其他人，賀氏卻是最愛吃這干貝、鮑魚的，而老夫人身子骨也不大好，血燕是極為滋補的東西。

還說什麼母親身子不好要進補？見過哪個身子不好的吃鮑魚、魚翅這類補身子的？也不怕上了火。

顧婼沈默了許久，才長長嘆息一聲。「按著他們的要求去做。」聲音到底多了些無奈。

顧妍也不再去聽了，這些事，知道了也不過徒生悶氣。於是她支開窗戶，看著下面熙熙攘攘的人群，一時有些出神，直到下面多了些躁動，人群紛紛四散開來，她才回過神。

遠遠的，一個一身玄衣的勁瘦男子騎了匹棗紅色的高頭大馬飛馳而來，他的身子伏在馬背上，速度極快，過往的行人聞聲便紛紛讓開。

丟了木風車的男孩頓了下身子，彎腰去撿，而那飛馳的駿馬卻已經近在咫尺。

顧妍不由站起身，扣著窗櫺對下面喊了句。「小心！」

男孩聽到了，他抬起頭來望了眼上面，卻因而延誤時機，顧妍心中猛地一沈，而人群更是發出一陣驚呼，已有人閉上眼不忍再看。

那馬上之人強行勒緊韁繩，縱身一躍，將那男孩拉起，往旁邊一帶，而原先飛馳的棗紅大馬卻在跑出數丈之後，慢慢停了下來，前蹄踏在青石地上，打了個響鼻。

男孩後知後覺地嚎啕大哭，一名婦人忙哭著將人攬在懷裡，對那縱馬者指指點點說個不休，那人卻充耳不聞，只抬頭若有似無地朝顧妍的方向看了眼。

看著還是個十六、七歲的少年，淡漠的目光，沒什麼波瀾。面容精緻，如清風晨露般美好，可惜表情太過生硬，與他這樣的容色格格不入。

顧妍驚得睜大了眼。她認得這個人！

鎮國公的嫡長孫蕭瀝，也是如今的鎮國公世子，欣榮長公主的兒子，方武帝的親外甥，太后的嫡親外孫，京都一眾貴公子裡最炙手可熱的一個。

用什麼來形容他實在都不為過了，這個人，得天獨厚得讓所有人嫉妒。只是，他這個時候不是應該在西北嗎？

對視只不過是一瞬，蕭瀝很快低了頭，淡淡掃了一眼那哭得狼狽的母子，似乎是在確認那個男孩並沒有什麼不妥之處。隨後，也不管婦人還在數落他，蕭瀝逕自走到馬旁，翻身而上，抽了一鞭後已是再次絕塵而去，後面的婦人還在罵罵咧咧個沒完。

「幸好沒事。」衛嬤嬤在旁低嘆了聲，也在為方才那驚心動魄的一幕後怕不已，又輕聲嘟囔道：「也不知是哪家的郎君，橫衝直撞至此，也不怕出事……」

顧妍卻暗暗搖頭。

他蕭瀝是什麼人？九歲便進入西北軍營，從最底層做起，隱姓埋名，不受任何家族庇蔭，多次死裡逃生，卻也闖出自己的名頭。若不是他十四歲那年，偷襲敵營成功，將韃子首領生擒回來，立下赫赫戰功，只怕也沒人會知道，原來這位就是鎮國公世子！

正是如此，西北大軍裡，沒有一個敢對蕭瀝的軍功不服，所有人都發自內心地欽佩他，小戰神的名聲才漸漸興起。

這樣一個人，怎麼可能會讓意外發生呢？所有的突發事件，也是在預計的可以改變的範圍內，那個孩子不會有事，方才倒也是她險些弄巧成拙。

念及此，顧妍心裡微微一動。

蕭瀝都從西北回來了，那晏仲是不是也該在京都？

晏仲身為老鎮國公的幕僚，與蕭瀝也是相熟的，舅舅還說，這世上，要有誰是晏仲奈何不了的，除了舅母，大抵便是蕭瀝。她不是很明白這話是什麼意思，但聽起來，晏仲和蕭瀝的私交只怕不淺。

晏仲在京都的下榻之處便在這東市的貓兒胡同，蕭瀝回京不走北城，卻來了東城，難道他也是來找晏仲的？

顧妍覺得這種可能性極大，便找了茶樓的二掌櫃來，問他。「這東市有什麼地方賣寶石賣得好的？我要找一套好的紅寶石和藍寶石打頭面……」

若說燕京城裡哪家玉石最名貴好看，除卻每年進貢皇室的，都可以在東市的貓兒胡同裡找到。這個地方多是番邦胡夷的暫留場所，商人們千里迢迢運來的貨物，第一手就是交易到貓兒胡同的各家商鋪。而這貓兒胡同的名字，正是源於一種極罕見的寶石——貓眼石。

二掌櫃一聽東家小姐要找寶石，自然是一下子將貓兒胡同的名字報出來。

「大多是些胡人住的地方，東西卻是頂尖的好，京都有許多命婦都是那裡的常客，且一年有兩次胡商大規模的進京，最近恰好就是其中之一。」二掌櫃簡明扼要介紹了幾句，又道：「小姐要什麼東西，可以吩咐小的去買，那裡龍蛇混雜，興許不大適合小姐。」

話說得確實在理，貓兒胡同雖說做著各家生意，但真正有頭有臉的卻不會親自前往。

「真正要什麼樣的我也不是很清楚，得親自看過了才知曉。」她右手支起下顎緩緩說著。「我聽說，有些人最喜歡深藏功與名了，那些放在鬧區的，往往卻不是最好的。有句話叫什麼來著，三年不開張，開張吃三年……對了，我要找的就是這樣子的。」

二掌櫃也聽不大明白，他怔了怔，放在心裡琢磨了幾圈，靈光一閃。「有！要說其他人，可能還不清楚，小的卻是知道，在貓兒胡同的東北角，有一家店叫陶然居，門庭老舊，平日鮮少有人問津，只有個老叟看門，小的姪子在商號裡跑腿，多次路過，曾見有鮮衣華服的貴人停駐。後來無意中打聽了一下，那陶然居做的正是珠寶的買賣，樣樣價值不菲。」

見二掌櫃說得頭頭是道，顧妍彎了眉眼，很感興趣的樣子。「這樣啊，那可真得去看看了。」

她笑咪咪地讓衛嬤嬤賞了二掌櫃一個紅封，很滿意自己從他這兒打聽到的東西。

上輩子晏仲出名了，求他治病的人不知幾何，卻沒有能直接登門見上一面的，甚至他們都不知道要上哪裡去找他。舅舅曾含糊其詞地與她說，大隱隱於市，雖狡兔三窟，然晏仲有一窟足矣。

這麼一家普通的鋪子，誰能夠想到，其背後的東家，就是那個人人求而不得的神醫？

顧妍高高興興用起了茶點，等顧婼交代完相應事宜，走出來問她要吩咐什麼的時候，她卻只說讓胡掌櫃多找些保存完好的新鮮雪梨和上好的川貝，若有冬日產的枇杷蜜，也尋一些來，又說想去看看東市的熱鬧，回途時轉上一圈。

顧婼細細一想，只坐在馬車裡繞一圈東市也無大礙，有些年節禮也好親自吩咐去置辦，兩人便乘了車，一路在東大街彎彎曲曲地繞。

到了東北角，二掌櫃說的那家陶然居前的時候，顧妍卻發現，陶然居大門是關著的。

這個時候，趕上胡人進京易物，商鋪恨不得將門板卸了，敞開了歡迎客人上門，陶然居竟然關門了？

難道是她猜錯了，還是晏仲這個時候根本就不在燕京城？

「看什麼？」顧婼實在瞧不出有什麼特別的地方。

顧妍的好心情瞬間垮了，搖搖頭沒精打采地道：「聽二掌櫃說這家東西做得很好，本來想來看看的……」

見她的表情有些失望，顧婼想了想，道：「那就找個人看著，等哪天開門做生意了，就給妳來稟告。」

說的語氣有些生硬，大抵是她從來不曾對顧妍說過類似這種寬慰的話，突然轉不過來。

顧妍笑彎了眉，連連點頭。

二人回到府裡的時候已經快申末，天色隱隱暗了下來，府裡長廊上都點起了燈籠。

柳氏的大丫鬟鶯兒候在二門處，看到兩人回來了，忙上前道：「二小姐，五小姐，二爺、四爺、四夫人還有四小姐今兒個回了，老夫人說要在頤堂辦家宴，夫人讓兩位小姐回來後趕緊收拾收拾過去。」

「四叔和四妹回來了？」顧婼很高興地問，面上都帶了喜色。她低頭瞧了瞧自個兒穿的藕色雲紋襖裙，覺得並沒什麼不妥的，道：「我穿這身挺好的，也不用收拾了，直接去頤堂便是。」又想起顧妍來，問道：「妳要不要回去換身衣服？」

「我和二姊一道去吧。」顧妍搖搖頭，跟著她一道走，心裡琢磨著，怎麼二伯和四叔會一道回來？

顧二爺三年前就外放到濟北去了，這幾年政績得了優，此次回京述職，十有八九是要升官的，前些日子就來信說要回了，賀氏與顧媛還高興了許久，天天都要唸上幾句。

說起來，侯府世子顧大爺在官場上不算一帆風順，汲汲營營了許多年，也不過是個太常寺少卿，這還是看在他是世子的分上才得來的閒差。相較於顧二爺的八面玲瓏，顧大爺著實差了許多，而老夫人最喜歡這個二兒子，這也是顧媛得寵的原因之一。

相較於其他幾位，顧四爺就顯得與眾不同。老夫人生了三個兒子，顧四爺是朱姨娘生的，私傳老夫人最厭惡朱姨娘，心裡對顧四爺也是厭憎的，只是她總要給別人彰顯自己的賢良淑德，所以一應事宜從不曾短缺了四房一分。

顧四爺不喜仕途，但在舞文弄墨上天賦奇佳，他在風雅圈子裡也是小有名氣的，就連四房唯一的小姐顧妤，也被教導得精通書畫。

二姊與父親並不親近，與四叔關係倒是不錯，她常和四姊一道跟著四叔習字作畫，要說二姊如今的功底，其實大多是和四叔學的，也難怪如今聽到四叔回來，二姊會這麼高興。

頤堂裡燈火通明，遠遠就聽到歡聲笑語傳出來，其中最為響亮的，自然就是二夫人賀氏跟顧媛了。

「爹爹這次回來，有沒有捎上我們幾個的禮物？我聽說濟北地大物博，可有許多燕京難見到的東西。」顧媛拉著顧二爺撒嬌，嬌甜的聲音倒是與往日裡大不相同。

又聽賀氏溫婉地嗔道：「妳這隻猴兒，就光念著這些了，怎麼不問問妳爹爹在外頭的這些日子身子好不好，吃住習不習慣，妾身看二爺都瘦了……」

顧二爺哈哈一笑。「為朝廷效力，再苦再累也無礙，蕙娘，就別提這個了。」

「是，妾身聽二爺的……」

當屋裡頭共享天倫時，顧妍、顧婼進來請安。

老夫人坐在上首，顧三爺和顧四爺坐在下首，老夫人拉著顧二爺話家長道裡短，一眾女眷和小字輩的則都站著。

顧修之正無聊，耷拉著腦袋很是不耐，看到顧妍進來，卻立即來了精神，忙招招手。顧妍無聲地笑了笑，眨眨眼表示自己看到了。

顧媛正和顧二爺說話說得高興呢，突然顧妍兩人進來，搞得方才的話題一滯，她心裡便極不痛快，又看二人不緊不慢地給諸位長輩請安，那丁點兒不悅就越來越盛了。

爹爹早幾天就來信說要回來了，府裡人哪個不是做好迎接的準備，這兩人卻在這時出門，分明是不將她爹爹放在眼裡！現在家宴，人都差不多來齊了她們才回來，沒有丁點兒規矩！

顧媛在心裡狠狠唾棄了一番，翻來覆去地罵。可她也知道，這些話不好當面說，然而她又實在嚥不下這口氣，心裡想了想，便給一旁站在顧三爺身後的顧婷使了個眼色。

顧婷一怔，頓時有些為難，顧媛又狠狠瞪了眼，顧婷才走出兩步給顧妍和顧婼二人道安，仰著小臉道：「二姊、五姊來了……」

顧媛聞言翻了個白眼，心道這人真不是一般的蠢，她要她說的明明是「妳們怎麼這時才來」，怎麼連這點都意會不了？

顧媛心裡跟貓爪撓似的，差點就要脫口而出了，顧二爺卻在這時說道：「幾年不見，婼姊兒和妍姊兒都成大姑娘了，二伯險些都認不出來。」又看看顧三爺，道：「都長得像妳們父親。」

顧三爺的樣貌是顧家裡最好的，這便是在誇讚了。其實要說顧妍和顧婼長得像顧三爺卻是不盡然的，她們興許更像柳氏，倒是顧婷與顧三爺像了七、八分。

顧婼垂了眸，道：「二伯的樣子還是沒變，瞧著還更精神了。」

「這嘴真甜！」顧二爺朗聲笑道，取下腰間掛著的比目魚玉珮遞過去，誇了幾句。「這東西請寺裡的高僧誦持過，可保平安。」

顧媛一看可不得了，連忙叫嚷。「爹爹，怎麼只有二姊的？我也要！」

顧二爺安撫地拍拍顧媛的手。「妳這孩子，爹爹還能缺了妳的？」又看了看其他幾人道：「都不會少了的……」

顧媛這才暫時壓住了火，然而心裡那股怨氣越積越深了。

顧妍隨著顧婼一道站到顧三爺的身後，顧四爺坐在顧三爺旁，清俊的面容上笑咪咪的，卻極少說話。

顧婼給顧四爺深深福了一禮，叫了聲「四叔」，顧四爺還很高興地將手上戴著的奇楠手串給了她。

相較於顧媛來說，四小姐顧妤可就大方多了，熱絡地拉起顧婼和顧妍的手，喚著二姊、五妹，很高興的樣子。

老夫人揮了手，道：「老大還沒回來，你們幾個小的在這裡只怕也沒意思，去旁邊小間裡說話吧，過會兒也該開席了。」

小輩們紛紛應是，顧媛卻有些不樂意——她幾年不見父親，好不容易能說一會兒話，還要被支走。

賀氏看了她一眼，顧媛才不情不願地走了，看得老夫人深深皺了眉，顧二爺也抿著唇若有所思。

顧修之見顧妍轉移陣地，而自己又待不下去，趁著眾人不注意，忙跟上往裡頭去，安氏察覺到時，連一片衣角都沒抓住。

到了裡間，都是兄弟姊妹幾個，也沒有這麼多約束了，很快三三兩兩說起話來。

顧修之逕自坐上炕床，身子一歪斜倚著，長長吁了口氣，嘆道：「果然還是坐著舒服啊！」

顧媛憋了一肚子的氣，看顧修之那樣子就不順眼，鄙夷道：「坐沒坐相！」

「妳有坐相，那妳坐一個我瞧瞧，最好幾個時辰都不動的，那就最好了。」顧修之瞇著眼笑。

任誰都知道顧媛是坐不住的……

顧媛暗惱，哼了聲不說話了。

顧婼早已拉著顧妤問起來。「不是說早該回了嗎，怎麼拖到現在？又怎麼會和二伯父一道來了？」

顧妤微笑道：「父親這回本是去洛陽采風的，聽當地人說山裡有一片紫霞湖，到隆冬也不結冰，倒映著雲彩五顏六色的，好看極了，便去山中逗留了幾日。」

「那四姊是在回程中才遇上二伯？」顧妍出聲問道。

「是啊，五十里開外的官道被雪封了，雖有官府派人除雪，可還是延滯了幾日，就是在驛站遇上二伯回來的。」顧妤的聲音很溫和，就像她的人一樣，溫婉清雅，既不似顧婷的柔弱，又沒有顧媛的驕縱。

庶子嫡女這樣的身分總是有些尷尬，顧妤也早知如何控制自己的情緒言行，因而從不與府裡頭哪個交惡，在府中的人緣相當不錯。

「原來是被雪封了路啊，難怪爹爹回來得晚了。」顧媛喃喃唸叨，逕自找了張錦杌坐下來，還要顧婷站她旁邊不許坐——嫡庶尊卑，總是要有個樣子的。

顧妍見顧婷微垂了臉，也不知那濃密額髮下藏了怎樣的情緒。不過既然她選擇要和顧媛搭上一條船，就該做好有今日這種局面的準備。

顧妤一下子有些驚訝。她不過隨父親離開府中數月，怎麼姊妹關係都變了似的？從前交好的五妹、六妹沒什麼交流，二姊與五妹倒是熟絡起來了，而三姊和六妹更像是從屬關係，一時間她都有些看不懂了……

顧妤暗暗留了個心，避開這些不談。「要論起來，這次本來我們都要換條道走了，官府雖然幫著除雪，可到底年關了，人心懈怠，效果不顯。還是運氣好，遇上西北一支軍隊回京，領頭的據說是鎮國公世子，他吩咐下去鏟雪，無論是當地官員還是他手下的人，個個卯足了勁，沒兩天就將官道疏通了。」

顧媛一聽忙問：「鎮國公世子？可是人稱小戰神，皇上的嫡親外甥蕭瀝？他居然回京了！」旋即又問道：「他是不是跟傳說中的一樣，身長八尺，茹毛飲血，長得青面獠牙，看一眼就能將人嚇退？」

京都流傳蕭瀝的言論有許多，因他功績奪目，有些人便起了心編纂他的故事。既然是故事，自然有誇張的成分，偏生蕭瀝極少回京，少有人見過他長什麼樣子，而能夠將那蠻橫的韃子擊退的人，定然是比韃子還要凶悍的，於是關於蕭瀝的傳聞越來越不靠譜。

顧修之「嗤」一聲笑了，捧著肚子道：「還青面獠牙，那可不是人了，那就是怪物！」

顧妍不知道該說些什麼。她前世倒也曾聽過蕭瀝的這些傳言，或許曾和顧媛一般那樣以為，不過在見過蕭瀝之後，她卻覺得那些編故事的人想像力忒豐富。

然也僅是唏噓不已罷了。貌若天人之姿，也遮蓋不了他本身凶殘的事實。

是的，凶殘，不是因為蕭瀝在戰場上所向披靡、令敵寇聞風喪膽，而是因為他的人品德行——能將親兄弟溺斃，弒父殺母，強辱弟妹的人，行事血腥暴虐，不顧半分倫理綱常，哪能稱不上凶殘？

在京都人的心裡，若是曾經的蕭瀝還是個大英雄、大豪傑，那麼到後來，他的名聲就徹徹底底臭了！

顧妍想到上一世蕭瀝做的那些事，就覺得頭皮隱隱發麻。

冷血無情至此，被二哥斃於刀下便也沒什麼可惜……可不知怎的，就想到了在茶樓上的驚鴻一瞥，孤傲的、清冷的，明明是在看著你，又像是隔了千山萬水……

顧妤微紅了臉，道：「沒有，我不曾見過蕭世子，只聽說是他使了人疏通道路的。」

顧媛聞言不由嘆息連連，她還真想知道這個小戰神究竟是不是眾人說的那模樣。顧妍卻覺得，顧妤興許是扯了謊的，那微微泛紅的耳根，怎麼看都有些奇怪。

「既然是蕭世子幫了這個忙，回頭就該答謝去。」顧婼說道。

「嗯，祖母說過了，要好好備份謝禮送去，大伯父已經親自去準備了……」

可不是嗎？能夠藉機與京都勛貴裡的頭一家鎮國公府牽上線搭上橋，顧家人是傻了才會白白放過這個機會。

顧妍坐到顧修之旁邊喝茶，隨意聽著顧好與眾人說這次出門采風的奇聞趣事。這時，顧修之悄悄拉過顧妍，眼神還有些幽怨。

「二哥這是怎麼了？」

顧修之斜睨著她，一副「妳懂」的樣子，然而顧妍是真的不懂，想了想，她道：「可是糖都吃完了？下頭的掌櫃剛送了些過來，我那兒有兩盒蜜餞山楂和脆桃球，一道給了二哥好不好？」

顧修之眼睛一亮，轉而就哼了聲，不滿道：「衡之的香囊可真好看啊！聞著可真香哪！」他轉過頭不理她了，逕自嘟囔道：「知道給衡之繡，也不知道給我繡一個！」

這就生氣了？

顧妍哭笑不得，拉過顧修之的袖子，道：「先前答應給衡之繡的，二哥喜歡，我也繡一個便是了，二哥喜歡什麼樣式的？」

顧修之又不是真的生氣，得了好處當然高興了，笑道：「隨妳，妳繡什麼我就戴什麼……喔，還有那個脆桃球跟蜜餞山楂，一併送來好了。」

幾人又說了一會兒話，顧大爺就回來了，家宴開席，也是熱熱鬧鬧一派和樂。

老夫人喝了盞蜜酒，扛不住便去休息，安氏則負責接下來的宴席，四兄弟隔了幾年再聚首，有說有聊，直到酉末才算結束。

賀氏派人將微醺的顧二爺送去二房正院，自己也急匆匆地起身回了。顧媛沒有要跟過去的意思——爹爹、娘親久別重逢，她才不去殺風景呢！

眾人各自回去歇息，顧媛就拉著顧婷要去院子消食，顧婷不好拒絕，於是二人沿著長廊一路走走停停。年節將至，紅燈籠掛了滿園，長長的一排，蜿蜒至遠處，猶如一條鮮紅色的長龍。

顧媛心裡還憋著先前的那股氣，見身邊都是各自的心腹，就與顧婷吐起苦水。「什麼時候不好去，非要今日，一家子人等著她們兩個，她們倒是好意思得緊，還不要臉地到處去討賞，爹爹那塊玉戴了有些年頭，就這麼送出去了，四叔那奇楠手串多珍貴啊，全進了顧婼一人手裡！她比我好哪兒了？不就是比我早出生那麼些時候嗎？大姊出嫁了，就她最大怎麼了？怎麼就好東西都到她那裡去了呢？」

顧媛越想越氣，也不去管這裡頭的道理邏輯，只管她說什麼那就是什麼。從前她是如何要風得風，要雨得雨？自從推了顧妍那賤骨頭一把，什麼都變了。明明是顧妍自個兒小氣，自個兒把握不準，自個兒撞上了桌角，干她什麼事了？憑什麼顧妍犯的錯要她來承受？

還在老夫人面前那麼裝模作樣，二哥怎麼就瞎了眼，怎麼就對她特別好呢？就連安表哥……她至今仍記得安表哥多看顧妍的那一眼！

顧媛積怨已深，顧婷是知道的，此刻聽她說這些，並不意外，甚至有些高興，她將聲音壓得低低的。「三姊，二姊再得祖母青睞又如何，她比妳大，嫁出去後不也什麼都不是？三姊還是祖母的心頭寶。祖母今兒個能喜歡她，明兒個還不是喜歡其他人，她也長久不了……二伯父此次是要升遷的，三姊以後就是堂堂四品朝廷命官的女兒了，日後說親的對象定是比二姊好上千萬重，她有什麼是能和三姊比的？」

「至於五姊……那就更沒什麼可比的了。」顧婷嘴角抿起，笑得極淡，若是不細看，也察覺不了她是在笑。「三姊，妳又不是不知道五姊什麼樣子，不就是仗著自己娘親有錢便恣意妄為？我聽說她今兒個發了大脾氣，將清瀾院伺候的人都發賣了……」

「又換人？」顧媛有些驚訝，一瞬卻很快地笑了。「她不就是這樣，有什麼奇怪的？我可要將這事好好說給人家聽聽。」

不得不說，顧婷說的那些話很得她的心，她很受用。

顧媛看向顧婷的眼神都柔和了，想了想，道：「我那兒還有半盒子玫瑰香膏，是祖母給的，爹爹這次回來還給我帶了其他的，那半盒就給妳好了……」

自己用完整的，用剩了不要的就給她……她難道缺這些東西？

顧婷臉色一時有些難看，好在背光下並不顯眼。她掐了掐掌心，強迫自己笑道：「那就謝謝三姊了。」

「不客氣。」

顧媛心情極好，擺擺手往前走，顧婷便在她身後一步步跟著。

燈光明明滅滅的，隨著吹颳來的風起起伏伏。廊道盡頭處，顧媛忽地看到兩個人在背陰一處青松盆栽後交頭接耳。

後宅陰私，最怕的就是那些暗裡的，顧媛立即大喝。「鬼鬼祟祟的幹什麼呢？」

兩人嚇了一跳，反應過來後才一前一後出來了。

顧婷一瞧，竟是姨娘身邊的高嬤嬤和三少爺顧衡之身邊的玉英。

顧媛對這兩人還是有印象的，問她們做什麼，高嬤嬤便上前一步，道：「姨娘見六小姐還沒回來，讓奴婢在這兒候著，恰好三少爺也找五小姐，玉英便跟著奴婢一道來了……」

顧媛心思不重，見玉英和高嬤嬤都是一副從容的樣子，已信了七、八分，又問：「等人就等人，躲在後面做什麼？」

玉英有些不好意思，低了頭道：「是奴婢的耳環掉了，天太黑看不清楚，奴婢和高嬤嬤是在四處找尋。」

顧媛注意到玉英耳朵上確實少了一只耳墜，癟癟嘴便不再說什麼，只對顧婷道：「那妳回去吧，明早我再讓人把玫瑰香膏給妳送過去。」

顧婷面色僵了僵，深吸口氣才笑著點頭。「好，謝謝三姊……」

臘八那日，是個難得的好天氣，雪日放晴，陽光明媚，比前兩天暖了不少。

顧衡之在連續半個多月來藥膳的滋補下，面色好了許多，如此一來他便待不住了，鬧著非要出去走一遭，顧妍拗不過他，只答應帶他去向柳氏請個安，其他便再不許了。因此柳氏看見顧衡之站在自己榻前時，既激動又惶恐，好半天回不過神，後知後覺地熱淚盈眶。

這些天，沒什麼比幼子身子見好更讓她高興的事了……

顧婼亦神采飛揚地與柳氏說：「臘八的賞錢都發下去了，一應節禮都已經備下，下頭的鋪子掌櫃的紛紛安置好了，府中接下來的祭灶、除塵、祭祀，大多便是大伯母來安排，我會盡力幫襯一二。」

柳氏欣慰地看著大女兒。「婼兒真的長大，也越來越能幹了。」

常嬤嬤看在眼裡，連忙附和道：「二小姐學得極快，做得也好，大夫人說三房有二小姐把持著，她倒省了許多心呢！」

逢年過節，避不得處處使銀子，柳氏攬下其間半數開銷，安氏得了這麼大便宜，讓常嬤嬤嘴上耍點皮子又有什麼大礙？

此時，燕兒進來說：「三爺來了。」

玉英聽到這話的時候眼睛猛地一亮，腳步都不自覺邁出兩步，看得常嬤嬤連連皺眉，對她直搖頭，玉英這才察覺失態，忙低下頭，眼尾卻不時往門口瞟。

這番小動作連顧衡之都注意到了，他看了看玉英，又回頭看看顧妍。

顧妍笑著摸摸他的頭，卻沒解釋什麼。她父親顧三爺的樣貌這樣好，有幾個覬覦的婢子又有什麼奇怪？何況上一世，玉英也確實成了父親的姬妾。

顧崇琰穿了身細布寬袖長袍進來，玉英多看了幾眼，被常嬤嬤一把抓到旁邊，這才收了心。

顧妍記得，自從上次父親來過母親這兒之後，便再沒有出現過，她最近一次見父親，也是在前日家宴上，父女倆卻沒有什麼交流。

顧崇琰見顧衡之也在屋內，很驚訝，再看他面色似乎好些了，倒意外得很。

「衡之今日怎麼出來了？」

顧崇琰想伸手摸摸他的頭，顧衡之不知是怎麼想的，腦袋瑟縮了一下，也讓父親的面色跟著僵了一瞬。他緩緩放下手，終究沒有多說什麼。

自己唯一的兒子，顧崇琰也曾對他寄予厚望，願他讀書習文，科舉入仕，可顧衡之的身體不好，他這些年也早就放棄了，對兒子的教養還沒顧婷來得多，難怪父子倆不親近……

顧崇琰似是嘆了聲，又與柳氏隨便說幾句話，基本便是他問什麼，柳氏答什麼，兩夫妻到如今這樣，勉強算相敬如賓。

「妳先歇著吧，廚房燉了臘八粥，今兒個應應景，也喝上一些。」看沒什麼可說的，僅僅交代了這麼一句。

柳氏淡淡一笑，道：「阿妍也讓小廚房做了的，與尋常的不大一樣，三爺若是不急，可以喝上一碗。」又覺得這麼說似乎不對，便道：「妾身讓人送到三爺書房去吧。」

顧崇琰目光終於落在次女身上，裹得像個團子的小人兒安靜地坐在角落裡，極少說話，不像以前，只要他一出現，她就會湊到自己跟前圍著轉。

顧崇琰想回憶一番以前的顧妍，發現其實對她的印象少得很，只是想到婷姊兒最近在他面前時不時露出的落寞神情，他終於忍不住道：「阿妍怎麼不去找婷姊兒玩？」

長女素來沈穩，老夫人也喜歡，他不想多管，次女和最寶貝的小女兒能玩到一塊兒，只要不帶壞婷姊兒，他也樂見其成，可最近瞧婷姊兒這樣形單影隻的，他這個做父親的難免想說上兩句。

顧妍仰起臉。「是六妹與父親這麼說的？」

小兒聲音清脆，卻不似顧婷的甜糯，顧崇琰說不出哪裡怪異，總是不喜歡。

「這是什麼話？妳六妹從沒說過什麼。」顧崇琰要為顧婷辯解。

顧妍又笑了。「是啊，六妹也沒說什麼，父親為什麼會覺得我怎麼了呢？」

顧婷的本事從來就是這樣，在人前，她從不會正面說誰不好，卻總能從旁邊一點點達到自己的目的。

顧崇琰忽然覺得和顧妍說這些話沒意思，過了片刻才道：「妳自己清楚就好。」

說完也不逗留，逕自離開了，也不知是心虛的，或是理虧的……

顧妍望著他的背影無聲地笑笑，轉眸就瞥見玉英癡戀的眸子。常嬤嬤暗暗掐了玉英一把，玉英才心不甘情不願地癟嘴收回視線。

喝了臘八粥，顧妍就送顧衡之回東跨院。

路上的雪都被除乾淨了，只有些地方結了冰，顧妍低頭看著地上，未曾留心衡之的神情，只在一片安靜中，聽到他低低的聲音在耳邊說道：「父親不喜歡我們。」

顧妍腳下一頓，險些一個踉蹌。她不可思議地轉頭。

「五姊，父親不喜歡我們。」他又一次這麼說。

顧妍知道他感知敏銳，父親的喜好，衡之怎麼會察覺不到？

「你多想了……」顧妍幫他將風帽理了理，手握得更緊。這樣的事，她真不知道該如何與衡之細談。「剛剛的臘八粥沒喝夠，我們再去小廚房找些吃的好不好，將將想到一道五香陳皮糕，正好可以讓芸娘做。」

顧妍想轉移這個話題，顧衡之很配合地點頭，兩人又深一腳淺一腳地走在長廊下。

自進入了臘八，才算真的開始忙起來，哪怕小廚房裡，通常也熱火朝天，玉英很是嫌棄地皺眉，想開口說上兩句，但見小主子們神態自若，倒是開不了這個口。

芸娘擦著汗迎上來，有些不好意思地笑道：「五小姐，三少爺，今兒個晚上三爺在前頭設宴，請了幾位爺一道喝酒，如今這兒忙著，油煙味大，您們要什麼，先吩咐著，奴婢儘快做出來。」

注意到玉英陡然亮起的雙眸，顧妍問道：「請了大伯、二伯和四叔喝酒？在外院嗎？」

「是的，就在二門口的聽雨軒，還起了早年埋的高粱酒和桂花釀，從酒樓裡要了兩罈梨花白，說要不醉不休呢！」

臘八過後，衙署便不忙了，府裡的幾位空閒下來，聚一聚也是常有的事……這頓宴席雖說還請了大伯、四叔，想必父親定是衝著二伯父去的。

從五品到四品是質的飛躍，往後二伯的青雲路是要一帆風順了。父親在搭上魏都這條線之前，也不過是個翰林院的小小修撰，當然得四處找人鑽營，親兄弟總比別人容易些的。

顧妍擺擺手道：「既然這麼忙，那就算了，隨便上些糕點好了，就送到東跨院去。」

芸娘覺得五小姐簡直太善解人意了，忙點頭道：「奴婢待會兒就送去。」

顧妍便拉了顧衡之回東跨院，一路上倒是注意著玉英的神情，從最開始的恍惚到後來的堅定果決，她突然覺得，玉英可能是要做些什麼了。

果然到了快晚間的時候，就聽說玉英身子不適的消息，顧衡之的另一個大丫鬟春杏嘀嘀咕咕地與陳嬤嬤說道：「一直喊自己冷，要了好幾桶熱水泡著，只怕是傷風了，症狀到現在就顯出來了。」

陳嬤嬤急得很，忙吩咐下去煮了一大鍋薑湯要每個人喝下，還不讓他們靠近玉英那兒去。尤其三少爺身子弱，這些小毛病，尋常人或許幾日便好，可擱三少爺身上，興許就要丟了半條命。

此時，顧妍穿了一根長長的絲線，正繡著要給二哥的香囊。上頭繡著的是龍葵草，是一種清熱解毒的草藥。上輩子二哥在沙場征戰多年，龍葵草定是十分常見到的，當時繡圖案的時候，她第一個想到的便是這個。

看陳嬤嬤心急火燎的模樣，顧妍問道：「玉英姊姊病了嗎？嚴不嚴重？」

陳嬤嬤搖搖頭。「倒不是很清楚，先前些湯藥給用了看看吧，這時候郎中也難請。」

「既然玉英姊姊病了，就別讓人打攪她了，讓她好好休息著。」

「這是自然。」陳嬤嬤點頭應是。

顧妍直待到晚間才走，心血來潮突然想著要去看看玉英，便帶著青禾往玉英住的房間去。玉英原先是老夫人身邊的體面人，又是三少爺的大丫鬟，自然是自己單獨住了一間房。這時候下人大多去用飯了，屋子裡一片黑黢黢的也看不見裡頭究竟如何。

青禾敲了幾下門，沒有人回應，顧妍便示意她推開房門看看。

甫一進入，一陣撲鼻的香味就裊裊襲來。青禾連打了幾下噴嚏，揉了揉鼻子就喚玉英，然而等近到床前了，掀開簾子一瞧，卻發現連個人影也沒有。

「五小姐？」青禾不明白，不是病了嗎，不在房裡休息著，能去哪兒？

「走吧，總是人家的事……」顧妍卻笑著擺擺手，可在轉身的剎那，唇邊的笑意斂了起來。

屋子裡是濃濃的百合熏香，濃重得刺鼻，卻瞞不住她的鼻子。在這一波又一波重香襲繞下，那絲絲縷縷的黏膩腥甜正是市井中最下九流的暖情香，沾上了酒，又會變成最烈的催情香，地痞流氓最慣用的手段，居然會以這種方式出現在這裡！

聽雨軒那裡大約正熱鬧著，幾人吃吃喝喝哪有不沾酒的？父親酒量一般，一旦醉了，哪還認得誰是誰呢？況且玉英的老子是父親身邊的大管事，有了這扇後門，要做什麼最方便了……

顧妍說不出現在心裡是什麼感受。血脈的相連，早在前世就已經斷了，那般自私涼薄的父親，她上輩子早就領教過，重生至今，未曾得他正眼看過一面，她究竟還在期待些什麼？

她所期望的，在顧崇琰身上，是不可能達成的。為何要管他如何，便是他將一個婢子開了臉又怎樣？

少了一個玉姨娘，母親在父親心裡的地位不過高上一分，父親對顧婷的偏愛不會吝上半毫，李姨娘的存在不會動搖丁點兒！

可終究……母親會在意。都說一日夫妻百日恩，母親與父親十數年情分，哪是說沒有就沒有的？這種齷齪的事，污的是母親的眼，傷的亦是母親的心。

思及此，顧妍扭頭便往小廚房去，青禾二話不說，快步跟上。

第六章

外頭聽雨軒的宴席早開了，忙活了一天，廚房裡的丫鬟、婆子都下去就著些邊角料胡亂吃起來，只留了一個燒水的婆子看火。那婆子累了一天，正就著暖融融的爐火打瞌睡，聽到人來，定睛一看，驚得一下子站起來，慌亂地請安。

「五小姐怎麼來了？」婆子涎著臉笑。

前些日子芸娘得了不少封賞，全是因為討好了五小姐，先頭幾次讓芸娘摘了，這下怎麼也該輪到她了吧！

顧妍鼓起一張臉，指著她的鼻子道：「來不來還要問過妳？」

婆子早聽說過五小姐性子不好脾氣大，她擦掉額角的汗，點頭道：「是、是，奴婢的錯，奴婢多嘴！」輕拍自己的嘴，算是自罰了。

顧妍不理她，滿屋子地轉，像在尋什麼，嘴裡喃喃唸著。「醒酒湯呢？醒酒湯呢？父親喝了酒，就要喝醒酒湯的……」

婆子聽了眼睛微亮，看那小身影找了半晌也不得，道：「五小姐要醒酒湯？奴婢醒酒湯做得好，可以現做的！」

「妳？」顧妍將她上上下下打量了遍，很不屑的樣子。「姨娘要了醒酒湯給父親解酒的，我還等著辦好了討賞呢，妳又不是廚娘，哪會做什麼醒酒湯？我才不傻呢，我去找廚娘。」小小的身子又噔噔噔跑出去，轉眼就沒影了。

那婆子冷了張臉，對著她離開的方向呸了聲。可婆子轉念一想，備上醒酒湯還能討著賞？李姨娘對人溫和，出手雖不至於像三夫人那麼大方，總也是不差的。她最近手頭是真緊啊！

婆子眼珠子轉了一圈，很快拿定主意。正好她有個姪子是在三爺身邊當差的，要送過去可不方便得很？

李姨娘要給三爺送醒酒湯是什麼意思，她這麼大年紀了還能不知道啊？三夫人病著，三爺又沒有通房，身子想紓解自然是要去李姨娘那兒的，這種最直白的邀請，她辦好了，姨娘可不得重重賞她？

婆子一顆心都熱了起來，火速地做好一碗醒酒湯，提著就往外頭去了。

顧妍從暗裡探出頭，頰邊一抹笑勾起，頗有幾分午夜陰冷的味道。

這才剛剛開始呢！

外院聽雨軒，正是酒酣耳熱之際，顧家幾位當家的在興頭上，天南地北攀談，其樂融融，一輪推杯換盞下來，酒過三巡，幾人都有了醉意。

顧大爺酒量最淺，喝的又是後勁十足醇香的梨花白，早已經昏昏欲睡，顧四爺瞧著同樣眼冒金星，看人都有好幾個重影。顧二爺、顧三爺對視一眼，頗為無奈，叫了二人的貼身長隨，將他們各自送回去。

真正的宴席，這才算拉開了序幕。

顧妍拉了顧婼和顧妤去老夫人那兒，拎著今兒新做的臘八粥，要給老夫人嚐一嚐。這幾日老夫人身子都不大舒坦，胃口也不好，晚膳只用了兩口，如今安氏和賀氏正勸著她再多吃些。

顧媛前些日子惹了老夫人不快，瞧見機會來了，恨不得時時刻刻往跟前湊，連帶著顧婷也在一旁細聲細氣地唸叨上一、兩句。

老夫人顯然是很享受如今這般被人眾星捧月，心情不錯，卻並沒有依言用上一星半點。倒不是她故作驕矜，而是委實提不起半分胃口。牛不喝水，人也不能強按著牠低頭。

安氏頓覺無力。老夫人的脾氣，她伺候這麼多年，早清楚了，再往後已是多說無益，可為了她的賢名，又不能真這麼停下，至少還得再多磨蹭幾刻鐘……

顧妍幾人進了屋，看到的就是滿屋子人神色無奈。

顧妍與顧婼對視一眼，各自請安後，顧婼便提了食盒放下。「祖母腸胃不適，這麼不吃東西總不是法子，好歹用上一些，您身子健朗，我們做小輩的才算安心。」

老夫人淡淡地點頭。「婼姊兒有心了。」

顧媛在旁冷笑，她們在這兒勸了這麼久不頂用，難道還指望顧婼幾句話了事？真是異想天開！

顧婼倒沒有在意，將食盒中的粥點擺出來，擱在案桌上。「早前翻出了一本食譜，盡是些養生開胃的粥點，衡之前幾日不肯吃飯，就是虧這食譜上記的方子才慢慢好起來的。」

那幾碟小點心裡，有一盤碧綠千層糕一般的糕點很漂亮，每一層都是不一樣的碧色，層層疊疊，就像是畫紙暈染開來似的，老夫人不由看了眼。

安氏一瞧有眉目，忙挾了一塊。離得近了，便聞到一陣酸酸甜甜的梅子味，清清淡淡的又有點像薄荷，胸口憋著的悶氣似乎都去了大半。

老夫人終於動了動筷子，輕輕咬了口，發現竟是酸甜得恰到好處，很合胃口，一小塊糕點也慢慢吃了進去。

顧媛臉都黑了，賀氏的面色瞧著也不是很好看，顧婷擰起細眉，袖下小手悄悄攥緊了帕子。安氏卻很高興，又將顧婼送來的其他粥點一併移到老夫人眼前，勸著她吃一些，最後竟還真動了兩口。

賀氏乾巴巴地笑了起來。「這方子還真是奏效啊，既能解衡之的厭食，還能讓娘開胃，什麼食譜這麼厲害，不如讓我們也看看？」

顧媛聽了也笑。「可不是？這麼好的東西，讓廚房的大廚子們都瞧上一瞧，日後就再也不用怕祖母胃口不好了。」看顧婼面色為難，又道：「莫不是二姊不捨得吧？二姊，我們也是為了祖母好，又不是要了這東西去做什麼，妳不肯，是壓根兒就沒有將祖母放心上吧？」

聽這話就有些怨毒了，老夫人淡淡看了過去。「妳二姊可還什麼都沒說。」

老夫人心裡不是不無奈的。像這種東西向來都是孤本，知道的人多了，也就失去它的意義，要其有存在價值，也不能多教人瞅見。眼皮子這樣淺，哪有一點日後做大婦的肚量？

「婼姊兒就留著好好看看，祖母還等著一飽口福呢。」

顧媛氣得發抖，一張臉紅得似是能滴血了。

「婼姊兒一向都是有這個孝心的……」安氏笑呵呵地打起圓場。見那方稍稍冷靜下來，又說起了些瑣事。「白日裡已差人用紫皮蒜和米醋醃了臘八蒜了，等除夕到了，就起出來，大家都吃吃，酸爽可口，也能去穢迎新。」

顧妍聞言卻搖頭，與顧婼低聲說道：「祖母腸胃不好，只怕不適合吃這個。」

顧婼回過頭來問道：「那五妹覺得祖母適合用什麼？」

這方小動靜引起了大人的注意，賀氏正忙著安慰女兒，倒也支起耳朵來聽。

顧妍順勢說道：「祖母年紀大了，吃東西不容易消化，自然得用綿細柔軟的，但偶爾用些乾果，一如花生、核桃、榛子、杏仁卻也無礙，最好是曬乾了碾磨得細細的，混上牛乳，睡前或是醒來溫熱著送服下，既好吃對身子又好，還能調理腸胃。」

賀氏悄悄記下。她知道憑顧妍是編不出這樣的方子的，既然三房得了那樣的食譜孤本，五丫頭如今又說得頭頭是道，定然也是看過那藥膳方子了。她現在記下，日後做給老夫人吃，可不是顯得孝順？退一步講，哪怕老夫人這裡討不著好，總還有二爺呢！二爺的腸胃素來不好，就需要這種方子調理。

賀氏滿滿的精打細算，都在那張臉上露了出來。

出了寧壽堂，又話別了顧妤，顧妍與顧婼二人誰也不曾再說話，沿著抄手遊廊肩並肩地往回走。

四周靜得出奇，針落可聞。踢踢踏踏、輕重不一的腳步聲重合，銀白月光灑下，落在那一高一低的兩人身上，拉出的影子靜靜疊在一起。

顧妍側過頭看著顧婼，她白皙如玉的側臉隱在一圈白狐狸毛裡，目光沈靜，看著十分溫和，某一瞬與柳氏像了七、八分。

她原本想好了無數藉口，想著要如何說服二姊配合著一起演那齣戲，卻沒想到最後一句沒用上，二姊提著食盒便來了。分明什麼都不知道，卻願意按著她說的去做，這也是一種信任吧！

顧妍胸口漲著的不知是什麼情緒，卻覺得眼睛鼻子都酸癢得厲害。她記不清自己是什麼時候開始疏遠二姊的，只記得每每看到出色的二姊被那麼多人喜歡誇讚，而自己卻孤零零落在一旁，偶爾被想起來了，才提上那麼一、兩句的時候，心裡真的是委屈的，於是她故意乖張任性，故意無理取鬧，果然大家都看向她了，然而那目光越來越淡，漸漸更不如從前了……

記得有一次父親得了只前朝的汝瓶，她偷偷抱著玩，卻不小心失手打翻了，父親問是誰做的，她下意識就大聲說是二姊幹的。她想，這下父親總算不會覺得二姊比她好了……

寂靜的夜裡，冷風一道道往脖子裡鑽，顧婼正想理一理有些歪斜的風帽，一隻小手突然伸過來拉住她的衣袖。

「對不起……」淺淺淡淡的聲音響在夜風裡，幾近吹散。

這句話，晚了這麼多年，前世，今生，加起來，終於說出來了。

顧婼身子一顫，頓下了腳步。袖在暖筒中的手莫名攥起來，她也不知道，顧妍這句道歉是為了什麼，心裡卻無緣無故地抽緊。那裡，也有她的結。

「對不起，那時候我說是妳……」

掐在喉口的聲音更低了，抓著她衣袖的手指根根白淨如蔥管，用力得指尖發白。顧婼想看看她的臉，可看到的只是毛茸茸、白花花的帽子。

屋簷上的雪粒子被風颳下來，落在臉上涼颼颼的，轉眼就化了。

看她瑟縮可憐的樣子，生怕被嫌棄似的，顧婼忽地覺得有點好笑。

什麼時候，小刺蝟也收起她滿身的刺了？

「起風了，再不回去就晚了。」將手裡的暖筒扔過去，顧婼別過臉，搖了搖頭走在前頭，沒人注意到她那一瞬又哭又笑的表情。

顧妍抬頭看時，人已經走出很遠了，她笑著噔噔噔跑過去。

顧婼看了看她身後空蕩蕩的樣子，不禁問道：「妳的丫鬟呢？那個叫青禾的哪兒去了？」

顧妍笑出一口白牙，搖搖頭。「跟著姊姊就不需要青禾了。」

她們都應該好好的，比前世，十倍、百倍、千倍地好！

燈火通明，酒氣氤氳，聽雨軒堂閣裡的小廝、婢子都被遣出來，顧二爺和顧三爺喝得高興，外頭候著的人卻凍得發顫。

聽雨軒在二門處，地勢起得高，周遭全是林木花叢，小風一吹，濕冷氣息一波波全往人骨頭縫裡鑽，牙酸得咯吱作響。

哈出幾口熱氣後，小廝跺了跺腳，儘量往避風的地方靠過去，可顧二爺的長隨劉福斜過來一眼，小廝即刻慫了，乾巴巴笑了兩聲，又退回原先的位置。

他百無聊賴地搓著手，眼一瞥，發現角落一個人影對他招手，叫著。「阿東。」

認出來者是他的嬸子，三房小廚房裡當差的芸娘。阿東眼睛一亮，見沒人注意他，忙身子一閃走了過去。「嬸嬸，妳怎麼來了？」

芸娘遞了件夾襖給他。「知道今晚三爺要在這兒設宴，你不是當差嗎？從小身子也不好，晚上又冷，給你送件衣服來。」又提了提放在腳邊的食盒，笑道：「臘八節不喝點臘八粥怎麼好？你先穿上衣服，我給你盛。」

阿東是府裡家生子，自小父母雙亡，都是跟著叔叔過的，後來謀了在外院做打掃、跑腿的雜活，叔叔後來娶了芸娘，沒幾年就病亡了，芸娘年紀輕輕守了寡，也攬過照顧他的責任。

阿東連忙把夾襖穿上，頓時覺得暖了不少，這時芸娘又遞來一碗臘八粥，阿東忙接過，咕嚕咕嚕地吞嚥，聲音連隔得遠的都聽見了。

有好奇的人湊過來一看，這下可炸開了鍋，說著嬸子真好，又說著阿東不地道，說得芸娘臉都紅了，只好道：「我、我多做了些，大家一起吃，一起吃……」

劉福是顧二爺的長隨，身分自是這群小廝裡最高的，哪怕要吃，也是他先來。

芸娘說做得多，其實也不過那麼一大碗，倒了三小碗，就沒了，方才阿東心急火燎吃了一碗，剩下的就全進劉福的肚子，其他人眼巴巴看著那空了的白瓷大碗，不禁嚥了嚥口水。

劉福打個飽嗝，擦擦嘴，掃一眼，沒人敢說話了。

吃了人家的，這點面子總是要給，劉福笑咪咪地道：「這臘八粥味道真不錯，與尋常都不一樣，嬸子辛苦了，回去吧。」

芸娘本有些羞愧，聽到這句話如蒙大赦，提著食盒悄悄走了。

劉福又打了個飽嗝，扭著胖乎乎的身子，往那避風的角落一倚，自在愜意，然這自在不過一刻鐘，劉福臉色就不對勁了，腹中開始絞痛，聲大如擂鼓，疼得臉都白了。

他一想不對勁，剛才吃的那粥莫不是有問題的？

可再看阿東，人好好地站著，瞧起來比原先更精神了。

劉福額上的冷汗都滴下來，隨著「噗」一聲響，他老臉通紅，也不顧主子讓在這兒等著，忙走開去找淨房。

留在廊廡下的人捂了鼻子，還有人打趣道：「劉掌櫃的真是不同凡響啊！」隨即一片大笑。

屋內酒水已經停了，空置的酒罈零零散散放在一邊，兩人醉意都已微重。

「二哥來年必要升遷，三弟沒什麼好說的，先在這兒祝二哥官運亨通，青雲直上。」顧崇琰面頰緋紅，舉起酒杯先乾為敬。

顧二爺頭腦發脹，卻不代表他意識不清醒，從一開始老三請他們兄弟幾個喝酒，他就大概猜到老三是什麼意思。

大哥和老四都是酒量淺薄的人，他自個兒在外這些年，練得多了，倒是不錯，老三今兒喝的又都是才埋了兩、三年的桂花釀，擺明是要摒除掉大哥和老四，跟他單獨說些什麼。再聽到這如今的祝賀詞，其實已經很明顯了。

他在官場也有十多年了，經營的人脈他自認要比老三廣得多，若要幫上一幫，不過一番打點。可老三到底不比大哥啊，大哥於資質上差了些，老三不一樣。他與老三一起長大，癡長他幾歲，難道還不知道這個三弟是個會來事的嗎？不然當初也不至於娶了現在的三弟妹了。

一面高高的城牆，也許只要放下一把雲梯，就能輕而易舉征服。可顧家，有他一個就已經足夠了！

顧二爺苦笑著微搖搖頭。「可沒你想的這麼簡單。」

顧崇琰一聽，就知道接下來的話至關重要了，他忙一副受教的模樣，便聽得顧二爺說道：「你可還記得，當初我二甲及第，本已是在準備庶起士大考了，卻為何最終沒有參加？」

顧崇琰想了想，道：「是因為當時的閣臣，趙志蒿趙大人說了兩句話。」

顧二爺點點頭。「我自入國子監讀書，拜太學博士薛大人為師，師座的頂頭上司，便是當時的文淵閣大學士趙大人，我科舉那篇制藝趙大人曾讀過，他說我學問有餘，歷練不足。當時也是初生牛犢不怕虎，一氣之下就去西北謀了個缺，本也可以選擇更富庶的江南，可我想西北苦寒，既是要磨礪，這個地方最合適，等三年後再回京，見多了外頭的世界，脾氣性情也比從前收斂了不少……」

顧崇琰不明白二哥說這些是什麼意思，心裡卻也是羨慕的，在他看來毫無前途的事，二哥卻做得比他好太多。

顧二爺又給自己倒了杯酒，徐徐說道：「我這些年主要職司便是鑿山引渠，屯田修葺，委任書下來了，想必是要入工部，而如今的工部尚書，可是沈從貫的人。」

沈從貫，便是現在的內閣首輔。顧崇琰聽得心裡一跳，突然間好像明白了二哥剛剛繞那麼大彎子做什麼。

當初趙志蒿也做過首輔，只是趙大人當了兩年便致仕回鄉，在這兩年裡，同為閣臣的沈從貫可被打壓慘了，其餘五位閣臣，四位都是趙志蒿的人，另一位態度曖昧保持中立，無論沈從貫想說些什麼，到最後都一票否決，沈從貫心裡早恨死趙志蒿了。

而等趙志蒿致仕後，繼任的又是趙志蒿的同黨崔大人，可惜崔大人命不好，沒幾月暴斃身亡了，沈從貫這才有了機會翻身。他又不是個心胸寬廣的人，自是對從前那些狗腿子一力打壓，這是大家都心知肚明的事。

二哥是由了趙志蒿才有了今日，沈從貫看不慣二哥也情有可原，平素裡不吹毛求疵都算好的了，還要求其他的？

顧崇琰還是有點不死心。「朝堂上下那麼多雙眼睛看著，都察院那些御史和六科給事中們難道都瞎了嗎？」

「瞎？他們才沒瞎呢，不僅沒瞎，他們的眼睛雪亮得很。」顧二爺笑道：「皇上立儲的事都爭論十多年了，這兩年提得越發頻繁，他們還樂此不疲呢，沒看皇上都躲進昭仁殿不出來了嗎？」

顧崇琰心道：就算沒有這些御史，皇上也在昭仁殿裡出不來！

誰不知道方武帝一年到頭都不上朝，日日流連在鄭貴妃那裡，哪還管事啊？皇上沒有嫡子，按祖制便應該立大皇子為太子，可皇上卻更中意鄭貴妃所生的六皇子，為這件事，滿朝上下都爭鬧了十年。

顧崇琰這下沒心思喝酒了，顧二爺的立場已經表達了，他如今「自身難保」，就更別提再幫他籌謀開路了。

顧崇琰又連喝了幾口酒，心裡越發煩躁，藉口要出去透透氣，顧二爺也由著他了。

外頭可比裡面冷多了，風一吹，頭隱隱作痛，顧崇琰只覺得胸口憋得慌，怎麼都疏散不開來。走在前面廊廡下，看見原先候著的人寥寥無幾，還都是自己的人。

「二爺的隨從呢？劉福呢？」顧崇琰開口問道。

阿東心頭一跳，有些慌了。「劉、劉掌櫃的跑肚了，他們、他們送劉掌櫃的回去……」

以劉福那體格，可不是一、兩人能抬得動的。

顧崇琰抿緊嘴角，沒再說什麼，只是沿著廊廡走了一段路，讓涼風吹他的全身。

他長得高眺，卻纖瘦，看起來就略顯單薄，還曾有人給他批命說他沒福相。

兄弟幾個裡，二哥與他長得最像了，他沒福相，二哥就有福了？什麼道理！

顧崇琰趕忙搖搖頭，想藉冷風熄掉心裡竄起來的火氣，不過好像沒什麼用。

一個小廝模樣的身影靠近了，顧崇琰抬頭看過去，是平日裡在他書房當差的阿貴，他很不耐煩地問：「有什麼事？」

阿貴恭恭敬敬上前來行了一禮，提著手裡的食盒道：「三爺，李姨娘方才差人來給三爺送醒酒湯了，還熱著，您要不趁熱用了？」

一想到那個秀麗清雅如芙蕖的女子，顧崇琰心頭像是被溫泉浸洗過，方才的那點火苗淹沒無蹤，一顆心熱熱的。

「拿過來吧。」顧崇琰笑著接過阿貴遞來的湯盅，一飲而盡，溫度適中，味道也很好。「下去領賞吧。」

阿貴千恩萬謝地走了，顧崇琰的心情好像也沒有那麼壞了。

他長長嘆了聲，重新走進屋內，便見顧二爺喝得醉醺醺的，不知什麼時候趴在桌上睡了。這個時候，內院都快關鎖了，顧二爺的隨從又不在，再送回去也不方便。

想了想，顧崇琰喚人進來，讓他們將顧二爺帶到自己書房去歇著，又隨手點了阿東去二房那兒報個信，說二爺今兒個歇三爺外院書房了。

至於顧崇琰，想起方才那碗暖心暖胃的醒酒湯，再忍不住了，提步就趕著關鎖前去李姨娘那兒。

更深露重，夜涼如水，青禾剛剛過來跟顧妍說，看到三爺去了攬翠閣，腳步匆匆的，還很高興的樣子。

顧妍聽了笑了笑，早早洗漱好歇下，就讓青禾到外頭歇著，心裡有一瞬卻還是有點失望。

一直都知道父親是個什麼樣的人，心裡裝的又都是什麼，所以簡簡單單一碗醒酒湯，就把他騙過去了。這倒也不是什麼能耐，而是她知道，父親那顆心一開始就是偏的。無論對母親，或是對他們幾個孩子，這出發點從最初就不一樣。

顧妍對著虛空嘆了幾聲，說不清楚是因為覺得無奈，又或是在感慨現實。後面的事，能不能按著既定的發生，她不知道也不去想了，但不管怎樣，總算玉英今兒的打算是落空了。

外間青禾的呼吸聲慢慢均勻，大約是熟睡了。顧妍藉著床頭松油燈的光亮，終於閉上眼睡過去。

從重生之始，就喜歡每天點著燈睡。前世被剜去雙眼，那麼久的黑暗日子，到底還是有些怕的，一晚上迷迷糊糊的，作了很多個夢，一個接著一個，走馬燈一樣來來回回地轉。

從在柳府與夏侯毅一道挖土埋藏冬日收集的雪水，到顧婷穿著大紅鸞鷲長袍端著母儀天下的架子，又到魏都捏著她的下巴，手指劃過她肌膚時的冰涼……最後的最後，定格成一個靜靜躺著無聲無息的女子。

顧妍走過去，發現她一雙眼睛蒙上了白絹，兩團氤氳血色浮在上頭，雙腳一片模糊，還在不停往外淌著血……

醒過來的時候，天色不知不覺亮了，她伸手摸摸自己的臉，鬢角都是濕漉漉的。

青禾來給她洗漱，將窗櫺槅扇打開一條縫，雪花紛紛揚揚，比前幾次的雪都要大。

衛嬤嬤進來輕聲說：「老夫人那兒傳消息來，今兒個不用過去請安了。」神色卻是有些閃躲。

顧妍挑眉，睜著雙大眼睛問：「祖母身子不舒服嗎？」又像是想到了其他的，恍然道：「哦，是雪太大了不方便吧！」

衛嬤嬤一愣，有些為難了，囁嚅片刻，只好含糊不清道：「不是，據說是出了點事，具體怎麼了……不好說。」

顧妍笑了笑不再過問，用過早膳後，她去柳氏那裡，便模模糊糊聽到次間內傳來二姊隱怒的聲音。「她怎麼做得出來這種事，真是將臉都丟盡了！日後人家要怎麼說我們？管教無方？還是上行下效？」

唐嬤嬤壓低聲音勸道：「她是老夫人賞給三少爺的，原本可不是三房的人，教養什麼的都是在寧壽堂那兒，自己作踐自己，怪得了誰？從前老夫人也是慣著她，這下子心氣養高了，可不什麼都做得出來。要說丟人的還挨不上夫人，卻結結實實打了老夫人的臉……」

鶯兒一瞧見顧妍走進來了，連忙請安。「五小姐！」

聲音有些大了，像是刻意的，裡面的談話很快終止，顧婼和唐嬤嬤一前一後走了出來。

沒有見到常嬤嬤的影子，平日裡幾乎寸步不離地跟著二姊，如今也不知哪兒去了。

顧妍注意到顧婼的臉色泛紅，像有些羞臊，而唐嬤嬤臉上雖沒有多餘神情，卻看得出在生氣。

顧妍仰著脖子問：「二姊，今日有紅豆甜湯嗎？」

「就妳嘴饞！」顧婼什麼脾氣都沒了，哼了句，讓人去準備甜點。

通常顧妍在自個兒院裡吃了早膳，再到柳氏這兒來，柳氏都會讓人準備些小點心，今兒個是杏仁露，明天就是梨子水，變著花樣，慢慢地都養成習慣了。

因礙著她在場，唐嬤嬤和顧婼就再也沒有繼續之前的話題，然而從剛剛那幾句話看來，玉英應該是「得手」了吧……

顧妍笑咪咪地坐下喝起湯。

第七章

寧壽堂如今已經雞飛狗跳，除卻病中的柳氏，安氏、賀氏和于氏都來了。賀氏先前鬧了一通，情緒太過激動而昏厥過去，老夫人讓人把她帶去次間休息，外頭看守的婆子數量翻了倍，氣氛沒由來地沈重起來。

正堂中央跪著一個只著單衣的女子，即便屋子裡放了火盆，依舊凍得瑟瑟發抖，弱不禁風。

腰肢纖弱如蒲柳，身姿豐潤，膚色潔白，烏黑的頭髮披散著，露在外頭那一截白玉般的頸項上，玫紅點點，布滿了印記……可若是看她低垂下去的那張臉，會發現原本美麗動人的雙頰高高腫起，從眼角到嘴邊，還有幾道深深的抓痕。

玉英大約這輩子從沒這樣狼狽過。她也不知道究竟怎麼回事，明明前一天晚上還和三爺共赴雲雨之巔，為何一醒來就變成二爺？更難以接受的是，二夫人一大早提了早膳過來，笑咪咪且溫聲細語地喚二爺，卻發現他們二人赤著身子緊緊摟在一起……

她當場被二夫人揪了出來，也不顧她沒穿衣服，左右開弓打得她兩眼發黑，二爺後知後覺醒來時也嚇了跳，二夫人連二爺都不認了，上前就對著二爺的臉撓下去，既哭又喊還鬧，最後連老夫人都給驚動了。

玉英顫顫巍巍抬起頭，瞥了眼上座的老夫人。她是在寧壽堂長大的，老夫人什麼性子她心裡有譜，老夫人有什麼能耐她也知道得門兒清，正因如此，她知道老夫人眼下是真怒了。

她的命運如何，是去是留，不過是老夫人一句話的事……

火盆裡燒著的炭「噼啪」一聲爆開，顯得格外響亮，玉英覺得自己就像這火盆裡的炭，全身上下無一處不在煎熬。

老夫人冰冷的聲音在頭上響起，問：「玉英，妳說，這是怎麼回事？」

怎麼回事？怎麼回事？她也想問，這究竟是怎麼回事！

玉英思慕三爺，自情竇初開起就一直思慕著，她一心一意想伺候在三爺身邊，哪怕僅僅是個通房小妾。

老夫人瞧不起柳氏的出身，認為商戶之家的銅臭污染了顧家書香之家的風氣，而柳氏和三爺的關係也沒有表面上看起來的那樣和諧，柳氏在她眼裡壓根兒不足為懼；李姨娘卻不一樣，這個女人有手段、有謀略，最要緊的是得三爺的心。她娘親常嬤嬤和她說，不要與李姨娘為敵，連世子夫人安氏都對李姨娘有些忌憚。

好，她不和李姨娘作對，她幫著李姨娘，到三少爺身邊，給三少爺的湯藥動手腳，她也有私心，為了能更近地看一看三爺。

可她都看到了什麼？三爺和李姨娘如膠似漆，鸞鳳和鳴？

她忍不住了，她去找高嬤嬤，想問問李姨娘什麼意思，可高嬤嬤盡和她打馬虎眼，所以她不惜自毀名節也要到三爺身邊。橫豎她本就是個丫鬟，名節值多少錢？只要偽裝成三爺情難自禁，一切都不成問題。

大戶人家被主子白占身子的婢子多了去，吃了虧，苦水只能往肚裡嚥，可她不一樣，她娘親是世子夫人身邊有頭有臉的，老夫人也不是沒起過將她給三兒子開臉做姨娘的心思，她不過是提前罷了。

柳氏性子懦弱，她不怕，李姨娘暫時還翻不了身，她只要在這之前搶占抓住三爺的心……她什麼都打算好了的！所有的想法是好的，可是，前提得是三爺啊！現在三爺變成了二爺，她的下場也不會好了……

二爺到底不比三爺，他是重臣，是支應侯府門庭的中流砥柱……二爺馬上就要升官了，這時候更是不能有半分差錯，一旦洩漏半點風聲，二爺的前途都要毀了。

賀氏是個不管不顧的，撒起潑來誰又攔得住？方才連二爺都動手打起來了，賀氏怎麼可能輕易放過她？

「我……」玉英顫慄著身子，嗓子眼艱澀得說不出話來，而事實上，她也不知道該說些什麼，大滴大滴的冷汗開始從額頭緩緩淌下來。

「還有什麼好說的！」賀氏不知道什麼時候出現在門口，身子還要人扶著，此時她髮髻散亂，滿面淚痕，臉色比外頭下的雪還要白。

老夫人一看賀氏進來，眉頭率先一皺，拍了桌子怒道：「不是說了看著她不許過來嗎？

都將我的話當成耳邊風了？」

伺候的幾個丫鬟、婆子連忙跪下，一句不敢吭。

二夫人這蠻勁，哪裡攔得住？

賀氏掙脫開身邊抓著她手的婆子，踉踉蹌蹌往前衝，對著跪在地上的玉英狠狠踹了一腳，玉英身子往旁邊一歪，本就凌亂的衣襟微開，白嫩嫩的胸前一大片玫紅痕跡讓賀氏看紅了眼。

賀氏厲聲尖叫，揪起玉英的頭髮就一頓拉扯，抓撓抽打一通亂上，嘴裡大聲罵道：「妳個臭婊子、賤蹄子，沒臉沒皮，沒羞沒臊，爬床都爬到二爺這兒來了，妳安的什麼心思！想著飛上枝頭變鳳凰呢？呸！那怡紅樓裡的娼妓都要比妳乾淨……」

安氏瞧著不成樣子，趕忙讓兩個壯實的婆子一左一右拉開了，賀氏還不解氣，提腳還要踹，玉英生生受著，倒在地上嗚嗚咽咽好不可憐。

賀氏就更來氣了。「好啊，妳這隻狐狸精，就是這麼勾引人的吧，看我怎麼抓花妳這張臉，我看妳還怎麼勾搭爺們……」

老夫人氣得額角青筋直跳。「把嘴堵起來關回房間去，吵吵嚷嚷成何體統！」

賀氏撲通一下跪在老夫人面前，嚎啕大哭。「娘啊，我和二爺青梅竹馬，自小的情分！他答應我這輩子只守著我一個人的，現在算什麼？算什麼！娘！您要給我作主啊！」

于氏抿緊了唇，看著賀氏這樣子，心裡不斷翻攪著。

她平素裡和賀氏關係不親不疏，說不上有什麼好感，眼下倒還不至於幸災樂禍，可那句守著一個人……四爺也跟她說過類似的話。她和賀氏情況還真有點像，都是只生了個女兒，而丈夫連個妾室或通房都沒有。突然有這麼一天，丈夫和別的女人做出這種事，也難怪賀氏這樣激動崩潰。

于氏走上前輕聲道：「二嫂，母親心裡有數，定會給妳個交代的。」

賀氏才不領情。她一直都覺得自己丈夫樣樣都好，突然有一天丈夫身上染了污點，而于氏還跟四叔琴瑟和鳴，自己就像被狠狠抽打一個耳光，在于氏面前怎麼也抬不起頭來。

賀氏冷冷笑了笑。「收起妳那悲憫情懷，做什麼貓哭耗子假慈悲，指不定四叔外頭有個什麼姘頭呢！」

老夫人這回真忍不住了，指著門道：「妳給我回去，好好閉門思過，過幾天腦子清醒了再出來！」

她怎麼會教出這樣的兒媳婦，從小跟在身邊長大的姪女，這些年恃寵而驕，都成了什麼樣子！這個性子……老二以後可是要當高官的，賀氏簡直能害死他！

「娘！」賀氏不相信自己聽到了什麼。明明不是她的錯，怎麼還要罰她！

安氏都看不下去了，扶著賀氏道：「二弟妹，聽母親一句話，母親總不會讓妳吃虧。」想了想又道：「妳現在這樣，於理不合，快別說這些話了……」

女人善妒，那是犯了七出的。

賀氏尖叫一聲。「怎麼不合了？娘當年對那朱姨娘可沒手下留情！」

這話一說出來，滿屋子都靜了。

賀氏自知失言，趕忙捂了嘴，頓時像一隻受驚的兔子，瑟瑟縮縮小心地看老夫人，卻被她滿臉鐵青嚇了一跳。

于氏白著臉，也不知道要怎麼應對了。朱姨娘的事是府中的禁忌，雖然朱姨娘才是她的正經婆婆，可連她都不敢提上分毫。

安氏給幾個強壯的婆子使了個眼色，她們立刻會意，上來駕著賀氏走，賀氏這回知道闖了禍，什麼都不敢鬧騰了，卻還狠狠瞪了玉英一眼。

「母親，您別氣，這兒還有一堆爛攤子呢！」安氏輕撫著老夫人的背，溫聲勸道。

于氏知道這事她絕不能表現出一點異樣，立即接道：「母親，二嫂氣糊塗了，您別跟她一般見識……」

老夫人這才面色舒緩下來，只是看向玉英的眼神卻越來越冷了。

這時，長年伺候老夫人的嬤嬤走進來，目光微微掃了圈，走上前去對老夫人附耳輕聲說了幾句話，安氏離得近，隱隱約約聽出來，似乎是在玉英房間裡發現了什麼香，聽到這裡大概就懂了，敢情玉英這是設了個套，還把自己給套進去了。

愚蠢！簡直愚不可及！

安氏看向玉英的目光裡透著隱怒，心裡卻還是起了疑惑。她是知道玉英的心思的，對三叔那是一根筋的，可怎麼會和二叔扯上關係？真像別人以為的，因為二爺前途無量，所以想攀龍附鳳，雞犬升天？玉英不像是這樣的人啊！

安氏想起今兒一早聽到消息，常嬤嬤與她說的話，玉英做這件事是瞞著其他人的，常嬤嬤一把鼻涕一把淚地哭，說只有這麼一個女兒，說什麼也要請她保住。

這哪裡是保住的問題？玉英這是自己作孽的問題！可常嬤嬤連那件事都搬出來了，她還真不得不把玉英保下來……

「聽陳嬤嬤說，妳昨兒個病了？」

老夫人一句話，將玉英剛升起的一絲希望澆熄，她只得哆哆嗦嗦地道：「沒、沒有，突然間有些累，沒有病，沒有……」

「沒有病，大晚上的，妳去外院做什麼？還特意去了書房？」

老夫人聲音平淡無波，玉英發了一身冷汗。她眼淚都出來了，不知道應該說些什麼，滿臉無辜地抽泣著。

老夫人長長嘆了聲，像作了決定，沈嬤嬤忙端了盞茶過來，老夫人輕呷口道：「既然都這樣了，該去哪就去哪兒吧。」

這是要送她上路的意思了……

「老夫人！」玉英驚恐萬分，匍匐在地上哭喊。「老夫人，您也是看著奴婢長大的，奴婢沒有功勞也有苦勞啊，老夫人……」

不提這回事倒還好，一提起這個，老夫人臉色都黑了。

她玉英做出這些事情來，憑的是什麼？還不是憑她在自己跟前這些年，有兩分薄面？自己把玉英當條狗，高興了給根骨頭啃，她倒好，還真把自己當回事了！自作聰明的東西！

一名嬤嬤上前一腳把玉英踹開，已經有粗壯的婆子要把玉英帶下去，安氏一瞧，趕忙道：「母親，兒媳有幾句話，想和母親單獨說說。」

玉英一愣，絕望的雙眸倏地迸出光彩來，老夫人也有些驚訝，不明白安氏打算做什麼，卻願意給安氏這個臉面，由她扶著去次間談話。

二人再出來的時候，安氏臉上帶著淡淡的笑容，老夫人雖沈著臉，但也不再如方才那般陰鷙了，玉英知道自己興許逃過一劫，心臟不受控制地怦怦直跳。

「把她帶下去看守起來。」老夫人不願多見她，但話裡的意思其實已經放過玉英了。

于氏好奇地瞥了眼安氏，似乎想從兩人的表情裡看出些端倪來。做了這樣的事，鬧出了亂子，玉英卻只是落了個禁閉的下場，安氏到底說了些什麼？

玉英長長吁了口氣，頓覺從鬼門關走了一遭回來，又感激涕零地朝安氏看了一眼，安氏視若無睹。

若不是為了不捅出那件事，她願意冒這個風險把玉英擼下來？簡直笑話！

老夫人難道就真的這樣放過玉英了？當然不是。只不過是將時限延長下去罷了，至於最後結果如何，但看玉英命數好不好了……

安氏方才實則也沒講什麼大道理，僅僅就說了那麼一句。「二叔可還沒有後繼香火。」

府裡頭小字輩裡陰盛陽衰的現象，一直都是老夫人焦急憂慮的心頭石。安氏素來賢良淑德，膝下已經有了修之，長房算是後繼有人。衡之雖說身體不好，但好歹三爺也有了後，老夫人心裡對四爺是芥蒂的，甚至巴不得人家生不出兒子呢，她才無所謂，只可惜了二爺，娶了賀氏不是個能生養的，進門第三年才有了媛姊兒，自此以後再蹦不出一個蛋，偏生老夫人也不好給二爺納妾。

當年李姨娘進門雖說是因為柳氏生不出兒子，實際上是老夫人看不起柳氏，賀氏是老夫人姪女，娘家的人總是有些偏心的，而且二爺也確實說過要這輩子只守著賀氏一個人的話，老夫人硬逼也無用，再之後興許也就只有走過繼這麼一條道了。

過繼？到底不是親生的。老夫人那麼疼二爺，心裡總是會有遺憾。玉英出這事不早不晚巧得很，若她運道好，還真就懷上了，那這條命也算是保住了，若是懷不上……至少給了安氏緩衝的時間，去解決掉知曉當年內情的人。常嬤嬤，終究還是留不得的。

安氏嘴角若有似無勾起了一抹冷笑，又聽老夫人在旁說道：「後面的事，妳都處理了吧，切不可有什麼不好的傳出去，損了老二的名聲。」

安氏頷首應是，下去就雷厲風行敲打了一番。

賀氏回房後，整個人都像是一隻鬥敗的公雞，提不起一絲精神。

顧二爺早上的時候被賀氏撓了幾下臉，面上全是紅印子，火辣辣地疼，剛剛塗上藥，這才覺得好受些許，卻是出不了門見人了……

瞧見賀氏那無精打采的憔悴樣子，顧二爺心裡終究有些難安，走上前攬住賀氏的肩膀，溫聲喚著。「蕙娘……」

賀氏像被針扎了，跳起來掙脫開他的手，指著他的臉罵道：「顧崇琬，你別碰我！你要碰，去碰那小賤人！」

兩人之間極少這樣吵架，顧二爺一時也有些生氣了，竭力捺下脾氣道：「蕙娘，我說了，我也不知道怎麼回事，一早醒來就是這樣了。我都沒見過幾次那個玉英，何況，妳又不是不知道，玉英的心思都在老三身上呢！」

「你還想把責任推給別人？」賀氏抖著身子，聲音拔得高高的。「那小賤人長得好看吧？皮膚是不是又白又嫩？水靈靈的真漂亮吧！顧崇琬，你還要騙我嗎？你昨晚上就沒有一點印象？你……我今早滿心歡喜拿了核桃露來，還看著你緊緊把她抱在懷裡……」說到後面已經泣不成聲。

「爹！你、你做了什麼？」顧媛整個人怔怔地站在門口，一動不動，不敢置信自己聽到了什麼。

顧二爺和賀氏同時一愣，顧二爺怒喝道：「是誰放三小姐進來的？守門的呢？」

那當值的丫鬟正要開口說話，顧媛已經先一步走到顧二爺面前。

「爹爹，你們說的不是真的，對不對？你……你……」顧媛不知道自己應該說些什麼了，只能把目光投向自己母親。「娘？」

女兒的聲音像是掀開了賀氏的最後一塊遮羞布，賀氏幾欲崩潰，終於倒在炕床上泣不成聲。

「娘，娘，您別哭啊！」顧媛手足無措，眼淚驀地充斥了眼眶，又一次問道：「爹爹，到底是怎麼回事？」

顧二爺心裡也惱怒得很，這種事被女兒撞見，總是難堪的。他板起了臉，沈聲道：「這事與妳無關，妳還是回房吧！」說完，他也不想待下去了，一甩袖奪門而出，無論顧媛在後面怎麼喊都不回頭。

「媛兒，媛兒，娘親要怎麼辦？」賀氏抱著顧媛狠狠哭了一場，顧媛也跟著傷心，不僅是對父親失望，更是對母親的可憐同情。

她腦子開始飛快地消化剛剛聽到的東西，父親和玉英……

顧媛腦子裡開始勾勒玉英的樣貌，最先出現的，是那日從頤堂出來，在抄手遊廊上撞見她與高嬤嬤說話，玉英不慌不忙、落落大方地跟她說，自己的耳墜掉了。

那張瑩白如玉的臉，燈火昏暗也掩蓋不住的美豔動人……所以，父親也被這隻狐狸精吸引了嗎？

顧媛猛地搖頭，不會的、不會的！父親不是這樣的人！母親說父親是這個世上最好的，父親不會背叛她們的！

顧媛一遍遍催眠自己，腦中忽地閃現一點，父親說，玉英的心思都在三叔身上……

三叔，柳氏，李姨娘……玉英，高嬤嬤……這些人似乎串成了一條線，顧媛恍然間像是明白了什麼。

「娘親。」她定定地看著賀氏，緩緩說道：「我知道是怎麼回事了……」

顧二爺抬腳就去了書房，臉色十分不好。

剛剛賀氏指責他的時候，有一瞬他除了氣惱，還有些心虛。昨晚上他雖然微醺，但還沒有到神志不清的地步。他雖然下意識地想推開玉英，可腦子這麼想，身體卻自有主張。

黑暗裡看不清面容，那雙清澈的翦水雙眸瑩亮。他又不是聖人，怎麼能沒感覺？他昨晚直到累極了才歇下的……

顧二爺搖搖頭，趕忙屏除掉腦裡的雜念，叫了劉福進來，想問一問昨晚上到底怎麼回事。

劉福臉色發白，腳步虛浮，站都站不穩的樣子，顧二爺瞧著驚訝，問道：「你這是怎麼了？」

「二爺！二爺，小的這是被害了啊！」劉福隨即苦了一張臉，他扶著牆壁才站穩身子。「昨晚上您和三爺在裡頭談話，小的就在外面候著，有個叫阿束的他嬸子送了粥來，我一時嘴饞喝了點，就拉得起不來了啊！」

顧二爺心神一凜，趕忙問道：「那送粥的你可還找得到？有沒有證據？」

劉福點點頭。「小的知道自己被坑了，哪裡嚥得下這股氣啊，小的一早就找到那叫芸娘的了，還搜羅了一些昨晚剩餘的粥，找了大夫查驗去，要是被小的發現裡頭摻了巴豆什麼的……哼！」

他冷哼一聲，一下子肚子又有些發緊，趕忙捂著不再用力。

顧二爺的神情卻忽地凝重起來。他雖然長久不在京都，可府裡的事多多少少知道些，賀氏常幸災樂禍與他說三房的事，說柳氏多麼無用，被李姨娘壓住，還有個叫玉英的丫鬟虎視眈眈。

玉英相貌好，從前又是在老夫人身邊的人，他倒是記住了，聽到賀氏這話，只不過唏噓一聲老三豔福不淺。

老三昨晚上把他扔書房，自己回了內宅，玉英到了老三的書房，和他春宵一度……莫不是，玉英將他當作老三，爬錯了床吧！

任何一個男人都忍受不了這種屈辱，顧二爺當即氣得站起來。

這時，外頭一個小廝輕聲道：「劉掌櫃的，大夫查出來了。」

顧二爺大手一揮。「讓大夫進來說話。」

那大夫是個老郎中，走路都晃晃悠悠的，一進來先掃了眼劉福，老眼一瞇，走上前去給他把脈，又看了看舌苔顏色。

劉福心裡急著知道芸娘是不是害了他，忙問道：「老大夫，怎樣，那粥裡是不是加了巴豆？」

大夫捏著鬍鬚搖搖頭。「粥是沒問題的，有問題的是你。苔黃舌紅，脂膏厚重，氣短痰濕，面色潮熱，夜裡可還會盜汗氣虛……你這底子不好，吃不得清熱宣洩的東西，那粥裡加了蘆根、燕麥，一用下去，可不得瀉了？」

說白了，也就是劉福自個兒貪吃，誤食了不適當的東西，才害了自個兒。

劉福臉色一瞬有些紅，總算知道為何自己拉得半死，阿東那臭小子連個屁都沒有放。

顧二爺更是不耐煩聽了，直接讓人將老大夫送出去，方才那被算計了什麼的想法也拋卻了，只覺得被玉英當成別人的滋味忒不好受。

攬翠閣，李姨娘那處，顧媛和賀氏一前一後殺了進去，不顧身上紛紛落落的雪花，抬手就給李姨娘一巴掌。

「二夫人！」李姨娘低呼一聲，身子綿軟又無力。

後面的話還未來得及說，顧媛上前又賞了一掌，罵道：「賤人，裝什麼樣子？妳害得我娘親好苦！」

顧婷衝出來攔住顧媛。「三姊，姨娘做錯了什麼？妳別打姨娘……」

尚算瘦小的身子在顧媛面前不堪一擊，一雙眼含了兩泡淚，楚楚動人地，顧媛看了就來氣。

「妳姨娘做了什麼？妳怎麼不問問她？」顧媛冷笑一聲，一步步把顧婷逼得連連後退。「玉英和妳們有沒有關係，三叔昨晚上歇在誰那裡？玉英怎麼和我爹爹處在一塊兒了？妳倒是說說看啊！」

顧婷睜大一雙眼，好像沒聽明白裡面的意思，攬翠閣裡的丫鬟卻齊齊倒抽一口涼氣。

安氏先前敲打過了，寧壽堂和知情的人一個個守口如瓶，消息尚未傳出去，她們這些小丫頭當然不會知道，可從三小姐口中得知……那又是另一回事了。

玉英和二爺還搭上了？

李姨娘白了一張臉，胸膛內翻滾了許久，這才道：「是不是有什麼誤會……」

「誤會？」賀氏神色冷峻，幾步上前打量著她。

李姨娘生得高䠷，比她高了半個頭，可氣質卻是柔柔弱弱的，怎麼都是一副無辜的樣子。

她若是無辜，她賀字倒過來寫！

賀氏抬手就對著那張精緻的臉撓起來，銳利的指甲刺破肌膚，幾道血痕乍然顯現。「妳有能耐得很啊！抓住三爺的心不夠，還要霸占他的人！妳要做什麼我才管不著，妳因何將二爺拖進來？」

賀氏將她放倒，又搧了兩個巴掌，捏緊李姨娘的衣領。顧婷想來阻攔，又被顧媛拉住，不讓她上前去。周遭的丫鬟、婆子想上去阻攔，卻被賀氏帶過來的人箝制住了。

「玉英原先想對誰下手，妳不要說妳不知道……李代桃僵換了二爺，妳舒服了，卻讓我糟心，李書柔，妳怎地這麼惡毒！」賀氏抓著李姨娘的腦袋，就往地上撞去。

「砰」一聲，李姨娘只覺得頭暈目眩，哪裡還能思考。

「姨娘……娘！」顧婷掙扎著又哭又鬧，大聲哭喊。

顧媛遷怒，將火氣一股腦兒都撒她身上了，又是捏又是掐，顧婷手臂上青一塊紫一塊的立竿見影。

攬翠閣亂成了一團，等到顧婼和唐嬤嬤趕過來的時候，賀氏和李姨娘都扭在一塊兒了，兩人身上灰頭土臉，髮絲凌亂，哪有一點兒莊重的樣子。

滾燙的茶水灑了一地，那盞鬥彩瓷盅在青磚地上摔得粉碎，丫鬟們忙撲過去收拾起來，大氣也不敢出，然而老夫人似乎仍不解氣，又接著摔了一個杯子。

安氏趕忙上去攔著，拉住老夫人的手。「母親，您小心傷了手，也別生氣，氣壞了身子可不值得……」

老夫人卻是真的氣狠了。「好啊，可真好啊！她們非要鬧得全府皆知，滿城風雨是吧？好，讓她們出去說！去，去九彎胡同口搭個戲臺子，讓她們唱去！」

安氏也頭疼。賀氏在家裡飛揚跋扈一點便算了，橫豎總有人在她屁股後面幫著她收拾捅的樓子。老夫人念在和她出自本宗，總是對賀氏多有寬容，可她在大是大非的事情上，怎麼也這般糊塗！不過就是睡了個女人，處理乾淨不就好了？還這樣沒完沒了……

先前好不容易將下人的口堵住，有些事沒能傳出去，現在倒好，賀氏帶著女兒去攪翠閣一鬧，這下都知道了。再接下來要收拾人，可得費好大的心力，成事不足，敗事有餘！

安氏心裡窩著火，眼下卻仍強逼自己按捺住脾氣。「方才大夫來回過了，好在李姨娘傷得不重，只是臉上多了幾道印子，要消下去得要些時日，大夫開了雲霜膏，假以時日，應該不會留疤的……」

老夫人哼了聲，滿不在意。賀氏去李姨娘那裡吵，原由是什麼，她當然聽說了。

玉英是她放給衡之的，妙齡少女放在一個孩子那裡，自然不是為了給衡之留著用，她的意思，除了照顧衡之，也是給老三提個醒，眼下柳氏是生不出來了，李姨娘產後失調這幾年也沒動靜，衡之身體又時好時壞，玉英長得好，身體也不錯，給老三留作備份而已。

可現在，玉英居然另擇染指了老二！老夫人想想都覺得如鯁在喉。

玉英既然是在老三的書房和老二出事的，那她的本意就該是在老三才對，只不過陰差陽錯成了老二……這事也只能說天意弄人，賀氏非要將罪名安在李姨娘身上，那就有點無理取鬧了。

老夫人用力揉著太陽穴。「接下來的事妳多費心，侯爺就快回來了，別拿這些糟心事去污了他耳朵。」

安氏微笑著保證道：「母親放心，今兒的年還會照樣熱熱鬧鬧過的。」

不得不說，賀氏來攪翠閣這麼一鬧，效果驚人，有關玉英勾引二爺的話很快就傳開了。

庭院裡，穿戴蓑衣斗笠，正在園中掃雪的兩個粗使丫鬟見四周無人，這便湊在廊廡下嘀嘀咕咕，說的就是這一事。

「我說什麼來著？玉英她就是個狐媚子，長得一身騷氣，手段可毒著呢！連二夫人都敢得罪，吃的哪門子熊心豹子膽啊！」言詞裡說不出的鄙夷和看熱鬧。

另一個丫鬟搓著自己凍紅的手，搖頭嘆道：「人家可不是膽大包天，人家是命不好！」說到這兒就笑了，聳了聳肩很不屑的樣子。「玉英哪裡敢跟二夫人叫板，她也就看三夫人柔柔弱弱的好欺負，想分一杯羹，這才看準了三爺。不過可惜了，眼睛長得不好，瞎子一抹黑的，錯把二爺當三爺，可不是遭苦頭了？」

一陣竊笑，說話聲又壓得低了。「聽說還是攪翠閣那位使的計？」

「嗯，倒還真有可能，那位啊……我們遠著些就是。」

兩人對視一眼，俱都心領神會。高門大院裡的陰私事有多少，誰又說得清？說不準她們現在腳下踩著的，是哪個的屍體呢！

「二位姊姊在說什麼悄悄話？」

突兀的聲音響在耳側，兩個丫鬟嚇了一跳，回頭發現顧妍正睜眼看著她們，無來由地背脊一寒。

「沒什麼、沒什麼，在說這雪怎麼說下就下，還一直不停……」

「嗯，看起來是要下些日子了。」顧妍抖抖小靴子，過了一會兒才抬起頭，道：「這幾日就要辛苦兩位姊姊了。」

「不辛苦，一點兒也不辛苦。」兩人乾巴巴地笑著，恭送著她離去。

顧妍剛才早已聽見這兩個丫鬟的話。賀氏能這麼快鬧騰起來，倒真是意外之喜，而老夫人除了處置玉英，卻沒對李姨娘下手，這也在意料之中。她本也就沒指望此事會對李姨娘造成什麼大影響，但能給她拉來賀氏這個敵對人物卻是一開始就計劃好的。

李姨娘如今能混得風生水起，一來是虧得父親的偏重，二來也是她暫且沒有一個敵對目標，如此她才能將所有心思都放在母親身上，在暗裡蟄伏，伺機而動。

敵方在暗，我在明，千年防賊哪裡趕得上人家千年做賊的？打亂如今的格局，也許對母親來說是個喘息的機會……

賀氏頭腦簡單、衝動易怒，自然成了最好的靶子，也是她找來陪李姨娘找樂子的小夥伴。

接下來的日子一定會非常精采！

顧妍一路笑著去琉璃院找柳氏，青禾端上新做的鹽蒸柳丁，顧妍就非要看著母親吃下。

這些日子柳氏的咳症好了許多，夜裡也只偶爾聽見兩聲咳了，除了每日早晚固定送服秋梨膏，顧妍還讓做了好幾道止咳藥膳，一日一種花樣變著吃，效果自然是好的，只是不知道為什麼，柳氏的身體狀況，還是沒有大起色。

顧妍心裡有些急，她不懂望聞問切，僅會看一看最普通的頭疼腦熱，母親的病她束手無策，完全沒有辦法。她不禁問顧婼。「掌櫃的那兒還是沒有消息來嗎？陶然居現在還關著？」

顧婼一愣，她都快忘了這事，不過下面的人確實沒有來稟報。她不清楚顧妍什麼時候對一家珠寶店那麼上心，但想到最近她的異常舉動，還有李姨娘無緣無故地被二伯母牽連，她總覺得和顧妍能扯上什麼關係，但終究是忍著沒問。

「我去催一催，讓他們有消息了儘快回我。」

顧妍若有所思地點點頭。

第八章

安氏的手腕很快顯現了出來，拿了攬翠閣院子裡嘴碎的一個丫鬟和一個婆子，打了三十大板，直打得血肉模糊，又請了各方各院的人去看，末了將二人關進柴房自生自滅。

沒兩天，那個小的就高熱死了，那個老的多撐了半日，也在第三天夜裡死了。安氏給了兩人的家人各二兩銀子，讓裹了草蓆就帶走。這下子殺雞儆猴，府裡頭再也沒有敢多說一個字的了，臘月才這樣平平安安地度過。

二十三這天祭灶，準備了三牲果盤，送灶王爺上天，祈求平安財運，迎祥納福。二十四大掃除，擦窗洗衣，刷洗鍋瓢，拂塵除垢，除舊迎新，求平安好運，之後剪窗花、貼對聯，府裡上下忙得不亦樂乎。

長寧侯從大興回來的時候，已經二十八了，顧大爺特意領了一家老小出去迎接，男人們都到了門庭外，而老夫人和一眾女眷就等在二門處。

雪零零散散地下著，二門處有車馬動靜傳來，一輛馬車緩緩停下，從上頭走下來一個清瘦的老人，如顧家人的好相貌，儘管耳鬢斑白，皮膚起了褶皺，依舊擋不住他的清雅之姿。

顧妍見到這位祖父的次數很少，除卻幼時每年年節時見幾面，就只有一次，遠遠地見到他和夏侯毅一前一後從茶樓裡出來。她不知道那是不是巧合，卻也沒有向夏侯毅證實過，好像只要問了，她就又要和顧家有個什麼牽扯似的。

見到那個身影下來，老夫人的身子顫了顫，在安氏的攙扶下走上前，低垂了眉眼，有一種難得的溫和。

顧妍鮮少看到過老夫人這樣低姿態，除了對著長寧侯，便再沒有了。哪怕日後如日中天的李姨娘，老夫人在她面前，也總是端著婆婆的架子。

所以，李姨娘心裡大約是對這個老婆子嫌惡得很吧！

長寧侯瞥了眼老夫人，淡淡地點頭，又掃視了一眼站著的晚輩們，嘴邊隱隱含了笑意。

顧大爺親自給長寧侯撐傘，顧二爺、顧三爺緊跟其後，顧四爺還要落後一些，瞧起來心情是極好的。

「別都站在這兒，回去吧。」長寧侯淡淡說了句。

老夫人這才反應過來，笑著應是，又吩咐人都去寧壽堂給侯爺請個安，長寧侯卻說：「都見過了，請安就免了，照往年一般，住東廂便好，年後就回了……」

老夫人面上的笑容有些僵。

長寧侯推開顧大爺的傘，身後尾隨的長隨即刻撐起了一把竹骨素白綢面傘，上面畫了一朵豔紅色的朱砂紅霜，馥郁芬芳，熾豔含英。

安氏在看到那把綢傘的時候窒了窒，極小心地打量老夫人的臉色，發現她除了略有失望外，還有強忍著的怒意和無奈，便不敢多說一句。

賀氏這些日子和二爺鬧僵，又被強行拘在房裡，心中鬱鬱難安，夜間無眠，過得很不舒心，臉色極差，全身都軟綿綿的，如今在二門處等了這麼久，冷風陣陣地吹，頭腦又開始發疼，忍不住打了個噴嚏。

顧媛即刻上前去，扶著她的身子問：「娘，您身子不舒服？是不是太冷了？我扶您回去休息吧。」

老夫人冷笑了聲。「身子不好就在屋裡歇著，沒人責怪妳，眼下是在怪我老婆子不體諒，讓妳們在風口吹了這麼久？」

顧媛滿心委屈，心裡對這個素來慣著自己的祖母也生出怨懟，玉英那死蹄子做出這種事，祖母居然還留了她一條命！

顧媛一心都為著賀氏抱不平，含淚道：「祖母，我不是這個意思，我只是擔心娘，娘這些日子沒吃好也沒睡好，都瘦了好多……」

顧二爺心中暗嘆，媛兒怎麼沒有一點察言觀色的本事？老夫人心裡不舒服，她沒注意到，只看見賀氏身子的不適，這不是讓老夫人覺得她沒將這個祖母放在眼裡。何況這時候提這件事，不是又讓人想起那場荒唐？果然就瞧見老夫人臉色越發不好看了。

顧二爺見賀氏形容憔悴，面龐都明顯瘦了一圈，終究有些心疼，開口勸道：「母親，這兒風大，我們還是回屋吧。」

從小最心疼的兒子來勸她，老夫人到底會給些顏面，深吸了口氣，由顧二爺扶著回寧壽堂，其他人也只得自行散去。

顧修之本想和顧妍說幾句話，安氏卻沒給他這個機會，顧妍也只來得及塞給他一包花生酥，揮揮手，看他滿臉不耐地回屋。

至於顧婷自從上次被顧媛掐得身上青一塊紫一塊，顧崇琰就心疼得很，李姨娘現在臉上的痕跡尚未好，他又是愧疚又是心疼，幾乎每晚都歇在攬翠閣，兩人的感情倒是又有所進益。至少，自那次臘八之後，他再沒來看過母親。

顧崇琰隨意對顧妍、顧婼交代幾句，無非是讓她們聽話懂事些，能幫柳氏便幫著，又藉口有東西要給顧婷，帶著顧婷就走了。

顧婼半晌無言，過了會兒才自嘲似的一笑，搖了搖頭。

「二姊，我們回去吧。」顧妍縮了縮脖子，恨不得整個人都嵌到毛茸茸的衣服裡去，烏黑的眼睛映著雪天的微光。

顧婼方才那丁點兒情緒也湮沒無蹤了，她把手裡的小暖爐遞過去。「走了，回去了。」

顧妍笑咪咪地接過，邁著小短腿快步跟上。有時候還是不太習慣這具縮小的身子，她那麼迫切地想要長大，想要和他們脫離眼下這個困局。

「二姊，四姊去哪兒了？」顧妍左顧右盼沒見著顧妤的人，好像方才父親和她們說話的時候，顧妤跟于氏還有顧四爺就不見了。

「喔，應該去見祖父了吧。」顧婼漫不經心道，頓了下，斜斜睨著顧妍。「有些事還是少問。」

顧妍笑著朗聲答是。

長寧侯的歸來沒掀起什麼風浪，連個小小的漣漪都沒有，表面上一切都處於風平浪靜的模樣，除夕很快就到了。

外祖母的百日守制已經過了，大過年的，柳氏挑了一件真紅的，一件水紅的，還有一件桃紅的新裳給顧妍，讓衛嬤嬤好生給她打扮起來。

顧妍想了想，還是選了那件桃紅色的，顏色比起其他的要淺，既不顯眼，又能搭上年節時熱鬧的氣氛。

顧婼向唐嬤嬤要了些打賞的銀錁子，給院裡伺候或打雜的丫頭、婆子們發賞錢，人人都說三夫人出手闊綽，說著三夫人的好。

好話，不管是出於真心或是假意，總是好聽的。

年夜飯擺在湖邊水榭，母親的身子還虛著，哪怕起身站上一會兒都累得慌，更加見不得風，今年自然也就沒法子參加了。

不一樣的是，衡之的身子調理得不錯，簡單出個門倒也沒有大礙，顧妍想了又想，終究是帶著他一道去了，大不了讓他提前回來。

水榭建在湖邊，抬眼就能望見湖光映雪，四方的薄紗換成了棉布簾子擋風，簷角廊下都掛起紅燈籠，布置得十分周到。因著是家宴，便沒了那麼許多講究，統共擺了兩桌，一桌給大人，一桌給小娘子和郎君們，大家依次落坐，果盤、涼點、大菜、鍋子這才陸陸續續漸次擺了上來，有條不紊。

顧老夫人和長寧侯坐在正北向，左右各坐著顧大爺和安氏。

賀氏心裡還窩著氣。她心裡插著根刺，想也不想，便挨著安氏坐下。顧二爺無奈地搖頭，挨著顧大爺便坐了，只恰好的，賀氏一抬眼便見著顧二爺的臉，心裡百般彆扭。

顧四爺跟于氏對視一眼，都默不作聲地入座。

這邊大人都落坐，另一邊卻出現了分歧。

顧媛現在看著顧婷就來氣，她心裡還以為，父母之間現在的問題都是李姨娘搞的鬼，別說還要與她一桌比鄰了，就是看她一眼都覺得噁心。可她又看不順眼顧婼、顧妍二人，於是拉著顧妤就率先坐下來。

顧衡之要黏著顧妍，顧修之也要和顧妍挨著，糾結了半晌，終於讓顧妍坐在二人中間，顧媛則坐到顧衡之和顧妤中間，顧婷小心翼翼挨著顧婼與顧妤。

長寧侯瞧著這一方動靜，眉心不悅地皺起來。

家中兄弟姊妹不和，這不是他希望看到的！

老夫人也氣得肝疼。這幾日將顧媛關在房裡閉門思過，原以為她好歹能將脾氣收斂一下，誰知竟沒有半點長進。平素裡要鬧，多少還包容些，她也不至於求顧媛一下子變得知禮端方，但起碼，要分得清場合，有點眼力。怎麼就半點沒繼承到老二的本事，卻全隨了賀氏？

顧二爺咳了聲，笑問道：「過年怎麼可以少了餃子，都是什麼餡的？」

聽出顧二爺這是要打圓場，安氏接過話題。「當然有餃子了，馬上就上。廚房包了薺菜的、白菜的、韭菜的，還有松仁三鮮的，本想裹了金豆子，一想衡之還小，要是不小心吞下去就不好了，因而換了金如意……」

顧衡之見提到自己，忙揮著小拳頭道：「我才不會嚥下去呢！」

眾人都笑了。

總算方才的插曲就此揭過，長寧侯端著酒杯起身，說了一番祝語，眾人跟著飲下美酒佳釀，家宴方才開始。

餃子出鍋端上來，顧修之忙挾了幾個給顧妍，顧妍揀一個咬了口，一粒花生將她硌得牙疼，顧修之就哈哈笑道：「是長生果！阿妍以後一定長命百歲！」

顧衡之點著小腦袋應和。「長命百歲，長命百歲……」

熱氣蒸騰得眼前模糊，顧妍低頭悶不吭聲地將那只餃子全數吞嚥下去。

長命百歲……多好的寓意啊！哪怕上輩子生命僅僅十八年，她是不是也可以企盼著，這輩子，上天能對他們都寬和一些？

小輩們這兒已是熱鬧起來了，大人們總是要含蓄些。

顧家幾個爺們，除卻顧四爺，皆在朝為官，長寧侯如今除卻一個侯爺的虛銜，僅在大興做著掌府同知，究竟有多少含金量，實則不好說，因而說長寧侯府只是勛貴中層，也確屬事實。

顧二爺幾年未回燕京，藉著機會，輪番敬上一輪，長寧侯便順道與幾個兒子論起為官之道。他好歹為官數十載，到底比幾個兒子經歷得多，看得也多，如今淡出朝堂，積累的經驗還是一筆寶貴的財富。

顧大爺憨實，眼下聽得全神貫注；顧二爺但笑不語，成竹在胸；顧崇琰卻有些不耐煩。父親年年如此，盡是紙上談兵，他按著父親說的去做，結果如何了？至今仍鎖在小小的翰林院裡，有無一絲長進？二哥看著恭順，其實心裡該當不以為然吧！也就大哥這個駑鈍的，還將父親說的當作金科玉律。至於老四又不接觸官場，哪裡需要理會父親的長篇大論？他只要琴棋書畫詩酒花茶便夠了！

顧崇琰不放心上，只表面看起來謙恭受教的模樣。

另一廂小輩發出一聲淺淺的驚呼，顧妤笑著指了指顧婷的小瓷白碟道：「六妹今兒運道可真好，來年定是要走大運，順遂如意了。」

原是顧婷吃了三個餃子，個個都包著金如意，而其他人吃了六、七個也才咬到一個。

顧媛氣得直接黑了臉。莫說金如意了，她連個包長生果的或是包糖的都沒有咬到。難不成，她來年要倒楣，而顧婷這個小賤人卻能萬事如意？

顧婷和她姨娘害得娘親遭了這麼大的罪，老天怎麼就瞎了眼，還讓這種惡人平安清泰！什麼道理？

顧婷感受到顧媛鋒銳的目光，眉心不由皺了起來，對顧好只不好意思地紅了臉，輕聲道：「不過是巧合，算不了什麼……」

「怎麼算不了？」顧妍笑呵呵地將自己咬到的金如意給了顧衡之。「從來都是吃餃子討好彩頭，六妹今年彩頭好，明年當然也會順順利利的，這點就不用過謙了。」

顧婷乾脆抿緊唇。這段時日也沒見顧妍怎麼理她，怎麼與她說話，這時候卻這樣說，聽著親近，還不是讓三姊心裡更不舒服。顧妍什麼時候學會這些了？

顧衡之看著好玩，瞅了瞅顧媛面前空空的，瞇著眼笑道：「三姊還什麼都沒有呢！六妹不如分三姊幾個，大家就都有彩頭了。」

顧婷一愣，接著就猶豫了。若是換了從前，自然是沒問題的，可現在三姊對她有心結，怕就算給了三姊，三姊也不領情吧。可顧衡之說得又不錯……

她悄悄看顧媛鐵青的臉色，只好笑道：「大家都會平安順利，明年定會更好的。」

話音剛落，顧媛就「唰」一下站了起來，與此同時，一碗剛從鍋子裡舀出來的熱豆腐，兜頭往顧婷身上扔去。

「好？妳倒是好個我瞧瞧？妳試試啊！」顧媛紅著眼，怒極反笑。

在鍋子裡沸騰了許久，豆腐早與沸水溫度相差無幾，一下子沾到肌膚上，顧婷被燙得尖叫，站起來身子不穩，又跌坐在地。

顧妤坐在顧媛和顧婷的中間，也被濺到一點湯汁，都是年輕的小娘子，細嫩的皮膚上紅了一塊，顧妤也跟著低呼出聲。

另一桌的大人們回過神來，安氏率先有動作，趕緊教人去請了大夫，又吩咐下人取了冰塊和涼水來給六小姐清洗冷敷。

長寧侯已是沈了臉，老夫人面色已不能用差來形容。

「這就是妳教出來的好孫女？」長寧侯背著手，看水榭亭臺裡亂成一團。清冷的聲音極淡，淡得連亭外風聲都能蓋住，卻一一進了老夫人的耳朵，如重錘敲在心上。

老夫人半晌無言。她也是懊悔當初為何那樣無度寵溺顧媛，將她養成眼下這副刁蠻跋扈模樣，後悔沒有在一開始就給顧媛一個痛徹心腑的教訓，親自教她為人處世的道理，而是放任賀氏繼續以她那一套來教導顧媛。最後悔的，還是今日，為何要將她從房裡放出來，給她這個機會在侯爺面前鬧騰。

老夫人動了動嘴唇，長寧侯卻率先一步搶下話頭。「妳是不是想說，媛姊兒原先不是這樣的？」

見老夫人睜大眼睛，長寧侯笑了。「妳真以為我什麼都不知道？看吧，這就是妳教養出來的好孩子，以後，也都會是這樣的……」說完，也不逗留了，這頓年夜飯再沒心思吃，他喚了長隨收拾東西，準備連夜回大興去。

老夫人全身血液都像凝結了似的，身子有些發軟，安氏眼疾手快地將她扶住，絮絮叨叨不知道在說些什麼，老夫人也聽不清了。

顧婷哭倒在顧崇琰懷裡，顧崇琰心疼得要命，瞪大眼瞪著顧媛和賀氏，顧媛終於有些怕了，悄悄拽拽賀氏的衣袖。

賀氏將顧媛拉到身後，張口便道：「三叔這麼看著媛姊兒做什麼，這只是場意外，媛姊兒又不是故意的。」

顧二爺快步上前拉了把賀氏，沈聲道：「妳少說兩句。」

他真覺得自己臉上火辣辣的，尤其對著老三更是羞愧難當。

賀氏心裡還怨著呢，眼下哪裡肯給顧二爺面子。女兒幫她出口氣，他這個做父親的，不護著女兒，反而還胳膊肘往外拐！是真的不把她們母女放在心上了吧？所以，今兒個有玉英，明兒個就會有什麼牡丹、杜鵑，男人果然沒一個好東西！

賀氏幾下掙脫開顧二爺的手，繼續說道：「三叔，你也別生氣，不過是幾塊豆腐，婷姊兒雖細皮嫩肉，斷不會連這些都受不住，過兩日也便好了……」

顧崇琰本就因為上一回賀氏闖入攬翠閣抓傷李姨娘而心存不滿，如今更對她這不負責任的話倍感齒冷。

念著她是嫂子，便給了她這個面子，不與她多爭辯，可人家根本不拿你當小叔呢！就連二哥，凡事防著他，也沒真心拿他當兄弟！

顧崇琰冷冷一哼，抱著顧婷就往攬翠閣去。

顧妍淡漠的目光追隨著他，那急匆匆的背影，有一瞬彷彿和記憶裡的某一刻重合了。就連情境都如此相似……她有些晃神，感受到身邊有人握住她的手，扭頭看過去，對上顧衡之一雙黑溜溜的眼睛，眼裡光芒閃爍。

這個傻孩子，什麼都不懂呢！

顧崇琰的離開讓顧二爺又惱怒又難堪，他終於忍不住對賀氏低吼道：「妳就不能安分點！」

賀氏一聽可不得了，這幾天顧二爺總在她面前獻殷勤，她本是考慮著要再給他一個機會。現在是怎樣？狐狸尾巴露出來了吧！這廝心裡根本嫌棄著她呢！

賀氏深深吸口氣，剛要說些什麼，便被老夫人一句吼聲嚇了回去。「妳給我住嘴！」旁邊的安氏也唬了一跳，擔心老夫人被氣狠了，輕聲喚了句「母親」，老夫人只當充耳不聞。她牢牢盯著賀氏的臉，那上頭除了片刻的驚慌外，剩餘的便都成了委屈。

委屈？她現在還覺得委屈？好好的年夜飯被她們母女弄成這樣，她還有理了？

老夫人哈哈笑起來。果然人心都是貪婪的，她對她們包容，她們就以為那是理所應當，她對她們寬縱，她們就覺得應該擁有更多。

賀氏和顧媛果然都是她一手帶大的，都是一樣的！

「把二夫人和三小姐帶去祠堂關起來，什麼時候想清楚了，什麼時候再出來吧。」老夫人的聲音有些無力了，揮揮手便坐下來，頹靠在椅背上。

賀氏不信自己聽到了什麼，尖聲叫道：「娘！妳說什麼呢？為什麼關我！」

老夫人不理她，顧二爺想開口勸一句，可想想賀氏跟顧媛方才做的，頓感難以啟齒，嘆了聲也罷了。

長寧侯都不在了，老夫人看了看這才動了一半的宴席，揮手道：「撤了，各自回去吧。」也不等安氏和幾個兒子再說什麼，由嬤嬤扶著便走。

很難得的，顧妍這一年的守歲，是和柳氏在琉璃院裡過的。

聽聞了前因後果，柳氏輕蹙了秀眉，沈默片刻道：「拿些上好的燕窩送去攬翠閣吧，那東西養顏，婷姊兒該是需要的。」

柳氏起碼也是顧婷名義上的母親，無論如何都該有所表示，便命唐嬤嬤去。

顧婼坐在床前餵柳氏吃小圓子，顧衡之則坐在炕桌邊喝著甜湯。顧妍讓青禾另裝了份送去二哥那兒後，坐到顧衡之對面也喝起來。

柳氏吃了幾口酒釀圓子便吃不下了，擺擺手，徐徐說道：「江南過年的時候不興吃餃子，卻得吃湯圓，寓意團團圓圓。從前我也不愛吃這個，每次還得你們外祖母哄著我才肯吃上兩口，還定得是包了桂花蜜的，口味委實刁鑽，到現在難得吃了，反而格外想念……」

顧妍知道母親這是在想念外祖母了，便笑著說：「以後每年過年都包，阿妍會做好多好多桂花蜜，給娘親包湯圓吃。」

顧衡之眼睛一亮。「我也要！」

柳氏哭笑不得，心裡卻是異常溫暖，深深看著顧妍，好久，才聽她喃喃地低語。「阿妍，長得越來越像外祖母了……」

顧婼聞聲看過去，像在細細回憶外祖母的模樣，顧妍也歪了頭去想，她小時候只去過兩、三趟姑蘇，外祖母的面容是一片模糊的，恍惚間似乎是有個老人，總愛把她抱在懷裡，「囡囡」的叫。

是嗎？她長得不怎麼像母親，卻像了外祖母？

顧妍坐到柳氏床邊，瞇著眼睛笑。「那外祖母年輕的時候，一定是個美人兒！」

「哪有妳這樣自己誇自己的？」顧婼點著她的額頭。

柳氏跟著笑，笑得眼淚都快出來了。「是啊，外祖母是個美人兒。我們阿妍，長大後也會是個美人兒的……」

琉璃院裡歡聲笑語，同在三房的攬翠閣就沒有這樣的心思了。

這時的顧婷，被熱豆腐燙到的臉上已經腫起水泡，周邊泛白發紅，一張臉比平日看起來腫了兩倍，火辣辣地一碰就疼。

李姨娘想拿了帕子沾上清水給她敷一下，可輕輕一觸碰，顧婷就哇哇直哭，李姨娘也莫可奈何。

顧崇琰心裡不好受，沈著臉一言不發，只催促下人趕緊將大夫帶來。

大夫用涼玉沾著燙傷的膏藥給顧婷細細抹了一圈，清涼的藥霜緩解了一些熱辣，可這塗藥的過程同樣十分難耐。

顧婷哭得眼睛都腫了，靠在李姨娘懷裡直問：「娘，我會不會毀容了？」

李姨娘一遍遍告訴她。「不會，婷姊兒傷得不重，只要乖乖上藥，過幾天就能全好了。」

大夫很配合地點頭，顧婷這才忍著痛讓大夫塗完，自己發了一身汗，近乎虛脫地睡過去了。

等大夫到了外間，就與顧崇琰說道：「小孩子皮膚細嫩，燙到後症狀也明顯，每天換藥，過幾天水泡就會消下去，但有些印子卻要一、兩月才會消除。等結了痂，就用這雲霜膏每日塗抹，印子消得也會快些。」

顧崇琰連連道謝，命隨從送上豐厚的診金，大夫笑咪咪地走了。

顧崇琰進到裡屋去，見李姨娘伏在床邊看著女兒。

「阿柔……」他低喚，想要輕聲安慰，又不知該怎麼說起。

賀氏那性子從來橫衝直撞，上回將李姨娘的臉抓傷，顧崇琰心中早就自責不已，悶了好幾天，還是李姨娘溫聲細語哄他哄好了，可這次更過分，竟然對婷姊兒下此手！

顧崇琰在顧二爺那裡受了憋屈，賀氏又如此欺人太甚，顧崇琰就是個再好的脾氣都不能忍了，何況，他本也不是什麼好脾氣的人。

李姨娘不說話，她的身子替顧婷擋住照射來的光。

「三爺不用說了，妾身都明白。」良久，她細膩的嗓音緩緩響起，還是如平常一般溫柔似水。

顧崇琰覺得心裡更難受了，只好過去攬住她的肩膀。這樣善解人意的好女人，他是修了幾輩子的福氣才遇到的。

李姨娘微笑著靠在他的懷裡，肩頭卻有些聳動。「都是命。妾身如何是無礙的，可婷姊兒還是個孩子，妾身寧願所有的一切都報應在我身上，而不是婷姊兒……

「三爺，以後妾身和婷姊兒就待在攬翠閣裡不出門了，少說少做就少錯，只要婷姊兒平平安安的，妾身別無他求。」

「這怎麼可以？」顧崇琰聲似嘆息。「阿柔，給我些時間，再一點……」

賀氏、顧媛能這樣欺負婷姊兒和李姨娘，為什麼？貴妾也是妾，庶女終究是庶女，她們仗著自己原配嫡出的身分，仗著二哥比他能幹，比他有權有勢，所以就可以這樣欺凌阿柔和婷姊兒！

「阿柔，很快的，相信我。」他穩穩說道。

李姨娘在他懷中含淚點頭。「是，我信三爺……」

按著慣例，往年裡，長寧侯都會在府中逗留到初十，甚至也有可能過完元宵再走。可今年變得不一樣了，長寧侯負氣連夜回大興，府中缺了領頭的主心骨，光靠老夫人、安氏還有世子幾位爺們，怎麼都不夠看的。

無奈之下，只好一切從簡，偏生還得有個由頭。

初一，老夫人和安氏進宮大朝拜，雪天路滑，老夫人一不留神崴了腳，又受了涼，回府就病了。

如今管轄六宮的鄭貴妃體恤，差了近身的林公公送來補品藥材，侯府感激了一番，林公公拿了兩個裝得滿滿的荷囊回去覆命。

如此一來，因家中長輩有疾，人情往來送禮都低調許多，倒也風平浪靜瞞了過去。

有點波折的，大概是如今的大姑奶奶顧姚回娘家拜年，新姑爺沒能見著侯爺，有些疑惑。

顧姚嫁去通州曲家，曲家如今是新貴，新姑爺曲盛全是長子嫡孫，年紀輕輕便已有功名在身，入戶部供職，雖只是寶泉局監事，卻任誰也知曉寶泉局鑄錢，這是個肥差，前途無量。

安氏對曲盛全這女婿尤為滿意，顧姚是隨了安氏能耐的，在曲家如魚得水，回府後，給弟弟妹妹們都準備了十分厚重的見面禮，也彰顯了她的體面。

等過年的餘熱將盡，顧二爺的委任狀便下來了，果不出所料地入了工部，為其下營繕清吏司郎中，府中特地擺宴慶祝了一番。

賀氏跟顧媛被關了幾天祠堂，終於知道怕了，出來後偃旗息鼓，不再鬧騰。玉英鮮少有人再提到，先前的事就被放了下來，況且顧二爺升遷這是好事，賀氏還不至於在這時候擺臉色。唯獨顧崇琰的臉色委實稱不上好看。

等到元宵的時候，安雲和來了侯府。他年後又要入國子監，只怕以後會是府中的常客。

顧修之這段日子簡直要被逼瘋了，整日被拘在書房對著那乾巴巴的文字書籍，院子周圍又都是安氏教人把守著，如何也出不去，只偶爾顧妍會給他送些點心，還有些盼頭。

安雲和的到來便好似他的救星，給面徒四壁的他開了扇窗。至少安氏對這個姪子的愛重比對他這個兒子要強多了。

果然安氏經由安雲和一說，竟然鬆了口。

老夫人對顧修之這個孫兒抱有極大期望，安雲和又委實優秀穩重，老夫人也很喜歡，念到過猶不及，便同意他們出去賞玩燈會。

於是，一行人就此淹沒在燕京城熙攘的人群裡。

第九章

皎月昇起，漫山遍野如籠白紗，華燈初上，玉壺光轉，寶馬香車……燕京城人頭攢動，燃爆竹，吹簫管，火樹銀花，足與日月交輝。

沿街掛滿了燈籠，尋常如白菜燈、葫蘆燈、娃娃燈……或者有走馬燈、玉兔燈、美人燈，再大些有孔雀開屏燈、劉海戲金蟾燈、姜太公封神燈，無一不是獨具匠心，令人目不暇接，眼花撩亂。

顧衡之興奮極了，他從來沒有親眼見過這樣的盛景，從前身子不好，柳氏不讓他出門，每每聽人說起，總是豔羨不已，如今總算有了機會。

元宵賞燈從來都是一個交誼的好機會，未婚男女可以藉著這日結識相會，娘子郎君們也都細細打扮起來，時下又以纖瘦為美，哪怕被凍著也要少穿一件，以求自己看來不那樣臃腫。

相較而言，顧妍和顧衡之二人裹得如同一團球，就有些另類有趣了。

顧妤笑著與顧婼說：「從前可不見五妹這樣畏冷……」

印象裡，五妹與三姊該是半斤八兩的，寧可次日傷風，也不肯多加一件。

顧婼愣了一下，心中其實也有疑惑。似乎，自從那次被顧媛推倒撞上腦袋之後，顧妍的脾氣性情都改了許多……

「總是多穿點好，若是著涼，就得不償失了。」顧婼淡淡說了幾句，顧妤笑了笑也不再多問。

顧婷因為臉上燙傷還未好全，見不得風，今日不曾出門。至於顧媛近來表現好，安分了許多，又有顧二爺求情，老夫人便准她一道出來。

自此，顧媛便寸步不離地跟在安雲和身邊，眉目含情，嬌羞可人，遠遠看去，還真有點像一對璧人。

顧媛的心思是什麼，是個明眼人自能瞧出，何況是安雲和這種人精？但人家既然沒有表示，那答案其實很明確了。可墜入情網的人，哪裡又能這般理性，更遑論顧媛的心思從來都不夠細膩。

走了半道，顧衡之就有些累了，他現在身體雖然不是病病殃殃，但底子究竟差，先前費了那麼多精力，如今就熬不住了，可一見前方人群更加密集，有龍燈、高蹺隊和獅子舞，遠遠便能瞧見一座燈山門，高約三、四丈，懸燈結彩。中央豎了根五丈高杆，上掛九蓮寶燈、旗幡，恢弘磅礴，一下子就吸引大片人群。

顧衡之瞪大雙眼，拉著顧妍問：「五姊，那是什麼？好漂亮！」

顧妍瞇起雙眼打量了片刻，道：「有點像是隋唐涼州燈會時紮的黃河燈陣……不過應該也只是個山門，後面就沒什麼了，圖個好看罷了。」

顧衡之似懂非懂，安雲和卻饒有興味地望過來。「五表妹此話怎講？」

顧妍沒料到安雲和會問她。她一直不想和安雲和有什麼牽扯，平素除了打招呼，都不怎麼說話，為虎作倀的斯文敗類，還是少接觸的好。

顧媛心裡又不舒服起來了。安表哥與她說話時都客客氣氣，從來她問一句，安表哥答一句，有時候接不下去了，氣氛就冷了，安表哥卻從不主動跟她說什麼，顧妍到底憑什麼？

顧媛胸口悶悶的，好像連骨頭縫裡都開始咕嚕咕嚕冒著酸水，又看顧妍抿著唇不說話，忍不住開口道：「安表哥，五妹還小，她能懂什麼？小孩子胡說八道罷了，你別當真。」

「妳才胡說八道！」顧修之出聲打斷了顧媛的話，提了盞兔子燈過來給顧妍，「嗤」一聲道：「還真以為誰都跟妳一樣，從裡到外都寫著膚淺。」

顧媛冷笑了聲。「既然這樣，你倒是讓她說啊！看她能不能說出個一二三四！」

顧妍覺得和顧媛爭這些沒意思，可這個時候卻不能失了二哥的臉面。

她看著顧修之滿是信任的目光，微微一笑。「九曲黃河燈陣是從數百年前遺留下來的，按九宮八卦之勢排列，要用三百六十一根方椽栽成八丈見方的黃河陣，中央豎起一根天燈杆，作為點將臺，其餘三百六十根燈杆，挑起三百六十盞各色花燈，分作九座城池，十道出門九死一生，進入者如霧裡看花，只有按八卦方位和一定路線行進，方能曲盡其妙，遍踏所有燈城而出……」

小兒聲音清朗爽利，娓娓道來，走過之人有聽聞者紛紛駐足遠觀。

顧媛臉色微青，抿緊唇不語，顧妍卻依舊把玩著手裡的燈籠。

「黃河燈陣個中複雜並非一日之功，若真能搭成此陣，城中早該聽聞風聲，而如今卻毫無音信……再看那山門做工簡單遠遠不及，除卻譁眾取寵博噱頭，只怕也不過圖個新鮮好玩。」她如是評價。

安雲和笑著挑起一邊長眉。「那五表妹可知道，這座燈山門是誰出的大頭？」

顧妍皺著眉已經有點不耐煩。能把黃河燈陣的門面照搬過來，定是京中數一數二的勛貴了，她要知道這些幹什麼？

安雲和不打算逗她了，深深看了一眼，還是打算過去瞧一瞧。

顧媛當然立即跟上，在旁低聲說道：「安表哥別聽她亂說，她一個小孩子，能懂什麼……」

後面的聲音漸漸被喧囂吞沒，顧修之扠著腰「嘿」了聲，拉了顧妍就要跟上去。

「二哥。」顧妍搖頭。「我有些累了，去旁邊茶樓坐一會兒，你們去玩吧，衡之跟著我一道好了。」

顧婼走過來道：「我跟你們一起去吧。」

顧妍知道她這是擔心，可難得能出門的日子，二姊也會心癢才是。

「有衛嬤嬤、陳嬤嬤還有青禾、春杏她們跟著，不會有事的，就在茶樓上，二姊可以四處看看，過會兒再來，我們再一起吃元宵。」

到底都還小，仍有玩性，顧修之和顧婼想想是這個理，囑咐了一二，就往熱鬧地方去了。

「五姊為什麼不去玩？」顧衡之拿過顧妍手裡的兔子燈，來來回回晃悠。

顧妍淡淡一笑。「並沒有什麼好看的。」

這樣一副稚嫩的皮囊裡，裝的靈魂卻不盡然，她早過了那些爭玩喜鬧滿心童真的年紀了。

「還不如在街邊猜燈謎，我們把好看的燈籠都猜走，他們就沒有燈籠拿了。」顧妍眨眨眼睛哄他。

顯然顧衡之吃這一套，正巧他看中了一個葫蘆花燈，半透明的外殼，上面繪了哪吒鬧海，在旋轉中波濤起伏，就像真的一樣。他常聽陳嬤嬤講故事，一看就喜歡上了。

攤主是個皮膚黝黑的中年人，手上全是繭，還在削著一只老葫蘆，顧妍才發現，那花燈的外殼竟是用葫蘆削出來的。

此時，攤位前站了個披著雪白狐狸皮鶴氅的少女，皺著眉在猜謎。

「當歸、阿膠、人參、牛黃、枸杞……還有什麼呀！」她跺跺腳，極為苦惱，很快又笑著與攤主打商量。「老闆，我出雙倍的價格，你把這個花燈賣給我唄！」

攤主搖搖頭。「姑娘，這只花燈不賣，妳只要猜中燈謎，我送給妳。」

少女鼓起腮幫子，指著顧衡之看中的那燈道：「你、你這不是強人所難嘛！誰猜得出來這個啊？」

她好看的五官攢成了一團，顧妍看著她竟覺得有幾分眼熟，可一時又想不起來是誰。

少女支著下巴想了片刻，終於放棄了，高聲叫道：「阿毅……」

尾音拖得長長的，人群中便有那麼一個提滿燈籠的少年跑過來，剛停下喘息幾口，就被少女拉過去。「你快給我猜猜，這個燈謎是什麼！」

他們身後有一黑衣勁裝的侍衛接過少年手中的燈籠，顧妍這才看清那人的面容。

大約這世上真的有所謂造化弄人，她心裡想著什麼，現實往往反其道而行。這輩子最不想見的人，卻在這時候，這樣的猝不及防下，到了面前。

烏黑墨髮用白玉冠緊緊束起，他如印象裡那般總是穿著一身雪白錦袍，腰間紮一條暗金腰帶，身形在同齡人中是高的，卻又顯得清瘦……眉目如畫，輕暖溫和，燭光燈火明明暗暗地擦過他的臉頰，更襯得他目若點漆。

一人站在那兒便恍若鬧中取靜，總有一種與生俱來的優雅。

顧妍耳朵轟的一聲，好像什麼都聽不到了，萬物種種，在她眼裡，也只剩天青地白。

她不知道怎麼會在這裡遇到他，這個她曾經傾心相許，卻把她害得萬劫不復的男人。

夏侯毅……

從前記得最深，也是傷得最痛，他耗盡了她年少時所有的真心，對他的情誼在上輩子就被磨得乾乾淨淨，然愛憎怨懟，誰又說得清楚，誰又能了斷？

顧妍將眼睛睜得大大的，她生怕一眨眼，就會有淚水掉出來。

夏侯毅被拖到燈謎前，看了一眼，便搖了頭。「表姑，我對藥材一竅不通，這就難為我了。」

「你也不懂？那這個花燈怎麼辦？」少女驚道，思索片刻，開始笑咪咪和攤主說話。「老闆，這樣，我出十倍價格，你賣給我唄！我不會讓你吃虧的。」

攤主顯然不吃這一套。「姑娘，做生意講誠信，這個燈既然是用來猜謎的，我就不會賣出，妳若想要，答對了，我便把它送給姑娘。」

少女翻了個白眼，私下嘟囔了幾句，突然不知道該怎麼辦好了。

顧妍終於想起來她是誰，能得夏侯毅叫表姑，容貌細看之下竟與蕭瀝有諸多相似，大概便是那位被欽封的伊人縣主——蕭瀝的胞妹蕭若伊。

顧衡之拉了拉顧妍的衣袖。「五姊，我們去猜燈謎啊！」

顧妍這才發現自己怔在原地已經許久了，掌心汗涔涔，她感覺自己的身子都僵了，緩了一會兒，這才跟上去。

那盞葫蘆燈下掛了一張紅色紙條，上寫著「久別重逢，打一藥材名稱」。

顧妍真覺得老天在跟她開玩笑，她與夏侯毅前世糾纏，今生她本想老死不相往來，如今遇上不說，就連燈謎也如此應景。

夏侯毅好奇地看著那手攜手的兩個人。長相如此相似，定是雙生兒，這本就少見，不免多看兩眼。偏巧方才匆匆過來，他也注意到這姑娘看他的眼神，他還以為他們之前有過什麼恩怨，可眼下仔細想想，卻是真的不曾相識，夏侯毅也不曉得自己哪處得罪人家了。

顧衡之想不出來謎底，就去問顧妍，蕭若伊其實也有些看好戲了。

時下讀書多為四書五經，八股制藝，阿毅也算飽讀詩書了，可這藥經醫典卻不曾涉獵，出這種燈謎，除卻郎中大夫，不然誰答得對？她方才在那兒猜了這麼久沒中，就不信這看起來才八、九歲的女孩子能答中。

顧妍心裡已有了答案。好友久別重逢，自然一見歡喜，謎底想來該是「一見喜」，可她覺得這名字不好，至少眼下並不合適，她更喜歡它的另一個稱謂。

「是穿心蓮。」她徐徐說道。

攤主是實誠的，見答對了，便將燈籠給了顧妍，顧衡之高興地接過。

「五姊好厲害！」顧衡之捧著花燈愛不釋手，正想拉著顧妍再去猜其他的，忽然被攔住了去路。

蕭若伊張開雙臂擋住二人，蹙眉猶豫了一瞬，便微微佝著腰對顧衡之道：「小孩子玩燈籠不好，一不小心燙傷了怎麼辦？不如給姊姊吧！」

她長相甜美，笑起來的時候頰邊有兩個淺淺的梨渦，大眼睛亮晶晶的，很難讓人拒絕她的要求。

然而，顧衡之的世界裡，憐香惜玉愛美之心什麼的，他根本不懂。

「妳比我又大幾歲？」顧衡之將葫蘆燈往身後藏起來，顯然不肯。

蕭若伊嘴角一抽，往身後提滿燈籠的侍衛手裡找了只最普通的蓮花燈出來，遞過去時說得很是一本正經。「看，這個叫寶蓮燈，神通廣大，沈香劈山救母，就是用這個！怎麼樣，我用它來換你手裡的哪吒鬧海，好不好？」

顧衡之癟癟嘴，整個人都躲到顧妍身後去了，只探出一個腦袋。「妳騙人！寶蓮燈才不是這樣子的，真當我是三歲小孩嗎？」

現在的小孩子這麼難糊弄嗎？

蕭若伊望向身後的夏侯毅，夏侯毅也沒轍，她又翻了個白眼，乾脆朝顧妍道：「今日妳必須要把這燈留下來！」

顧妍自始至終低垂著頭，她的腦袋還有些空白，一團亂麻。

蕭若伊自小都是養在太后的身邊，連公主的待遇只怕都不及她，在宮裡呼風喚雨慣了，方才忍讓這麼久，已是她最大的涵養，只要她想要的，極少會有得不到的……今日也不知是怎麼了，非要這個燈籠。

但顧妍卻不會讓衡之受委屈，她抬眸靜靜望著蕭若伊。「縣主這是要仗勢欺人？不過是個燈籠，縣主何必較真？」

蕭若伊蹙起秀眉。「妳知道我是誰？妳叫什麼名字？」

她鮮少出現在京都貴女圈子裡，少有人見過她，她也不認識她們，這個小丫頭是何方神聖，一眼就能知曉她是誰。

顧妍抿唇不語。橫豎她的名字，說出來不過默默無聞。

蕭若伊沒打算這麼輕易放過她，又欺近兩步。由於她年長顧妍兩歲，亦是身形高挑的，此時更是居高臨下地望著她。

僵持間，遠處一道清潤低沈的聲音劃破夜的喧囂。

「伊人。」

一身玄衣的少年緩步走來，鹿皮長靴輕擦過地面，步伐沈穩而練達。

不像上次在酒樓上見他時那樣的草率無狀，玄衣袍角上繡了金色流雲暗紋，他身形挺拔如松，面容乾淨清透，五官精緻無瑕，一雙眼睛幽深暗沈，似能把人吸進去。

蕭若伊剛剛醞釀的氣勢一下子破功，嘴唇翕動聽不清在說什麼，卻笑著揮揮手。「大哥怎麼來了？」

蕭瀝淡淡地瞥她一眼，又在顧妍身上打了個轉，極快地掠過，幾乎未留痕跡。

「所以，妳就是這麼得來這些燈籠？」蕭瀝拿過一只畫了比干刀剖七竅玲瓏心的無骨花燈，似笑非笑。

蕭若伊昂首揚眉說道：「這些可都是我猜來的，阿毅可以作證！對不對，阿毅？」

夏侯毅乾巴巴地笑了聲。「是……全是表姑猜來的。」

蕭瀝搖搖頭，把燈籠還給她，不說什麼了，幾步走到顧妍面前。

與蕭若伊那樣的色厲內荏不同，蕭瀝的氣勢卻是從疆場廝殺而來，他一人站那兒，身體幾乎要與暗夜融為一體，卻從來沒有人敢忽視他的存在。

顧衡之探出頭，牢牢護著手裡的燈籠，指責道：「明明是我們猜中的，為什麼要搶？」能如此毫無顧忌對蕭世子說話，顧衡之大約是頭一個。

侍衛們都很驚訝。他們只知道，連皇上都對蕭世子縱容有加，滿朝文武誰不願意賣他一個臉面，從未有人敢說一句重話。這小兒無知，可別將自己害了！

然顧衡之又是多麼敏銳的人？縱使不清楚蕭瀝的身分，又被他冷銳的表相所惑，看人的目光都是淡淡的，但分明就沒有惡意，甚至，在自己說出那樣的話之後，還能在他眼裡看到一絲笑意……他也不過就只是個普通人而已啊！

顧妍卻拉了顧衡之一把，她本能地不想要衡之與這些人多接觸。

夏侯毅是這樣，蕭瀝同樣也是這樣。

注意到顧妍的動作，蕭瀝垂眸頓了一瞬，這才說道：「舍妹頑劣，管教不周，還請多見諒。」

顧妍大約從沒想過，有一天，蕭瀝會給她致歉。他那樣的天之驕子，哪需要將誰放在眼裡，又何必多此一舉？

她腦子還有點暈，身體卻已經自作主張地搖頭。

蕭瀝微微頷首，默了默像是在考慮該說些什麼，然而最終無果，還是提了步便與她擦肩而過。

顧衡之好似發現了什麼好玩的東西，他鬆開顧妍的手跑過去，拉住蕭瀝玄色斗篷的一角。

蕭瀝停下來看這男孩才剛到他腰間，巴掌大的小臉看著有點蒼白，小兒眉毛極淡，一雙眼睛烏溜溜的十分明亮，和剛剛那女孩長得很像，卻又不一樣。

「怎麼了？」蕭瀝蹲下身子，眼睛與顧衡之齊平，靜靜看著他。

顧衡之把先前手裡一直拿的兔子燈籠塞給他。「這個送給你。」

兔兒形狀的燈籠小巧玲瓏，周邊用畫筆細細描摹了一圈淡粉，做得很精緻，最適合小孩子玩了。

蕭瀝大概第一次收到這樣的禮物，怔了怔。他拍了拍男孩的腦袋，滿是厚繭的掌心被那風帽上的絨毛刮得酥癢。他輕聲笑道：「謝謝。」

顧衡之心滿意足地回了顧妍身邊，仰著臉一副邀功的模樣，顧妍卻不敢置信他究竟做了些什麼。

蕭若伊也被嚇了一跳，她那大哥什麼時候這樣謙恭知禮了？她上上下下又看了幾眼這兩姊弟，像是在牢記他們的模樣，也不去管什麼破燈籠了，急急地跑過去追蕭瀝。那腳步輕快的樣子，怎麼看都不像方才的氣怒。

只隱約聽到興奮的聲音。「大哥，你是不是認識他們……」

夏侯毅就這樣被扔下，他也覺得有點尷尬，抓了抓腦袋想解釋一下。剛剛上前一步，顧妍卻往後退了少許，他一怔，乾脆站住了腳，抱拳說道：「表叔答應了表姑，若表姑能在今晚，將《封神演義》裡的人物燈都找出來，便教她騎馬，這盞哪吒鬧海我們已經找了好久，表姑勢在必得……方才，多有得罪了。」

他一邊這樣說，目光一邊就落在顧妍身上。明明素未謀面，怎麼她對他就有一種莫名的敵意呢？

顧妍不想和他有什麼牽扯，欠了欠身，拉著顧衡之就走，凌亂的腳步逃也似的，就如同身後有什麼洪水猛獸。等二人已經到了茶樓口，她這才停下來微喘。

「五姊跑什麼？那位哥哥人不錯呢！」顧衡之踮著腳想再看看，由於長年拘在家中，他總是對新的人事物有種好奇。

顧妍心中警鈴大作，緊緊握著顧衡之的手。「聽著，衡之，永遠不要相信陌生人，你不會知道，他們有多少層的面具。」

「可是，我感覺到他沒有壞心啊！」

「衡之！」顧妍的聲音都有些嚴厲了，她儘量讓自己平復下來，溫聲說道：「聽姊姊的話，人心這東西，從來都是最難說的。」

由於沒了逛下去的心情，兩人便都上了茶樓。

元宵時茶樓的雅間早早便被預定了，外頭大堂倒還有許多空置的座位。衛嬤嬤去找了個僻靜的角落，顧妍則點了幾份點心和花茶，她默默喝了口茶水，坐在一邊顯得格外安靜，而顧衡之早對著送上來的元宵大快朵頤。

「五姊也嚐嚐。」他舀了粒嫩生生的元宵湊到顧妍嘴邊，口中塞得滿滿的，嘴角還有芝麻餡渣。

顧妍張口吃下，拿出帕子給他輕擦嘴角，心裡這才安穩下來。

都是上輩子的事了，這一世一切都還沒發生不是？她斷不會再那樣愚蠢不是嗎？鹿死誰手尚且難說，先自亂陣腳，首先便落了下風。

茶樓外的夜空響起幾聲哨，無數支起花、連珠炮、三陽明射向了天邊，光華絢麗。大朵大朵的煙花爆開，連星月光芒都黯然失色。

顧衡之眼睛一亮，趴到欄杆上仰頭去瞧，怎麼也看不夠。

「以前開了槅扇，我就從窗裡看煙花，雖然只有一角，卻覺得好漂亮。原來，比我想的還要漂亮的……」

顧妍站到他的身邊，明眸倒映著朵朵絢爛的煙花。「以後，會更漂亮的。」

街道上行走的人群停下腳步，每個漆黑的瞳仁裡，都綻放了大片大片的五彩斑斕。

茶樓的小角落光線並不明亮，昏昏暗暗的卻很舒服，顧衡之乾脆將凳子搬到圍欄前，坐在原地看煙火，顧妍便有一口沒一口地喝茶。

許是因為外面的燈會煙花太吸引人了，茶樓裡的人紛紛走出去，方才還熱熱鬧鬧的場面，就變得有些冷清了。

一杯茉莉花茶見底，迴廊處雅間的珠簾微動，一個身量中等，穿著普通粗布褙子的婆子閃了出來，左左右右觀看一番，很是小心。她的身形微微發福，但動作異常靈敏。

顧妍的身側是一排木質花架，上頭放了幾盆文竹、水仙，透過細碎的枝葉，燈光昏暗，乍一看很難發現那兒還有個小孩子。

婆子沒有留心，轉了一圈見沒有熟悉的人，這才挺了腰，從容不迫地朝樓梯口走去。

顧妍舉著紫砂泥陶杯的手卻是猛地一頓。

那個婆子太熟悉了……儘管她已經喬裝打扮一番，頭上裹了塊深色的布兜，可那雙精明發亮的眼睛，還有左眼角下一顆黃豆大小的痦子，不正是貼身伺候李姨娘的高嬤嬤？

顧妍心中一緊，迅速起身將顧衡之從欄杆旁拉回來。正巧到樓下的高嬤嬤抬頭望去，在沒見到什麼人之後，嘴角一彎，消失在人群裡。

「五姊？」顧衡之還有些暈乎乎的。

衛嬤嬤察覺不對，蹲下身子正想問問怎麼回事，顧妍卻伸出食指豎在嘴邊。「噤聲！」

她目光牢牢鎖著方才高嬤嬤走出來的雅間門口，珠簾還在晃動不休，可以看到裡面燈火旺盛。

高嬤嬤這麼大費周章將自己裝扮如此，難道是來這裡喝杯茶、吃個點心？

心裡有個答案呼之欲出，顧妍連呼吸聲都放輕了。這一刻，她無比慶幸讓青禾、春杏出門給衛之買零嘴，陳嬤嬤則回了來時的馬車去取一件厚披風，留在這裡伺候的只有衛嬤嬤一人，又被花架子擋住視線，否則方才若被高嬤嬤瞧見，他們只怕很快會被放到油鍋裡煎烤。

果然過沒一會兒，雅間入口的簾子被撩開了，一個鄉紳打扮的男子款款走出來。他的身形高大，面容十分俊美，一雙桃花眼斜斜挑起，流轉間竟有些許媚態，白淨的手指輕輕撚起下巴處的山羊鬍子，一步一緩慢悠悠地下樓。

顧妍的目光幽深得好似子夜深潭，有一股寒意緩緩從心底慢慢升騰起來，捲過她的指尖，掠過她的腳底，所過之處都是一片僵硬。

顧衡之莫名打了個寒顫，輕輕拉著顧妍的衣袖，小手牽起她的，這才發現顧妍的手心盡是冷冷的汗濕。他掏出小帕子給顧妍擦手，低聲說道：「五姊，不怕，不怕……」

顧妍的脖子僵硬地轉過去。

怕？她怕了？

剛剛走過去的那個人，她想她這輩子都不會忘記的。那個害得她家破人亡，將她剜眼廢腿的男人，她怎麼會忘記呢？

不對，他也稱不上是個男人！以為黏上鬍子，就能不被人認出來了？以為與靳氏結為對食，他就能像個正常男人一樣生活了？

呵！魏都，你到死也不過是個太監而已！

顧妍拉著顧衡之站起來，自己倒了杯溫水放在手心，暖融融的溫度慢慢滲透過皮膚。過了好久，明亮的黑眸熠熠生輝，透著堅定果決，她才說道：「我不會怕的。」

終究是忍不住出手了嗎？比上一世早了許久呢！顧婷的事，到底是激怒李姨娘了，這殺手鐧也終於亮出來了是吧！

在那人成為一人之下萬人之上的九千歲以前，恐怕少有人知道，魏都還有個親妹妹呢！他原來可不叫這個名字。李書誠，這才是魏都的本名……

青禾、春杏買了許多乾果蜜餞來，顧衡之抓了把，一邊吃一邊看著自家五姊。現在看起來好像沒怎樣了，剛剛可真是嚇壞他了，那個人是誰啊？

等到顧修之、顧婼回來，幾人就在茶樓會合。

顧修之吃了口芝麻餡的元宵，迫不及待跟顧妍說起話。「妳說得不錯，那山門雖好看，後面就什麼也沒了，除了幾根高杆挑了些花燈籠，就是一塊空地，遠觀尚可，近看委實沒有意思。」一邊說還對著顧媛挑挑眉。

顧媛的面色不好看，但安雲和在旁邊，她又不會傻得跟顧修之吵起來，甚至故作大方地說道：「比起姊妹幾個，五妹到底見多識廣……」

顧修之翻個白眼嘟囔。「前後轉變真快！」

安雲和淺淺一笑，飽含深意地望了眼顧妍，什麼也沒說。

幾人玩得盡興，都有些累了，各自上了馬車回府。

顧衡之靠在軟榻上就睡著了，手裡還捧著那些果脯杏仁。

顧婼交代車夫慢點趕車，小心翼翼地把顧衡之手裡的紙包拿出來，又給他墊了個軟枕，好睡得舒服些。她撚了一粒桃脯放進嘴裡細細咀嚼，又推到顧妍面前，低笑道：「放心，衡之不會發現的。」

顧妍失笑，也撚了粒蜜桔。

酸酸甜甜的滋味包著味蕾，馬車軋過青石板路的聲音脆脆的，很是寧靜。

就不知道，這樣的寧靜還能夠維持多久……

元宵過後，顧修之便要隨安雲和去國子監，安雲和早便考中了舉人，只等來年春闈下場，而顧修之則要作為監生去參加童子試，考個秀才的功名。

顧修之臨行前去了寧壽堂辭別，老夫人、安氏還有幾位爺們都輪流語重心長地交代告誡一番，又囑託安雲和好生照看表弟，安雲和自然從善如流地應下。

顧二爺摸著下巴很是欣賞，再比較顧修之而今的滿臉不耐，高下立現。

在他看來，若將期望放在顧修之身上，只怕得來更多的會是失望，修之可不是讀書的料子，可這些話，只能嚥進肚子裡，怎麼也不好去打消家人的熱情。

賀氏就有些羨慕地看過去。他們都有兒子，為什麼就她沒有。

賀氏早已自動忽略了顧四爺和于氏。不過是個庶出的，哪能和她比？

想著想著就想到那個早被人忽略的玉英來了。有些日子沒提，大家都慢慢淡忘，卻總是梗在她喉嚨的一根刺，嚥口水都覺得疼。

賀氏這些日子其實已經很收斂安分許多了，祠堂那冷冰冰的滋味她再也不想多受一點，而且顧二爺近來對待她就如同新婚時那般溫柔體貼，她的心也漸漸放寬，可是，前幾日聽到幾個嘴碎的丫頭私底下說話，說被拘在寧壽堂碎芳樓的那位這個月還沒有換洗，正要請個大夫來瞧瞧呢。

她腦子當時就「嗡」地一響。現在總算是知道為什麼老夫人要把玉英留下來了。她生不出兒子，就要讓其他人來生，還是二爺的種……

賀氏只要一想就覺得心如刀絞。玉英現在被拘在寧壽堂，她就算再如何撒潑，也不能來老夫人這裡胡鬧，以前或許還好，可近來，老夫人看她的眼神都變了。

真要是讓玉英懷上了，生出個哥兒，她該有多難堪？

賀氏頓時覺得鼻子眼睛酸澀得厲害，她趕忙吸了吸，壓住淚意。

那一頭安氏已經交代完了，幾人一道送了顧修之去二門。

顧妍這才有機會將早備好的包袱遞給他。「窩絲糖、粽子糖、杏仁糖、重松糖、還有花生酥和兩罐子桂花蜜，要是不夠，我再找人給你送去。」

顧修之終於露出今日第一個微笑，他緊緊抱著手裡的包袱，神情卻無精打采。「現在這些東西也救不了我了，以後我的日子只會水深火熱。」

顧妍想起來，上一世的二哥，好像沒有參加童試，就跑了回來，大伯母因此狠狠氣了一場，頭一次給他用了家法。老夫人再心疼都沒有制止，臨陣逃兵，對家族來說，確實是奇恥大辱。何況安氏這個做娘的都沒有絲毫手軟，二哥臥床了好幾日才能起身。

二哥是不喜歡讀書科舉的，他的心，更適合那無垠遼闊的疆域，乘著馬自由奔馳。

「二哥想做什麼，我都是支持的。」顧妍踮著腳在他耳邊輕輕說道。

顧修之微愣，然後就像是得了糖的孩子，笑得極開心。「就說阿妍是最懂我的！」

顧衡之拉著顧妍問：「二哥回來的時候，是不是就是秀才了？」

顧妍拉過顧衡之，笑著說：「衡之這麼聰明，以後也和二哥一樣考功名好不好？」

顧衡之用力點頭。

顧崇琰聞言卻是眉心一蹙，目光輕輕落在自己兒子身上。

四歲開蒙學識文辨字，讀《弟子規》。

顧衡之小時候的身體還很差，這些根本受不住，尋常啟蒙已是比別人晚了兩年。衡之資質不是上佳，現在再從頭來學，早已錯過了最好的時機，就算將來能考中進士，那時自己只怕也垂垂老矣，更不要說見他光宗耀祖了。

這也是顧崇琰從不在幼子身上花費過多心思的原因。與其對著一個半吊子，倒不如全心全力培養一個嶄新的人才，他自己也正力行之中，相信很快就會有成果了……

第十章

等到下午的時候，衛嬷嬷讓牙婆領了十幾個婢子來清瀾院，站成一排，徐徐說道：「這些都是奴婢挑選過的，五小姐看好哪幾個，就讓留下來伺候您。」

顧妍隨意問了幾人一些問題，她們都答得落落大方、口齒清晰，樣貌沒有過分出挑，但都是水靈靈的丫頭，只有一個膚色黝黑了些，身量也比尋常高大許多，長相平凡無奇。

「妳叫什麼名字？」顧妍站定在她面前問道。

那婢女低頭老實回答。「奴婢忍冬。」

這話說出來，周邊幾人都淺淺笑了。

都到小姐面前了，以後什麼都是人家主子的，哪裡還有自己的名字？這時候更應該說，請小姐賜名才是，哪裡來的憨丫頭？

顧妍心裡卻已是有了譜，逕自點了忍冬留下來。

眾人微訝，心道：這小主子還真是什麼都不懂。

顧妍跳過那些神情太過豐富的，略過那些剛才幸災樂禍的，最後也只剩了三個，目不斜視，沈穩從容，說話也是極為伶俐的，尤其中間那個穿青色小襖的丫頭，目光幽遠到近乎無欲無求。

呵，若真要是無欲無求，她可不敢用了！這又是按著哪個人的命令做出來的樣子？又是誰準備安插到她身邊的細作？

顧妍跳過中間的，要了兩邊的兩個丫鬟，擺擺手便不選了，那穿青色小襖的婢子陡然睜大了眼，看向顧妍的目光甚是不可思議。

其他沒被選上的丫鬟，臉色也不大好看，看向顧妍身後那三人都目露羨慕之色，卻也只得灰溜溜地離開，只那青衣婢子在走前仍深深望了顧妍一眼，神色早已不見方才的淡然。

被選中的婢子們對著顧妍福身見禮，後來的二人朗聲說道：「請五小姐賜名。」

忍冬這才發現自己方才犯了錯，低下頭耳根都微微泛紅。

顧妍想著青禾、忍冬都是草木名，便給那膚白貌美的取名景蘭，那瘦小玲瓏的取名綠繡，三人謝過之後，便由著衛嬤嬤去教導規矩，安排住所。

天氣已經有些回暖了，陽光穿透雲層，帶來些許春日的暖意。

這時，顧婼的大丫鬟伴月過來，急急地連呼吸都不穩。「五小姐，胡掌櫃派人送消息來說，那家珠寶店開張了！」

珠寶店……

顧妍愣了一瞬，反應過來想起，這說的是陶然居。

晏仲的下落她打聽不到，現如今只好守株待兔，陶然居開了門，晏仲的行跡也該浮出水面了。

顧妍換了件衣服就去找顧婼。她如今這年紀，私自出門定然不合規矩，母親也會擔心，二姊是知道她一直在等那店開門的，能由二姊陪著去，也不算失儀。

顧婼雖不清楚那家其貌不揚的店面能有什麼能吸引人的，但既然顧妍開了這個口，她又閒來無事，陪著去一趟也無礙。

兩人乘了青帷小油車出二門，顧妍一直很興奮，眼角眉梢都蘊了笑意。

顧婼不由奇道：「那家店面有什麼好的？妳這麼高興做什麼？」

「是無價之寶。」顧妍諱莫如深。能將母親和衡之治好的醫術，可不是尋常黃白之物能夠衡量的，只是這份喜悅在出了大門口時便被迎頭澆熄。

長寧侯府在北城的九彎胡同，胡同口是一條裡巷，可由兩輛普通二轅馬車並行通過，顧妍她們出門的時候，正巧就遇上一輛黑漆馬車悠悠駛來。

既然走了這條道，定是往侯府方向去的，而看趕車的車夫不是府中人，那便是客人了。

為了表示尊重，顧婼吩咐將馬車停靠在一邊，等人家過來了，打個招呼再離開。可等那馬車悠悠停下了，主人家卻不下車，只有那車夫給值守的門房遞了帖子。

「客人來訪，不是一般都提前遞上拜帖，等收了回帖，約定好日子再來拜訪嗎？」顧妍看著古怪，掀開車簾想看看那馬車裡坐的是什麼人。

門房見了帖子大驚失色，白了臉往那處望了眼，二人對視後，其中一人飛快地領了帖子往裡跑，而那車夫還是一副老神在在的模樣，慢悠悠地倚回了車轅。

「似乎不是尋常來客……」顧婼沈吟說道。「我們先等等吧。」

顧妍也正有此意，對那馬車內的人一時更加好奇起來。

府裡頭很快就有了動靜，出來的竟是老夫人身邊的沈嬤嬤。

這位老嬤嬤分量可是足夠的，連安氏都要給她三分顏面，能得她出來迎接，怎麼都不一般了。

沈嬤嬤匆匆而來，還有些氣喘，一抬眼看見有兩輛馬車，其中一輛還是府裡頭的，眸光就倏地一緊。

顧婼掀開簾子頷首，沈嬤嬤便率先走到青帷油車前微微福了身。「原是二小姐和五小姐，今日是要出門？」

顧婼點頭說道：「是啊，有些東西想親自去置辦一下，只恰巧遇上來客，本想好生打個招呼，不過……」

她目光掠過對面的車馬，主人家似乎到現在還未露出真容呢！

沈嬤嬤笑問道：「二位小姐可是急切？若不急，今日似乎也不甚方便。」

這便是在勸她們不要出門了。

顧婼望向顧妍，這位老嬤嬤的面子很大，她們不好駁回。

顧妍揚著笑臉道：「那我們就聽嬤嬤的！」

沈嬤嬤滿意地點頭，吩咐車夫將馬車趕回去。

非年非節的，府中只開了一扇角門，車夫慢悠悠趕著馬車進府，顧妍又回頭望了眼，見原先那輛馬車上款款走下一美婦。她動作小心翼翼，一手扶著婢女，一手護著肚子。

顧妍這才發現，那位美婦的腹部已是高高隆起，竟是有孕在身。這樣一個身懷六甲的婦人來侯府，還能得沈嬤嬤親自來迎接，可沈嬤嬤看起來又不像是高興開懷的，還有那兩個門房方才神情驚恐，怎麼都覺得詭異。

馬車又重新停回二門，顧婼下車後安慰道：「反正店面就在那裡，一時半會兒跑不掉，我們可以改天再去。」說著又回頭看了看，顯然也是好奇的。

「二姊不找個人打聽一下？」

「打聽什麼？」顧婼神情一肅。「看沈嬤嬤那模樣便不是好事，少知道點的好。」

二姊的態度顯然更加保守，顧妍笑著應是，心裡卻莫名其妙多了些念頭。

自從上回元宵在茶樓遇上魏都與高嬤嬤密會，她就直覺有什麼事情要發生了。

魏都如今還只是王淑妃宮裡頭的一名四品典膳，可他後臺卻是硬的。方武帝身邊的秉筆太監魏庭，是魏都的乾爹，而魏庭的對食靳氏是皇長孫夏侯淵的乳娘。

魏都和自己的乾娘暗通款曲，靳氏可沒少在魏庭面前說魏都的好話，皇長孫因為靳氏的關係，對魏都極為信任，有如今奪嫡熱門的大皇子在前頭，皇長孫也極有可能會成為未來君王。甚至連東廠廠公吳懷山，都因著這些彎彎繞繞的關係，給魏都幾分顏面。

權勢滔天的魏都有多少能耐，顧妍見識過，而如今還在厚積薄發的魏都有幾許本事，同樣不可小覷。那人年少時就是個地痞無賴，賭錢賭輸了，被追債沒法還，便自宮混進宮裡去，這麼些年摸爬滾打，更是老油條了，手段多少難以想像，而他唯一在宮外頭還牽掛的，便是李姨娘這個一母同胞的妹子。

上回顧婷被賀氏母女欺侮，如今面上的疤痕還未完全消散，李姨娘早便動了真怒。

顧妍覺得，門外那個女人，許是衝著二房來的。念及此，她突然想起來，上一世的顧二爺好像是有兒子的。

老夫人動過主意要為顧媛說親，與兵部侍郎楊岩次子楊元化結下鴛盟，只是當時被楊夫人婉拒了，再之後楊夫人與舅母說起顧二爺家的事，就曾一度唏噓不已。

那時的長寧侯府，已是由顧三爺撐起門庭，顧二爺的輝煌不過曇花一現，在朝中備受冷落不說，還傳出有外室生子的謠言。

那個孩子，算算年歲，大概也是今年出生。

莫非就是門外那個婦人？

沈嬤嬤面色陰沈，卻還是將那美婦帶進府裡。

婦人姓秦，自稱是顧二爺的外室，腹中懷了顧二爺的種，已經五個月了。

老夫人一聽就沈了臉，讓沈嬤嬤親自出來處理。

這件事算得上是醜聞，要在大門口解決，那才是丟盡了臉面，有些事，當然還是關起門來算帳方便。

沈嬤嬤特意挑揀了偏僻的小道來走，雖說繞了遠路，也避開大多的下人。

秦娘子在身側婢女攙扶下，小心跟著沈嬤嬤走，她的腿腳有些浮腫，走起路來其實不甚方便，而沈嬤嬤又像是故意難為她似的，盡走些羊腸小徑，還有許多小石子，秦娘子委實吃了些苦頭，卻都一聲不吭。

沈嬤嬤可沒有領她到老夫人那兒去，把她帶過去，那就是給她做臉面了，這個時候，就該先晾著，於是秦娘子便被安排到寧壽堂西跨院裡的後罩房。

後罩房陰濕昏暗，都是給下人住的，婢女將絹帕墊在長凳上，扶著秦娘子坐下，那門口又派了兩個膀大腰圓的僕婦看守，將她們都當成囚犯似的。

婢女替她揉著小腿，有些不平。「娘子，為何要來這裡受氣，爺定會安排好的！」

「那樣，我們還是見不得光啊……」秦娘子搖頭嘆息。她手指撫著自己的腹部，輕微的胎動讓她既滿足又憂心忡忡。

找了穩婆摸過胎，找了大夫診過脈，找了道士卜過卦，都說她這胎會是個哥兒……她很高興，二爺也很高興，可二爺卻絕口不提要將她帶回去的事情。

等這個孩子生下來，她若還只是個外室，那她的孩子就成了姦生子，甚至他這輩子都擺脫不了賤籍。只要一想到這些，她就心如刀絞。

都道是為母則強，二爺認不認她無所謂，可這個孩子，卻不能不認啊！

今日也是冒險來了，但既然那人說她有機會，她便不能放過。

沈嬤嬤安置好秦娘子，就差了妥貼的人去將二爺請回來，這種事，不問過當事人，也不好貿然決斷。

沈嬤嬤也算是安排妥當了，可她卻忽略了一件事。

西跨院的後罩房，離碎芳樓可是近得很，只隔了一條小道。

玉英被關在碎芳樓裡已經月餘了，其間除了每日送飯菜的丫頭，誰都不能看望，哪怕是常嬤嬤想見一見女兒，都沒有法子。

而且也不知怎的，安氏最近給她安排了許多差事，常嬤嬤可謂忙得腳不沾地，只有花了銀子給那送飯的婢女，遞上幾句話或是送上一張字條，知道女兒現狀安好。

這一個多月來，玉英尚不曾換洗過，胃口也不見得多好，老夫人疑心玉英這可能是有了，讓找了個郎中過來看看，恰好也便是今日。

賀氏自從聽到那嘴碎的丫鬟說起，心裡就上了心，天天差人好好看著，一有消息就來通知她。

果不其然，大夫來過之後診出，玉英已經懷有一個多月的身孕。賀氏一聽到這消息就要崩潰了，擰著帕子眼淚汪汪，生生將手裡的絹帕撕成一條一條。

玉英若是生了個姊兒還好，要是生個哥兒，那就是二爺名正言順的子嗣，將來定是要繼承二爺衣缽的，那她和媛姊兒該怎麼辦？

嬤嬤一直勸她放寬心，就算玉英有了身子，將來生下來的孩子，都是要叫她一聲母親的。是個哥兒又怎樣，將孩子抱過來養在自己膝下，孩子那麼小，知道什麼？生恩不及養恩大，人家還不是將她當成親娘，更遑論那孩子生母，是個爬了床還爬錯的下賤東西。

這些道理都是對的，可是，要接受起來怎麼就這麼難！

賀氏抱著被子狠狠哭了一場，越想就越覺得不對。她要這樣被動，可就不好了，到時候被人牽著鼻子走，那還得了？

賀氏胡亂洗了把臉，就要去碎芳樓找那玉英，任誰也拉不住。誰知走到半道，又聽到兩個路過的婢子在那兒窸窸窣窣地說話。

「妳剛剛看到那女人沒？現在被留在後罩房了……聽說是二爺的外室，肚子都這麼大了！」那婢子伸手比劃了一下。

賀氏一聽眼睛都瞪圓了，尖聲問道：「什麼外室？誰的？肚子是怎麼回事？」

那婢子嚇了一跳，撲通一聲就跪在地上，顫抖著身體，話也說不索利。

賀氏眼睛通紅，暫時都顧不得那玉英了，抬腳就往後罩房去。

秦娘子還感覺腿腳瘦疼，貼身的婢子用力給她揉捏，她撫著自己的肚子，又捶了捶有些瘦脹的後腰，身子都倚在一旁的木桌上，很是吃力。

賀氏來時就見到門口那兩個粗悍的僕婦守著，沈聲問道：「裡面的是誰？」

那兩個僕婦是馬房的，力氣大得很，沈嬤嬤差她們來看守，可沒有告訴她們這裡頭是誰。

見兩人搖頭，賀氏卻覺得她們在耍自己。

她這些日子過得可算委屈了，一樁樁的事接二連三地來，擋都擋不住，前頭還有一個玉英糟她心呢，現在又不知道從哪個旮旯裡跑出個外室，連肚子都大了……這兩個死婆子還要擋她的路。

外室！外室！顧崇琬，你可真是對得起我！

賀氏撒起潑來，又有幾個能攔住？

現在她內心崩潰，臉色比雪還白，手下用的力又大又狠，兩個婆子又不能對她不敬去還手，此時就生生受著，可沈嬤嬤既然交代了不許放人進去，她們也不敢違命。

二夫人是大，可再大又能大過老夫人？

沈嬤嬤可是代表了老夫人的意思，借她們十個膽子，也不敢以下犯上。

外頭動靜大了，秦娘子蹙起眉來，道：「秋霜，妳去看看怎麼了。」

秋霜應是，微微打開一條門縫。賀氏眼疾手快，一腳踹開，秋霜被帶倒在地。

秦娘子一下站起來，紅潤美豔又年輕的臉刺得賀氏眼疼。賀氏的目光落到秦娘子凸起的小腹上時，她腦子都熱了，潛力這時被激發出來，賀氏兩腳踹開婆子，幾步進去就對著秦娘子一巴掌搧下去。

原先倒下的兩個婆子趕忙上來拉住賀氏，然而還是晚了。

秦娘子一個不察被帶倒在地，捂著肚子冷汗涔涔直冒，秋霜忙去扶起她，可賀氏尤不解氣，被兩婆子一人架了一隻手，還要踢腿去踹她，腳腳都是對準她的肚子。

「哪裡跑出來的狐狸精，還敢找到府裡來。呸！妳這賤蹄子，二爺能看得上妳？少往自己臉上貼金了！根本就是來打秋風的……」

秦娘子感覺自己腿間溫溫的有什麼東西流出來，她大驚失色，抓了秋霜的手。「快，快請大夫……我的孩子！」

秋霜一驚，撩開秦娘子的衣裙一看，白色的底褲上已經染了微微的血紅，她驚得一聲尖叫。終於還是惹來了其他人。

沈嬤嬤將秦娘子移到廂房，又趕忙叫人去請大夫，接著看賀氏的目光，除了無奈，還多了幾分冷冽。

賀氏最受不了這種眼神了。她自幼長在老夫人身邊，沈嬤嬤也是看著她長大的，每次她有什麼地方做不對了，沈嬤嬤就用這種目光看她，小時候不知事，總被嚇哭，自小便有了陰影，如今就覺得手腳有些發虛。

沈嬤嬤也不打算多說了，賀氏是什麼性子，她比老夫人還要清楚，遂揮手道：「送二夫人回屋。」

兩個僕婦不知從哪兒鑽出來，架住了賀氏。

「嬤嬤妳放開我！我不走！那個小賤人從哪兒冒出來的？今兒我不弄明白是不會回去的！」賀氏撒潑，一口咬在僕婦的手上，僕婦終於鬆開來。

賀氏整了整衣裳，大步走上前。「嬤嬤，妳可別輕信了他人，那人分明是來誣衊二爺的，我與二爺青梅竹馬，二爺什麼樣我會不知道？」話雖這麼說，眼睛卻巴巴地看著沈嬤嬤，極盡小心翼翼。

沈嬤嬤在心裡冷笑了聲。她揮手又叫了幾個婆子來，將賀氏帶下去，目光終於留在隨賀氏一道來的幾個丫鬟身上。

「二夫人是怎麼知道的？」沈嬤嬤冷聲問道。

素有的威壓讓人哆嗦，丫鬟沒抖兩下就招了。「是在花園的時候，聽人說起的……」

後罩房這裡的花園可離得遠，尋常情況下，主子哪會無意踏足？

「那二夫人來這裡做什麼？」

丫鬟一聽就懵了，囁嚅著說不出話，沈嬤嬤讓人兩個耳光打下來，丫鬟就把知道的通通抖了出來。

什麼事情都串到了一起，如此巧合，就有些奇怪了。

顧二爺聽說了消息，就從衙署緊趕慢趕地回來。他今日右眼皮一直在跳，總覺得有不好的事發生。

寅正時分西城平安坊大火，燒了幾座院落屋舍，那裡住的都是平民百姓，家家戶戶一重挨著一重，緊密相連。一家起火，殃及池魚，死了好些人。

刑部緊鑼密鼓查起火原因，工部則負責重建等諸多事項，他新官上任，當然要做出表率，可一聽聞著火的地方，突然就慌了，在看到那被焚毀殆盡的院落，還有整理出來的幾具焦屍，心裡一抽一抽地疼。

他可是將敏娘安置在此處的……

家丁送來消息的時候，他正在找秦敏娘的下落，可待知曉後，腦殼又有點抽疼。

千算萬算，沒算到她竟然去了府上。

誰知等到回了府，見到的又險些令他肝膽俱碎。

「誰幹的！」顧二爺看見秦敏娘慘白地皺起的小臉，還有下身緩緩流出的鮮紅，對著四下就是一聲怒吼。

沈嬤嬤見顧二爺這態度，當下已是了然，這位秦娘子在二爺心裡地位只怕還不淺哪。今兒個若是無礙倒還好，真要有個好歹，二夫人就要為自己犯渾後悔了。

大夫很快來了，看過後便用金針刺穴，止住了出血，又一連開了好幾道方子，顧二爺趕忙讓人去煎。

秦敏娘知道自己孩子無礙了，淚盈於睫，白著臉嚶嚶啼哭。「爺，都是婢妾給爺添亂了……」

顧二爺瞧著揪心不已，如今也沒了心思問她為何來侯府，只交代了她要好生休息。

他前一腳剛出門，後一腳就被請去了寧壽堂。

四周的下人們都被打發走了，連沈嬤嬤都沒留下，老夫人靠在椅背上，摩挲著手腕上一只碧璽玉鐲子。

「你就沒有什麼要說的？」她輕輕地問，就好像平日裡與他說話一般隨意。

顧二爺閉了閉眼，終是把事情原委緩緩道來。「敏娘是兩年前，兒子在濟北的時候遇上的……那時要在狼牙山上修一條棧道，兒子帶了一隊人親自去看地形，適逢大雪封路，眼瞧著不辨方向越來越凶險，便是敏娘幫了兒子。」

秦敏娘是當地的農戶，父母早亡，自己一人獨住，機緣巧合幫了顧二爺一行人，顧二爺為表感激，便請她來料理當時濟北府邸的一些瑣事，又給她雙倍的月錢。一開始或許不曾有那等心思，可正如那話本裡所說的，日久生情，也並非沒有道理。

他遠調濟北，賀氏不曾跟來，身邊沒有伺候的人，秦敏娘這樣年輕機敏、溫柔貌美的女子，極易打動人心，一切都是那樣順理成章、自然而然。本來回京時就該將她打發的……一個伺候的婢子而已，沒什麼大不了的，可秦敏娘卻有了身孕，而他也確實動了點真情，一不捨得，他將秦敏娘帶回了京都，安置在西城平安坊。

老夫人定定看著他。「那現在，你打算怎麼做？」

「母親，敏娘身家清白，對兒子有恩……孩子也是無辜的。」他緊緊握了握拳，聲音又陡然變得堅定。「兒子也已經老大不小了。」

他這個年紀，還沒有子嗣傍身，確實已經說不過去。

老夫人說不清楚這個時候心裡是什麼感覺，倒不是為了賀氏不值，雖是姪女，可哪裡比得上親生兒子親。她只是覺得，一直引以為傲的孩子，樣樣出色，青出於藍，從不需要她操心。她大概是將他當成年輕時候的長寧侯了吧……只是這孩子可比那老頭子好多了，就算賀氏有些小家子氣，依舊不離不棄。好像在他身上，能看到自己年輕時的希冀，就覺得這輩子其實也不是她想的那樣糟糕。

然而實則……終究是他的兒子啊！

「你知道你自己在做什麼便好。」老夫人擺擺手讓他下去，聲音也有些疲憊了。她望著槅扇外的天空一陣沈思。「你媳婦兒那兒，你想好怎麼做吧。」

二房很快添了一位秦姨娘。

對於這位秦姨娘的來歷，府裡頭只是說，那是二爺在濟北時收用的丫鬟，因為懷了身孕，所以提了姨娘，前段時日還在養胎，等胎象穩了，二爺才將人接回來。

這種解釋當然是在掩耳盜鈴，但他們樂意去說，顧妍也就當個笑話來聽。

秦姨娘的存在給賀氏一個沈重的打擊，顧二爺對賀氏諸多忍讓，好說好勸，賀氏依舊吵鬧不休，最後還揚言要帶著顧媛一起回娘家。

顧二爺這段時日對賀氏退讓太多，他自己也覺得已經到了極致，心裡是怨她那日如此對待秦姨娘的，害得秦姨娘險些滑胎，更讓他覺得自己這樣聽憑賀氏，委實窩囊，於是狠了狠心，就任由賀氏按著她的性子胡來。

賀氏愣了愣，什麼也沒說，整理箱籠就帶著顧媛回娘家。

顧婼瞧著這齣鬧劇，嘖嘖嘆道：「二伯母還真是說風就是雨，賀家在邯鄲大名縣，這一去路程便要兩日，來回折騰也不嫌累，難不成還指望二伯父親自上門將她迎回來？」

「當然不會了。」顧妍搖頭。「二伯父既然由了二伯母，又何必還要自降身段？祖母都沒有出言挽留，就由二伯母回去，那定是心裡已經有數了。依我看，到最後也只會是二伯母低頭回來而已。」

唐嬤嬤不由又看了顧妍幾眼。這些時日五小姐可越來越懂事了……倒不是說她乖巧，而是這看事析理都比其他人要透澈許多，連二小姐這樣年長幾歲的都比不過。

顧妍睇了眼，伸了手指與顧婼比劃。「二姊不妨與我打個賭，我說二伯母不出半月便會回來。」

「半月？」顧婼一驚，覺得這似乎太短了些，但也饒有興味地接道：「妳說賭什麼？」

顧妍烏溜溜的眼睛轉了圈，笑得眉眼俱彎。「就賭二姊以後只要出門，都得帶上我！」

顧婼覺得這沒什麼大不了的，點頭便應下了，卻見顧妍笑得像隻偷了腥的貓。

真不知道一天到晚都在想些什麼。

顧妍在想什麼？她如今想得最多的，無非就是母親的病情，還有怎麼改善衡之的身體。

今兒一早便傳來消息，龐太醫在回程途中因馬車翻車殞命了。本來還指望著龐太醫回來，給柳氏好好調理身體的顧婼和唐嬤嬤都大吃一驚，既是唏噓又是失望。

如上一世一樣，侯府裡除了對龐太醫的意外身殞表示遺憾惋惜之外，並沒有為龐太醫身死的原由刨根究底。

又不是顧家的人，最多算是顧家的上等奴才，送些銀子過去給人家家人撫卹一番不就好了，哪裡需要大張旗鼓沒完沒了的？這是大多數人的看法。

顧妍是不曉得龐太醫的死因有沒有黑幕，但無疑一切都按著上一世的軌跡運行。

眼下等對付完賀氏，接下來的目標，就該成了她和衡之了，而等到一雙兒女相繼出事，以母親那破敗病弱的身體，又如何還能支撐得住？讓母親身子好起來已經是迫在眉睫之事。

顧妍請了芸娘那姪子阿束幫了個忙，去外頭找了胡掌櫃來府中。

身為柳氏陪嫁的家僕，胡掌櫃到二門處見一見主子也不是什麼大不了的事，只不過對方是個乳臭未乾的小丫頭，便有些奇怪罷了。

顧妍給了胡掌櫃一張畫紙，道：「你派個信得過的人，去陶然居守著，如果看到這個人，不要驚動他，將他的行蹤悄悄記下，然後找人告訴我。」

那紙上畫的，自然是晏仲的肖像。

胡掌櫃不敢置信地抬頭。這種跟蹤人的事情，居然讓他去做？這得是一種怎樣的信任，才能放手交由他去處理？

要說顧妍見了他一次就對他信任有加，那當然不可能。她願意交給他，是因為他足夠忠誠。上一世母親所有嫁妝財產被顧家吞併，連手下這些僕從的賣身契都到了顧家手裡。

柳家僕從簽的都是活契，到期了，顧家開高價錢請胡掌櫃續簽，他也沒有理會，拿了賣身契便轉投到舅舅手下，倒不似其他人貪慕眼下利益。就衝著這一點，在如今人手緊缺的情況下，顧妍便願意交給他去做。

「記住，可千萬不要驚動了他！」顧妍再三叮囑。

「是！」胡掌櫃連連應道。

顧妍便回去等了兩日，誰知沒等來胡掌櫃的消息，倒是等來下頭送上來的一些時令物資，整整裝了幾個大箱籠。

顧婼與她說道：「大多是上回胡商進京的時候採買的，前段日子忙，沒有整理出來，到現在才送過來。」

顧婼和幾個丫鬟一道整理，顧妍在旁看了看，不過都是些布疋還有些皮毛大衣。番邦的色彩很鮮豔，一塊普通的布上織了好幾種顏色，炫目多姿，格外亮麗。再貴重一些的，就是幾匣子寶石，一些現成的首飾，銀質的酒壺茶杯，帶有異域風情的器皿花瓶，另有兩個紅木盒子裡，裝的是上好的花露和香膏。

顧妍打開瓶塞輕輕嗅了嗅，香味聚而不散，甜而不膩，如匯於雲端，清婉溫柔，當屬上品。

「這些西域番邦的香露確實做得好，在帕子上滴上一滴，一個月味道不會散……難怪這樣一小管子，價格卻遠勝黃金。」

舅母曾大批研究過這些從胡商手裡購來的香品，想知道其香味持久的原因，然而始終不得竅門。她還曾打算過，要專門去西域一趟，只可惜願望未曾實現，就已遭飛來橫禍。

顧妍放下手裡的匣子，發現在箱籠底部還有一只大大的榆木盒子，做工還挺粗糙的，像是放在下面做的墊底。

顧妍打開看了看，一下子眼睛就定住了。滿盒子紅彤彤的乾貨，大約手指長短，形若禿筆頭，味辣色紅，一根根曬得油光發亮，甚是可觀。

「得來全不費功夫……」她喃喃說道，臉上已露出興奮的笑容。

要細數舅舅與晏仲之間的恩怨，其實也很簡單。

用舅舅的話來說，那便是緣分天定，而用晏仲的話來說，那就是奪妻之恨。

舅母與晏仲是表兄妹，二人青梅竹馬，兩家也想過要親上加親……可因著舅舅的出現，舅母成了別人的妻子，晏仲這些年就一直孑然一身。

兩人見面本該是劍拔弩張的，可等到舅舅幾道菜下來，晏仲雖說臉色還不是很好看，倒也能坐下來心平氣和了。而這問題的關鍵，就是顧妍如今手裡這一大盒子的辣子。

巴蜀地處山坳盆地，終年潮濕陰冷。若說北地的寒冬讓人刺骨，但只要裹好衣服便也不覺如何，可蜀地的冬天，那種寒意是從內而外由骨子裡散發出來的，濕意凝結於骨節，一動便全身痠軟。

蜀地人愛吃椒，以山椒入菜，一口下去又麻又辣，像是將滿身寒氣都逼出體外，祛寒除濕。

可那山椒的麻卻不足以給予人們最大的愉悅體驗，番邦地特有的辣子，才是蜀川菜系真正的靈魂，這是舅舅的原話。

而身為蜀川人的晏仲，又如何能抵擋得住這樣的美味誘惑？

顧妍抱著榆木盒子笑得開心極了，顧婼都覺得奇怪。

「這東西是買香膏的時候，那個胡商送的，下面人都不知道是什麼，我看著味道刺鼻得很，倒是可以加在香囊裡辟邪驅蟲。」

顧妍搖頭笑道：「我知道這是什麼，這個送給我好不好？」

顧婼點點頭，那些東西放著也是無用。

於是，整個下午，顧妍都窩在小廚房裡搗弄這些辣子，閒雜人等被趕了出來，顧妍也只留了芸娘還有青禾、忍冬來幫忙。沒人知道她們在廚房裡做什麼，只是那刺鼻嗆辣的油煙味，燻得人眼淚直掉。

芸娘抹了抹睜不開的眼睛，看著面前做出的幾盤小菜……色澤倒是好看得緊，只聞起來實在有些受不了。

「不嚐嚐嗎？」顧妍笑著看她們，目光帶了幾分期許。

芸娘先前早就領教過這番椒的威力了，如今口中雖仍然火燒火燎的，卻覺得全身冒汗，頭腦清晰，身心都有種莫名的愉悅，忍不住又嚐了幾口，確實是難言的滋味。

青禾就不行了，剛嚐了一點便喝了半壺的茶水，倒是忍冬，能忍受的程度讓人驚奇，一個勁兒地說著好吃。

顧妍心滿意足地笑。上一世舅舅也是機緣巧合才得來這種調味品，輕而易舉擄獲了舅母還有晏仲的脾胃，這種番椒後來帶去蜀地，竟然長得特別好，有許多田莊上紛紛仿效種植起來。她也知道這東西難得，一開始並沒有抱希望去尋，陰差陽錯到她這裡，只能說是十足的緣分。

顧妍取了些番椒籽移植到花盆裡，放入暖房，想試著先種上一種。畢竟有些菜品是用乾辣子，而有些卻是要用新鮮番椒才能做得出來，包括醬料、泡椒還有酸菜……那滋味，想過便能讓人口齒生津。

然而沒等番椒抽芽，顧妤便從田莊上回來了。

元宵過後，她又與顧四爺還有于氏一道去郊外莊子住了段時日。

四房一家都知曉他們在府裡地位是有些尷尬的，也不去老夫人面前湊趣賣乖，倒是經常外出采風遊玩，因而一年中有大半時間不在府內。

顧妤送了兩罈酸蘿蔔過來，邀顧婼一道去她書房裡，說是新作了幾幅畫，要和顧婼品評一下，顧妍也跟著去了。

顧妤的書房布置得很簡單，窗明几淨，掛了幾幅字畫，大多是顧妤自己寫的或是顧四爺所作。高几上擺著一盆建蘭，清新雅致得很。

顧好拉著顧婼便到案桌前，上面已是擺了幾張字畫。她們二人都是跟顧四爺學書法和繪畫，彼此又興味相投，聊起來後，顧妍完全插不進話。

她倒是無所謂，看了圈，指著槅扇旁一只青花大瓷缸裡插著的畫卷，問道：「四姊，我能看看這些畫嗎？」

顧好頷首隨她去了，顧妍隨便抽了幾卷出來。

大多都是些花鳥畫，工筆寫意，也有白描，構圖、配色、筆觸都不錯，但也看得出稚嫩的痕跡，一板一眼的，少了些靈動隨意、行雲流水，人工匠氣還要足些。應該是顧好早兩年前作的，她現在的功底可比從前好多了。

顧妍又找了幾卷畫軸嶄新的出來，應該是最近新裱起來的，其中一幅軸子上還繫了條湖色的繫帶，是這缸畫卷裡少有的山水畫，畫的地方像是個山峽，兩面青山圍繞，高聳入雲，潑墨般的頂色，枯萎乾癟的胡楊枝椏，看得出正值嚴寒大雪紛飛時。

山峽的深處黑黑點點一片，似有人頭攢動，而靠著那棵胡楊邊上雙手抱胸的男子，正目光深邃地注視著遠方。玄色衣袍迎風而動，挺拔的身形如那棵瑟瑟的楊樹，總有一種悠遠的意境。

顧妍的目光就留在那男子身上。草草幾筆雖然勾勒不出他全部的形容相貌，可那筆筆柔情，經脈相連，意在筆先，神於言外，卻也能瞧出作畫者的忘我和投入。

顧妍想起那日聽顧妤說起，他們回京途中遇大雪封路，是蕭瀝帶人來疏通的，她卻未曾見過蕭瀝的真容。可再看看眼下這幅字畫，其實少女心事早已一目了然了。

顧妍輕輕瞥了眼顧妤。少女眉眼細膩溫和，初看來或許並不驚豔，擔不得絕色二字，卻讓人倍感舒適，再待仔細一瞧，又有一種難以形容的韻味。

難道說，上一世的因果，就是從這裡開始的？最後終究還是步入了命運輪迴……

上一世成定年間，魏都在朝堂上呼風喚雨，其一眾黨羽也跟著雞犬升天，風光無限。顧家當時已是由顧崇琰當家，因著魏都這個大舅子，顧崇琰跟著顯赫一時。

而在這樣的尊榮之下，四房一家卻開了祠堂分家出去單過。所有人都說顧四爺傻了，放著好好的大樹不靠，還跟人家撕破臉皮……他又是沒有官俸的，失去侯府的接濟，光是靠幾間鋪子、幾畝良田的收成，那幾年過的日子定然不會富足，純粹是自己找罪受。

當然也有私底下說是顧家人刻薄，老夫人對待顧四爺這個庶子刁鑽，逼得沒法子了，顧四爺又是有風骨的人，一咬牙便分了出去。

各種傳聞都有，數不勝數。

然而在四房分家不久後，顧妤卻在所有人的驚詫下嫁給鎮國公府二公子蕭泓，成了名門貴婦。也有說蕭泓喜男色，好龍陽，顧妤雖是高嫁，但實則與守活寡無異。

這樣的傳言在次年顧妤誕下一子後不攻自破，表面上看起來，二人琴瑟和鳴，美滿幸福。

等到夏侯毅做了皇帝，將魏都及其黨羽全部清算時，顧家滿門抄斬，也只有顧四爺一家平安無虞，人們這才知曉，當年顧四爺是未雨綢繆，早有預見。至於顧好……便有了蕭瀝強辱弟妹，不顧倫常這一齣，還有人懷疑顧好生的孩子其實是蕭瀝的種。

是不是真的，顧妍並不知曉，當時的她，也不過是游離在塵世間的一抹孤魂野鬼，日日夜夜看著這世間百態，聽著那些無病呻吟，還有，等著她一直等的報應。

但如果其實顧好心悅蕭瀝的話，那件事倒也談不上人家強迫，也許只是兩情相悅，情難自禁罷了。

顧妍將畫卷重新捲起來放好，隨便在書架上找了本書看著打發時間。

顧好正與顧婼說起她新調的朱紅色，是用了從洛陽玉泉山上帶回來的一塊赤鐵岩提取的，顏色比起尋常的都要厚實質樸，因為加了點青莧草酸汁，色澤便顯得十分瑩亮。

然而這時簾子卻被掀開了，伴月急匆匆地進來說：「二小姐，三夫人不好了……」

顧妍心中猛地一緊，手中書籍應聲而落。

不好？什麼叫不好了？

「妳胡說八道什麼！」

顧妍對著伴月就吼出來，下一瞬連披風都顧不得拿了，心急如焚地直往外衝。

第十一章

琉璃院裡亂哄哄的，丫鬟進進出出，柳氏正趴在床沿一個勁兒地吐。她這些日子進食本就不多，吐了個乾乾淨淨，就只能乾嘔了。

唐嬤嬤讓人打盆溫水進來，又沖了淡鹽水要餵柳氏喝下，可柳氏哪裡能喝，剛嚥下兩口，又全吐了出來。

「怎麼會這樣？」顧妍奔到床前，眼睛都不由紅了一圈。

剛剛出門前還好好的娘親，為什麼才一會兒工夫就這樣了？

「奴婢也不清楚，剛剛夫人在午睡，忽然醒過來，就吐個不停……」唐嬤嬤也急，一下一下給柳氏輕拍著背。

「娘！」顧婼進來後嚇了一跳，靠近到跟前。「怎麼回事？請大夫了嗎？」

「已經讓鶯兒去了。」

顧妍握緊拳頭站在一邊，柳氏又開始咳嗽，一張臉從蒼白變得通紅，白皙的頸部上青筋根根暴起，眼睛迷迷濛濛的，似乎神志也有點不清。

這段時日母親的身體一直不好，沒有精神、全身無力，卻也沒有成這個樣子……

從胃裡吐出的酸水味大，顧妍讓人打開槅扇。「娘親今日吃了什麼東西，或是用了什麼？」

唐嬤嬤瞇起眼想。「午膳用了點山藥薏米芡實粥，又吃了幾塊茯苓糕，其他便沒怎麼動……之後過了半個時辰，用完藥便睡了。」

顧妍細想這些食物都是溫養的，並不相沖，何況母親平時也不是沒用過，都好好的，既然成了現在這樣，極可能是被下了料。

「那中午的膳食可還有剩下來的？」

「都賞下去吃了。」

主子們吃的膳食都比下人們好得多，主子用的又少，剩餘的賞給丫鬟、婆子吃是常有的事。

唐嬤嬤也想到了可能有人在膳食裡動手腳，可……

「那些吃了的人都沒有反應。」

顧妍心道：沒反應又如何？有的東西，普通人用起來自然是無礙的，可母親身子弱，那就另當別論了。

柳氏將胃裡的東西吐得光光的，靠在顧婼肩上，整個人都憔悴不堪。唐嬤嬤又餵了她一點鹽水，柳氏便躺下來半昏半睡。

顧婼急得眼淚都掉下來了，每等一刻都是煎熬，只能又是喊著柳氏的名字，又是問道：「鶯兒怎麼還沒回來！」

有小丫頭過來收拾柳氏吐出的穢物，顧妍及時制止了。

她蹲在地上細瞧。黑黑的藥汁混著薏米渣點，酸臭的味道掩蓋了絕大氣味，她撚了些放到鼻尖輕嗅，又微微嚐了嚐。

「五小姐！」唐嬤嬤大驚。

顧婼也愣了，睜大眼看著她，顧妍卻站起來問道：「今兒的藥是誰煎的？」

唐嬤嬤回過神來。「是鶯兒。」

又是鶯兒！

顧妍眯著眼高聲叫忍冬。「妳快去外院找一個叫阿束的，讓他趕緊去找大夫，越快越好！」

忍冬聞言唬了一跳，半點不敢含糊，急急跑了出去。

唐嬤嬤讓人將柳氏吐的穢物裝起來，又看向顧妍，眸光微冷。「鶯兒她……」

都是精心培養過的人，如非必然，唐嬤嬤也不想去相信。

「等大夫過來吧……」顧妍淡淡說著，跪在床邊緊緊握了柳氏的手，雙眼通紅。「娘親，您不能有事，絕對不可以……」

等待是煎熬的，柳氏的神志時而清醒時而糊塗，或是睜著一雙眼迷迷濛濛地看著顧妍和顧婼，或是嘴角翕動聽不清在說些什麼，臉色又從病態的潮紅變得有些青黑。

安氏、于氏和顧妤都來了，被唐嬤嬤請去西次間裡，安氏來看了一眼，蹙著眉很是悲憫的模樣，嘆著安慰了兩聲，又吩咐人趕緊請大夫。

等到後來，門口一陣騷動，吵吵嚷嚷的，阿東竟然揹著老大夫就闖進來了，守二門的婆子在後面追著，阿東馱了個人跑得飛快，遠遠地甩開。

老大夫被顛得一抖一抖，直到落了地還是暈暈乎乎，尚未平復下來，又被唐嬤嬤拉進屋裡。

外院的人一般難進內院，阿東方才急了，沒顧上解釋，那個婆子便一路追過來，阿東不好意思地道：「抱歉了嬤嬤，人命關天，我這就回去……」

他喘息著站起身，往裡頭望了眼，這才一步一緩地走回去。

老大夫被折騰得也有脾氣了，將要發作，一看床榻上柳氏那模樣，趕忙收了心思，上去診脈。

顧婼一動不動地看著他，生怕聽到他吐出不好的字眼。

顧妍早早地將柳氏吐出的穢物給老大夫看，畢竟是行醫多年的，只幾下就發現了癥結所在。

「這是誰犯了十八反啊！半蔞貝蘞芨攻烏，是禁混劑，這半夏和烏頭相剋，不可共用，連小藥僮都知道，是哪個庸醫開的方子！」老大夫一邊罵，一邊趕忙給柳氏餵了一粒藥丸。

「幸好來得及，再晚半刻，可就無力回天了。」

他又迅速寫了張方子出來，給了唐嬤嬤。「三碗水煎成一碗，要快！」

唐嬤嬤趕緊親自下去煎，老大夫又給柳氏施了針。

直到看母親面色好了些，顧妍才脫力般地跌坐在地上，掩面壓驚。

鶯兒終於回來了，還未進門，便開始大聲叫道：「嬤嬤、嬤嬤，我回來了，回春堂的大夫出診了，我跑遠去了濟寧堂……」

她一到屋內，話音就戛然而止。只因她剛剛說的那回春堂大夫如今正試著湯藥的濃度，而顧婼、顧妍以及唐嬤嬤她們，正用冷銳的目光掃視著她，彷彿是要將她看出個透明窟窿。

回春堂大夫皺著眉望了眼鶯兒，又看到她身後站著的年輕大夫，無聲笑了笑。

任誰都知曉回春堂和濟寧堂是對頭，一邊是老字號，一邊是新秀，雖說都是治病救人，但私下裡競爭卻是十分激烈的。

他今日一直都在醫館裡坐堂，還是給剛剛那個愣頭青硬生生扛了過來，這找不到人可就真不知從何說起了。不過這種事發生在這些高門大戶裡卻是稀鬆平常，他就當一回耳聾，只作沒聽到好了。

鶯兒請來的年輕大夫還是新出師的，倨傲得很，最看不慣回春堂的老匹夫，一見人家已經在診治了，臉一黑，哼了聲道：「既然已有高明在前，在下就不獻醜了！」

他一拱手，甩袖就走了。

鶯兒臉色一白，看著屋內的情形不知作何反應，怔了會兒，這才哭著跪在唐嬤嬤面前。抬起手就打了自己幾巴掌，面上也很快顯出紅痕。「嬤嬤，奴婢無用，都是奴婢疏忽了，連這點小事都做不好……」

唐嬤嬤冷眼看著，扭了頭瞥見顧妍挺直腰桿，那麼瘦小的人，身上卻有種不管不顧的狠斷。

剛才若不是五小姐讓人趕緊去請大夫，等鶯兒這時候回來，夫人也該回天乏術了……

唐嬤嬤不敢想像那樣的結果，再望向鶯兒的目光早已冷透了。她讓人將鶯兒拖到外間去，不想在內室吵了柳氏休息。

顧妍牢牢握著母親的手，顧婼則親自給母親餵了藥，柳氏臉色總算好些了。

安氏合手唸了句「阿彌陀佛」，將西天諸位菩薩都感謝了一番，于氏和顧妤得知柳氏沒了性命之憂，都鬆了口氣，交代幾句後也各自回去。

「鶯兒，夫人待妳不薄！」唐嬤嬤冷硬的聲音隔著兩重門簾依舊傳了進來。

這位素日裡強硬果敢，不苟言笑的嬤嬤，到如今，也壓不住滿腔的怒火，或者，更多的其實是失望。

鶯兒、燕兒、雀兒、鸝兒，柳氏的四個大丫鬟，在這琉璃院裡都不少年歲了，從那麼一點點大的小丫頭，到如今，處了這麼多年，說沒有一點感情，那也是騙人的。鸝兒年歲最長，早年出嫁時，柳氏還給她添了二百兩的添妝，其他幾個小的羨慕，柳氏卻說以後人人都有。

這些人都是心腹，忠心耿耿，連唐嬤嬤也從未想過，有朝一日會被人在背後捅上一刀。

鶯兒在外頭嚶嚶啼哭說著自己沒有，哭得肝膽俱碎，說著哪怕死無葬身之地，也不敢對夫人不忠。

顧婼聽得頭疼，胸腔內的火氣如燎原般燒起，正要出去，卻被顧妍拉住了。「二姊在這裡陪著娘親吧，鶯兒嘴硬，總是要費些力氣的。」

顧妍盈盈站起來，又看了眼母親。連睡夢中都不甚安穩，皺著眉可是又作了什麼噩夢？那枯瘦的手指緊緊蜷在一起，顧妍就想起自己前世臨死前的模樣。

明明不想離開，可自己的意志，在生死面前，永遠是蒼白無力。娘親現在也是那樣痛苦吧？

顧妍仰著頭，怎麼也忍不住淚水奔流而出，雙手胡亂去抹，無奈越抹越多。她蹲下身子，雙手捂住臉，那嗚咽的聲音卡在喉嚨裡，像是想哭卻哭不出來，難聽極了。

顧婼別過臉，悄然抹去眼角滑下的濕潤。

沒一會兒，青禾用絲絹捧著一抔東西進來了，見到屋內的情形，愣了愣，幾步上前驚訝道：「五小姐？夫人她……」

話不敢說下去了，她方才按著吩咐去做事，並不知曉柳氏是否安好。

顧妍吸了吸鼻子，拿帕子隨意擦了擦臉，腫著一雙眼問：「東西找到了？」

「是，奴婢按著五小姐說的，在廚房後的花圃裡找新翻的土，挖出來後，就發現了這些藥渣。」

顧妍接過那絲絹裡包裹著的渣滓，輕輕撚了撚，遂冷笑了聲。「果然會咬人的狗不叫。」說完，提步就往外頭去了。

唐嬤嬤面無表情地看著鶯兒。她的面頰早被自己打得紅腫，嘴角隱隱看得出血跡，彷彿要用這種悲慘，證明自己有多麼無辜。

顧妍直接將手裡的東西扔到她的面前。「妳說藥渣已經扔了，早被廚房清掃的婆子提了出去，那這些又是什麼東西？藥材都還是新鮮的，這塊絲帕是誰的，妳不會不認得吧？」

鶯兒瞳孔一縮，怔怔望著面前地上黑黑的一塊。煙粉色的帕子早被漆黑的藥汁浸染了，可那上頭繡著的黃鶯鳥，卻還是明明白白的，嫩黃色的翅膀瑩亮鮮豔，好看極了。

鶯兒覺得眼睛刺得疼，膝行到顧妍面前連連磕頭。「五小姐，這不是奴婢的，給奴婢一百個膽子，奴婢也不敢……定是有誰，有人要加害奴婢，五小姐您明鑑啊！」

唐嬤嬤看出了名堂，冷冷望著她。「這絲線是雲袖坊的，府裡頭哪個丫鬟用得起？還不是夫人前些時日賞下來？」說到這兒已是不想與她多糾纏了。「鶯兒，妳說出來是誰指使的，也許還能少吃點苦頭，我的手段，妳是知道的……」

鶯兒突地打了個寒顫。

知道？怎麼能不知道？這個老婆子，看著嚴肅，凶殘起來更不是人！上回有個小丫頭私下裡說了幾句三夫人的壞話，竟被她生生拔去了舌頭！還不給飯吃……過沒多久就死了。

她呢？她又能堅持多久？少吃點苦頭……說得好聽，不還是不打算放過她嗎？

鶯兒蜷緊了手指，低垂下腦袋。鬢髮散下，擋住她的臉，面上還火辣辣地疼。
她做得這麼仔細小心，為什麼會出差錯呢？那個回春堂的大夫是怎麼來的？這些藥渣又是誰翻出來的！
「想清楚了，妳說是不說？」唐嬤嬤冰冷的聲調在她頭上響起。
就差一點點，明明就只要這麼一點，她就可以過好日子了……所有人都覺得她們這些大丫鬟體面，還不是整日任人呼來喝去？再體面，都不過是個丫鬟！一輩子都是奴才！她哪裡甘心？
不行！她要逃，她不能坐以待斃……
鶯兒心跳如擂鼓，從未有一刻如現在這般堅定，她猛地起身往外頭衝出去。
誰都沒料到她會有這一齣，唐嬤嬤怔了怔，才讓人趕緊出去追，可鶯兒跑得這樣快，好像只要她再快一點，就可以擺脫自己現下的命運。
然而不過片刻，一聲尖利的叫聲就此劃破天際。
顧妍心頭一跳，急急跑出去看。
鶯兒正捂著心口倒在影壁石前，大口大口吐著鮮血，目光怔怔地看著庭院中的人，既是不可思議，又帶了些怨毒。
是父親！
顧妍驀地後退兩步。

「一點規矩都沒有！」顧崇琰冷哼，動了動腳踝，顯然方才是他一腳踹在鶯兒的胸口。他掃了眼那奄奄一息的人，在看著她完全閉上眼後，這才轉過身。「怎麼都出來了？夫人怎麼樣了？」

唐嬤嬤給身邊的人使了個眼色，去看看鶯兒怎麼了，自己則趕忙將顧崇琰迎進去，語氣也帶了後怕。「幸好大夫來得及時……」

「這樣，那就好……」

淡淡的話，後面是什麼，顧妍聽不清了。她睜大眼睛，看著倒地不起的鶯兒，讓青禾也過去瞧瞧。

直到青禾回來，搖搖頭，顧妍才知曉，這是沒氣了……

被父親一腳踹在心口，然後，沒氣了？她們剛剛要出去追，只要將鶯兒押回來，有的是手段讓她招供的，可她就這樣死了？

顧妍悄悄攥緊了衣袖，脖子僵硬地往回轉，看著那早已放下的門簾子，一陣沈思。

顧崇琰正坐在床頭看著柳氏，眉心緊蹙，神色很是擔憂。

「大夫說沒事了嗎？」他低聲問道，好像是要確定什麼。

顧婼點點頭。她的眼睛還是紅紅的，聲帶哽咽。「等娘親醒了，再喝幾服藥，應該便沒事了。只這樣一來，娘親的身子越來越不好……」

顧崇琰輕拍她的肩膀，無聲安慰著。

「父親怎麼來了？」顧妍走過去，淡淡看著他。

顧崇琰一怔，臉色板起有些不悅，又擺出一副嚴父的模樣。「聽到妳們母親出了事，難道我還不能回來瞧瞧？」

「阿妍不是這個意思。」顧妍扯著嘴角笑，眼睛瞬也不瞬地看著他。「父親可知道，娘親為何會如此？」

「這……」

「娘親是被下了藥，就是您剛剛踢了的那個婢子做的。」她仰起頭，定定地望著顧崇琰，一字一頓地問：「父親，不知道的吧？」

一雙與柳氏一模一樣的杏眸看著自己，黑亮黑亮的，又問著這樣的話……顧崇琰竟覺得心中突地一跳。他一愣，旋即站起身，滿面怒容。

「那個賤婢！」袖著手在屋中踱了幾步，顧崇琰喚人將那鶯兒帶進來，要親自審問。

顧妍的手背在身後，握得更緊了。她低下頭去，緩緩地說：「父親，沒用了，鶯兒她已經死了。」

人證已死，哪裡還能問出什麼？

線索在這裡斷了，就因為父親一腳，在這裡斷了！

她是不是可以想到些什麼？儘管那樣的答案，讓人難以接受。不對，也不是那麼難以接受的，她早該接受的……父親但凡對母親有一點點留戀，也不至於在母親死後一月，便將李姨娘扶正，又添了個玉姨娘。

連最普通的升斗小民，都知道妻子死後，按照古禮制，丈夫要服喪一年，可父親這樣滿腹經綸之人卻全然不顧，是因為有了魏都這個後臺所以腰桿硬了？還是終於可以擺脫令人厭煩的柳氏，所以迫不及待了？

母親在父親心裡算什麼？他們這些孩子，在父親眼裡，又算是什麼！

「是這樣……早知道我就該下手輕一些的。」顧崇琰懊惱地嘆息。

氣氛一下子沈默了，顧崇琰像是自責了一會兒，又回去看了柳氏幾眼。

柳氏還昏睡著，沒什麼意識，他握著她的手，輕輕說道：「玉致，妳放心，我不會讓妳受委屈的……」

聲似軟綢，細柔和緩，母親的名字也是那樣清麗雅致，由父親清越的嗓音唸出來，竟有一種心心相印的錯覺。

顧妍印象裡極少見到父親這樣與母親說話，就連顧婼也是極少見到的。

可那又怎麼樣呢？母親還睡著，又能聽到父親說了什麼？

顧崇琰和唐嬤嬤去外間說話，聲音斷斷續續的，大致不過就是要唐嬤嬤徹查鶯兒，又說要請個好大夫到府裡來駐診，好照看柳氏的身子等等，說完他就走了。

顧婼靜靜坐了一會兒，這才平復下心情。她將屋內下人都趕出去，又冷笑了聲。「手伸得可真是長啊！竟然連鶯兒都收買下來！」

像鶯兒這樣被精心培養的大丫鬟都能操控，以後會是什麼？今日是鶯兒，明天是不是就是雀兒、燕兒？她哪來那麼大的本事，讓母親的人一個個地反水。

顧妍抬眸看她。「二姊覺得是李姨娘？」

「除了她還有誰？在這個家裡，還有誰有這個動機會對娘親下手？妳看她表面上溫婉賢良，心裡卻是一肚子壞水呢！看準了什麼東西必得得到了才好，父親是這樣，娘親的正室地位，同樣如此！」

顧妍垂著眼卻沒有說話。李氏骨子裡的貪婪，在往後的日子裡，自會原形畢露……只是，她不知道該怎麼給二姊提這個醒。

身邊要注意的人豈止是李姨娘一個？最危險的，是那誰也意想不到，是她們最可親可敬的父親啊！然而這種話說出去了，也很難令人信服。

顧妍「噌」一下就站了起來，如是問道：「李姨娘能給鶯兒什麼？鶯兒又缺了什麼？」

顧婼一驚，皺著眉細想，卻吶吶不得言。

顧妍就繼續說道：「那些背主之人，他們的目的，無非是利益二字……娘親從不缺銀錢，她對待下人都是寬和的，鶯兒若有什麼苦衷，對娘親坦然，娘親難道會置之不理？李姨娘不過是個姨娘，說白了也是半個下人。

「是，有父親的偏重，她比娘親與許還要體面，可家中敢說出去嗎？寵妾滅妻這種事，說出去了只會成為笑柄，給侯府抹黑。她眼下能有什麼權力，又能夠許諾鶯兒什麼，而鶯兒又憑什麼就答應為她賣命。正如二姊說的，鶯兒自小養在琉璃院，比起一般婢子都要親近許多，她能罔顧這麼多年情分，定是有什麼令她心動的地方，而李姨娘又憑什麼能夠提供。」

這番話一砸下來，顧婼有點懵，反應過來才瞇起了眼。「妳這是在為她辯解嗎？」

顧妍搖搖頭。「李姨娘的心腸，妳我都心知肚明，我又何必為她辯解……只是二姊，妳就沒有想過，在這件事上，若李姨娘真有能力來達成她的目的，她又何必蟄伏這許多年，還小心翼翼？她有這個心機，有這個謀算，她又哪來的底氣？她的後臺會是誰？」

她深深地望進顧婼的眼裡。「二姊，孤軍奮戰往往是最難的，她能撐到現在安然無恙，靠的都是什麼，是誰在寬縱著她？不要只相信眼睛看到的……娘親如今腹背受敵，都是處在怎樣的境地。」

窮盡她所能言，也只能說到這個程度了，再往後，便是大逆不道！

她不在乎這些，可不代表二姊不在乎。二姊對父親的孺慕尊敬有多深，對這個父親有多渴望，她都清楚。

果然顧婼顫抖著嘴唇看向她，那目光裡，除了不可思議，還有隱隱的憤怒。

什麼意思？顧妍說的這些話都是什麼意思？李姨娘憑了什麼？

自古妻妾成群者盡是些紈袴子弟，世家大族裡，姬妾不過就是個玩意兒，哪有一點地位？李姨娘在顧家算是好的了，不僅有單獨的院落，還有丫鬟、婆子伺候，顧婷縱然記在母親名下，卻是交由李姨娘撫養，這一切，不過是因為她得寵，比起母親柳氏，父親對李姨娘和顧婷，都是格外偏愛。她們所能依靠的，不就是父親？

因著父親的緣故，下頭的人也盡都見風轉舵，涎著臉往李姨娘那裡靠，甚至有人私下說，李姨娘早晚是會取代母親的。她一直不信這些，總覺得父親不過是被李姨娘迷惑住了，那些嚼舌根的人也盡都被處置掉，而父親飽讀詩書，又怎會在大是大非上犯糊塗？

顧婼打了個寒戰，一甩袖猛地站起身，冷聲道：「這種話，妳以後再也不要說了！我就當什麼都沒聽到！」

身側的拳頭握得那樣緊，顧妍知道，她還是聽進去了。只是，要接受這樣的事實，該有多難？前世的她何嘗不是如此，將一顆誠摯的心捧到人家面前，卻被摔成齏粉，潰爛成一灘膿水。

她無法現在就讓二姊接受這件事，但至少種下一顆懷疑的種子，那顆種子就在那裡，只要一點點甘霖滋潤，它自能長成參天大樹。

顧婼深吸了幾口氣就往門外去了，一掀開簾子發現唐嬤嬤正站在門口。她一怔，想到顧妍方才說的話，怕是都被嬤嬤聽到了。

唐嬤嬤神色沈沈的，顧婼忽然一點也不想聽她說話，微微頷首後便逕自走開了。

「五小姐……」唐嬤嬤輕聲喚了句，近到前來。

顧妍身形瘦小，站在那兒小小的一團，根本不夠看。額髮垂下，遮住了精緻的眉眼，如此居高臨下瞧過去，也只能看到那小巧玲瓏的鼻子和瘦削的面頰。

方才那些話，從這樣一個小兒口中吐出，委實驚奇了些，哪怕是她，都無法一下子想到這裡，原先當五小姐是早慧，只比尋常人聰明些，然如今看來，多智近乎妖……

「五小姐日後，還請謹言慎行。」良久，唐嬤嬤低下頭，深深福了一禮。

顧妍一愣，抬起頭來。女童眼睛裡短暫的懵懂，總算讓她看起來有點像是個將將滿十歲的孩子。

唐嬤嬤嘴角彎了彎，連看向她的目光都柔和起來了。「慧極必傷，五小姐以後還是愚笨些的好。」

從來只道望子成龍，望女成鳳，卻沒人和她說過，愚笨駑鈍一點也是好事。

「嬤嬤……」顧妍眼睛有點酸。

「五小姐，奴婢應該多謝您。」唐嬤嬤蹲下身子，與顧妍平視著，粗老褶皺的面容，一雙眼睛卻是極其明亮睿智。「若不是五小姐，夫人如今也不會好好的了，奴婢也萬萬想不出，會有誰想害夫人……」

「嬤嬤相信我說的？」

唐嬤嬤嘆了句。「鶯兒都死了……」

死無對證，本該是終了，可三爺出現得這樣及時，又這樣恰巧地將鶯兒了斷，這麼多巧合，她如何能夠不信。

「三爺，到底不是當年的三爺了……」唐嬤嬤長嘆。

當年的父親是什麼樣的，顧妍無從得知，然而那段留存在記憶裡，那母親與父親鶼鰈情深的片段，最不可思議的柔情，她其實可以猜到一點。

就如喧天鑼鼓震天響，那戲臺子上的生旦淨丑粉墨登場，看得人津津有味，演的人各顯神通。人活一世，興許也與這臺上戲子無異，父親也不過是其中之一罷了。

顧妍跪坐在床邊，將臉埋在母親的手掌裡。

作戲什麼的，都由別人去吧，娘親，您只管好好賞這一齣大戲便是。

柳氏醒後幾天，顧崇琰都沒有來看過她，鶯兒那裡什麼也沒有查出來，人死如燈滅，這件事也就不了了之。

顧婼再沒有提及當日柳氏病發之事，按著她從前的性子，不刨根究底定然不會甘休，如今緘口不言，便是下意識逃避。

人心的懦弱便是如此，在不願意相信或是害怕面對某事時，都會在心裡找好一百個理由，為他們開脫辯解，自欺欺人。

顧妍也不拆穿，更沒有逼她承認什麼，便當作那日什麼都未曾與她說過，顧婼緊繃的心情這才緩下來。

這日，就傳來兩個消息，其中之一，便是賀氏帶著顧媛從娘家回來了。

顧婼細細數了數，發現從賀氏離開到今日，正好是十五天，她驚訝地望著顧妍。「竟真的被妳猜對了。」

顧妍笑著擺擺手。

那賀家也算耕讀傳家了，在邯鄲當地是極有名望的，老夫人是賀家嫡長女，自幼便與長寧侯定下親事，當年侯府財物虧空，門庭落魄，無奈從南城遷往北城，都是老夫人帶著豐厚的嫁妝嫁過來，持家有道，這才挽救下來的。因而老夫人在侯府的地位無人能夠撼動，哪怕長寧侯心裡再如何厭棄，終究還是成全她的臉面。

可賀家這些輝煌都是四十年前的事了，如今的賀家早已是江河日下，不僅沒有出色的人才，小一輩的子嗣中還出了兩個紈袴，揮霍著家族基業，整日走馬鬥雞，流連煙花之地，一點點地掏空賀家的根本，如此每年都要老夫人接濟他們，這才能夠勉強維持大家族的門面。

現今賀家的族長是老夫人的姪子，亦是賀氏的長兄，那人資質平庸，無甚可取之處，娶的妻子閔氏更是個小家子氣的，對待兩個不像話的兒子溺愛到骨子裡，縱容著他們，上一世便是因為那兩個賀氏子孫強辱民女，閔氏四處託關係保他們，被女子丈夫死諫到成定帝面前，賀家才就此垮臺。

賀氏自幼時父親死後便被接到老夫人身邊養著，與她兄長的關係其實沒有那樣親近，賀家願意收容她和顧媛母女倆，好吃好喝供她住，也不過是看在老夫人每年都會給他們一筆不少銀錢的分上。

賀氏回娘家，一是因為賭氣，二也是為了刺激顧二爺，讓顧二爺低個頭來請她回去，以彰顯她在二房的地位多麼顯著。可她把握不住人心，顧二爺早已經不耐煩了，又怎還會做這種倒面子的事？

一、兩日尚可，四、五日閔氏就該有微詞了，七、八日賀氏的大哥也該找她談談了，到了十日，賀氏自己也要受不住回來了，這都是預料之中的事……

顧妍拉著顧婼道：「二姊答應我的事，可不許賴帳了。」

「自然不會。」顧婼沒好氣地說，就見顧妍突然笑了，她一愣。「妳不是想今日出去吧？」

顧妍當然要今日出去，這便是第二個消息。

胡掌櫃那兒總算有點眉目了，這幾日已經見到晏仲的身影，他每日申時都會去母親名下的那間茶樓，點一壺茉莉冰片，一坐便是半個時辰。一直都在尋找的人，竟然近在眼前，說不意外是假話，自從母親出了上回那樣的事，她便再等不及了，必得速戰速決。

顧婼有些猶豫。「娘親這兒我不放心，妳就不能緩幾天？」

見顧妍神色堅決，她又沒轍了，真弄不懂那陶然居裡有什麼吸引人的地方，何必這樣熱中？祖母其實不喜歡她們多出門的，尤其顧妍年歲還小。

「二姊若是走不開，可以讓伴月姊姊陪我去，只說是二姊讓她去辦點事，我便悄悄跟著一道，二姊大可放心，再不濟，還有青禾、忍冬在呢！」

顧婼還是遲疑。唐嬤嬤前兩日與她說，不要將五小姐當成普通的孩子，若她要做什麼，由著她去做就好了。

連唐嬤嬤都這樣了，她也沒什麼好說的，何況上回顧妍幫著母親死裡逃生，又與她說了那樣的話，她也隱隱能夠察覺到顧妍似乎聰慧過了頭，確實不大一樣。

顧婼嘆了口氣，讓伴月跟著她一道去，又吩咐道：「早去早回，一切小心。」

顧妍連連點頭保證。

讓芸娘用那番椒做了幾道菜式，顧妍捧著食盒便乘馬車一路去了東市廣平坊。

胡掌櫃親自出來迎接，道：「雅間已經備下，您說的那位還沒來，小姐可以先去歇息著。」

顧妍看了看時辰確實還早，讓胡掌櫃將食盒裡的菜餚熱著，等晏仲來了就呈上去，自己則先去了雅間。

第十二章

一輛不起眼的青帷馬車緩緩駛在青石路面上，車內一大一小就這麼大眼瞪小眼。

那個中年人穿了身黃褐色的細布袍子，闊額長眉，長相英武，自是晏仲無疑。而他對面的少女著一條月白色挑線裙，圓臉大眼，笑起來嘴邊兩個梨渦，很是可愛，竟是蕭若伊。

晏仲身形高大，縮在窄小的車廂裡，本就不適，何況又添了一個人。

他不耐煩地瞥了眼對方。「妳跟著我做什麼，去找妳大哥教妳騎馬去，我這老骨頭禁不起妳折騰。」說著，往車廂口又坐了少許，不想過多理會。

蕭若伊顯然沒有這個覺悟，她也往邊上挪了些。「上次燈會的時候燈籠還沒找齊，大哥才不會教我呢，而且他現在入了錦衣衛，正忙著，哪有工夫理我？」說著又笑起來，扳著手指算。「晏叔也不要過分自謙，您今歲三十又七，逢五添一，那便是四十……男人四十一枝花，您也不算老！」

什麼亂七八糟的！合著他原來又老了三歲！真不知道這孩子怎麼長的，兄妹兩個怎麼差了這麼多？

蕭瀝自小性子就有些孤冷，可蕭若伊卻是活潑過了頭，這還是從小養在太后身邊的結果呢！欣榮長公主早逝，只留了這麼一雙兒女，太后不往骨子裡疼寵，又怎麼對得起死去的女兒？

蕭瀝那小子自我意識太強了些，太后鞭長莫及，也只有對伊人縣主盡可能地寬容。可惜了，當真可惜了！

晏仲正想著事，蕭若伊一下湊到他面前，將他嚇了一跳。

「妳、妳就不能安分點？」晏仲是真的頭疼了。太后的心肝寶貝肉，他又不能真拿她怎麼樣。

「我知道晏叔在想什麼，是不是覺得，縣主就該有縣主的樣子？」蕭若伊就張開手在臉頰邊做出鮮花盛開狀，眨著眼問道：「那些一板一眼凡事按著規矩來，說話都細聲細氣的貴女，哪有我來得活潑可愛對不對？」

「……」這臭不要臉的！

蕭若伊不依，拉了他非要問出個所以然，晏仲只好道：「是是是，妳最好看！」他揉了揉眉心，覺得今日出門的時候沒翻黃曆真是個錯誤的決定。

馬車外的天很藍，東市一向都是極為熱鬧繁華的，只那廣平坊相較而言就清靜了些。前幾日在那茶樓喝了杯香茗，記憶裡的味道奔湧而來，從此一發不可收拾，一日不前去，就覺得渾身不適。

蕭若伊說得口有些乾，倒了杯水喝起來，世界總算安靜了。

等二人下了馬車，茶博士便上前將人迎進去。晏仲似乎感覺到這茶博士的態度比往日要殷勤許多，但想到自己這幾日也算是常客了，便沒放在心上。

「先生可還是如往常一般？」茶博士如是問道。

晏仲想了想，他一個人當然是無所謂，蕭若伊可是偷偷跟著他出來的，身邊連個婢子都沒帶，在外面拋頭露面又不合適，便要了雅間。

蕭若伊跟在晏仲身後左顧右盼，覺得也沒什麼特別。她十分清楚，晏叔的口味刁鑽，尋常難以入他的法眼，這幾日每每前來，定然是有什麼珍饈美饌，要不如此，她才懶得偷跑出來又死皮賴臉地湊上去呢！

雅間布置得清雅簡單，讓人很舒適，屋內案几上的三足蟾蜍小香爐裡已經焚燒起玉華香，一絲絲白煙裊裊，氣味極淡，朦朦朧朧間更有一種說不清道不明的恬靜，令人迷醉。

這樣的香，像極了某人調配出來的⋯⋯

晏仲一時有些恍惚，忽地蕭若伊「哇」的一聲，把他所有的思緒打亂，便見那人已經坐在案桌前，對著滿桌子的佳餚驚嘆不已。

他皺眉。以往來時，只點一壺花茶，至多還有些糕點，這些菜品，又是誰送上來的？

正想開口問問，就被那紅彤彤、火辣辣的顏色吸引了目光，那是一種⋯⋯家鄉的味道。

晏仲坐下，細細甄別起來，這樣的紅菜他從未見過，可這辛辣刺鼻的香味，確實挑動著他的神經，讓人口齒生津，彷彿肚子裡的饞蟲都開始叫囂翻滾起來。

「晏叔，你說這菜裡有沒有下毒？」蕭若伊睜著一雙眼問，目光牢牢鎖著那只白瓷大碗公裡紅彤彤的豬蹄。

晏仲剛想回答，蕭若伊又打斷了他的話。「沒關係，晏叔，我先幫你來試試！」說著也不管他了，率先拿起碗筷大快朵頤。

店家本來以為晏仲是一人來的，碗箸也只準備一套，現在被蕭若伊拿了，晏仲就沒了。就知道今日不該出門！

他咬牙，高聲叫道：「店家！再上一副碗筷！」

等店家上來了，一隻豬蹄都快被蕭若伊啃完了……她動作倒是挺優雅的，一點也不粗魯，只是這速度怎地就這麼快。

晏仲一雙眼瞪大，蕭若伊已經拿了帕子輕沾嘴角，喝起花茶來了。

她臉色有些潮紅，額角鼻尖出了汗，那表情卻是心滿意足極了。

晏仲一怔，下意識就挾了一塊水煮魚片。剛入口，嗆辣的滋味席捲舌尖，瞬間主宰了味蕾。魚片軟彈爽滑，淋上熱熱的辣油，蔥薑大料的香味滲入魚肉，既有山椒的爽麻，又有一股難以言喻的熱辣，每一口都是全新的體驗。

晏仲眼睛倏地一亮，一筷子一筷子根本停不下來。於是，等到二人停箸，望著滿桌子杯盤狼藉，都有些尷尬。

晏仲後知後覺，暗叫一聲糟糕。這桌子菜雖然他早就判別出來其中無毒無害，可來路不明，又如此對他口味，這麼莫名其妙出現，怎麼都不對勁。

他乾咳一聲，看蕭若伊優哉游哉喝著茶，眉心就是一蹙。

從前這丫頭沒跟過來的時候沒事，怎麼就好巧不巧是今日？難道是衝著伊人來的？可又有誰這麼未卜先知，猜得到伊人縣主的動向？

晏仲這時候反倒平靜下來了。既然能如此招待他們，總也不會是有惡意的，只怕是……有求於人。

這時，胡掌櫃便端了只托盤上來，看到二人桌上用得差不多了，心下鬆一口氣，又將顧妍吩咐的烏梅汁遞過去。「二位請慢用。」

蕭若伊倒是不客氣，對胡掌櫃笑了笑，便拿起來喝了，晏仲卻用犀利的眸光掃視著眼前這個微胖的漢子。

一張臉笑咪咪的，眼睛被擠得幾乎看不見，滿肚子肥膘，倒像是個酒囊飯袋，卻也是個喜怒不形於色的主兒。

晏仲正襟危坐。「你就沒有什麼要說的？」

胡掌櫃微笑。「先生還是先嚐嚐這烏梅汁吧。」

晏仲將信將疑，執起杯子輕輕呷了口，微涼的湯汁酸甜適度，沖淡了方才那些辣菜的餘韻，就如夏日一場暴雨，洗刷乾淨白日的喧鬧燥熱，到了傍晚，就是和風送爽的愜意舒適。

他眯著眼輕嘆了聲，微微頷首。「可以請你主子出來了。」

桌上的杯盤被人收了下去，蕭若伊滿足地撫了撫肚子。她的面色還因為吃辣菜而顯得紅潤，甚至嘴唇都有些腫起來，可神情卻是愜意自如的。

「果然跟著晏叔就有好事，您是怎麼發現這家茶館的？雖然口味重了些，但正合我意，在宮裡都沒有過這樣的……」

他也不知道好嗎？他只是覺得這家茶樓的花茶和用香都很熟悉，這才常來的。

但是，不得不說，方才那頓，咳咳……他很滿意。

蕭若伊玩起桌上那只紫金三足蟾蜍香爐。她抽著鼻子嗅了嗅。「這裡面的玉華香和別地的不大一樣，我聞著倒是更清雅些，一點也不膩味，都加了些什麼呀？」

她打開爐頂，用小銀針撥弄那正放在銅網上烘焙的香料，灰白的一團，都看不出什麼了。蕭若伊頓感興致缺缺。

「那其中放了海棠花瓣。」顧妍突兀的聲音闖入，各有所思的二人回過神來，她在門口頓了頓，笑問道：「可以進來嗎？」

蕭若伊睜大眼，指著眼前穿蜜合色對襟冬襖的人。「是妳！」

她站起來，很高興的樣子，疾步過去拉住顧妍的手。「妳怎麼會在這裡？上次過後我還想去找妳的，可又不知道妳是誰。」

找她？

顧妍有些驚訝。上次和伊人縣主的一面之緣，應該也不是什麼愉快的經歷吧？

還未待問，蕭若伊已經拉她過去坐下，對晏仲說道：「晏叔，她就是我上次和你提過的，只看了一眼就把那道燈謎猜出來了！」

晏仲饒有興致地望過去。她看著比起伊人好像還小了兩歲，瘦得很，身上裹得嚴實，膚色偏白，典型的脾虛不足……一雙眼倒是沈靜黑潤。

他有些不確定，設了今日這場宴的人，是這個孩子？

「小姑娘懂醫？」晏仲淡淡問道，尚算溫和的目光落在她的身上。

顧妍也在看他。晏仲比印象裡可年輕多了，身形魁梧，長眉入鬢，明明長了一張武夫的臉，卻偏偏做著最精細的事。

她搖搖頭。「稱不上懂，只看過藥典，知道些藥材的稱謂。」

回答得落落大方，全沒有半點小兒脾性，那舉手投足竟還有點似曾相識的錯覺。

晏仲一雙眼瞇起，教人瞧不出他心裡的想法。

顧妍也猜不準他的意思，又一次感嘆這副身子太小、太年輕，做事極不方便……可來都來了，又怎能打退堂鼓？她現在能靠的，也只有她自己而已。

蕭若伊問她：「妳剛說這裡面加了海棠，可據我所知，海棠沒香味，加了又有什麼用？」

顧妍道：「海棠確實無香，不能作為香料，但它卻是一味極好的香引，如藥引能引藥歸經，香引亦能做到引導匯聚作用。」

「香引？從沒聽過……」蕭若伊喃喃低語。

晏仲的眸子豁然睜大，他牢牢鎖著顧妍的臉。「妳叫什麼名字？」

「我姓顧，單名一個妍。」

「顧妍……」晏仲開始唸叨這兩個字，瞇著眼想了一會兒，噗的一聲就笑了。

他道是誰呢？原來又是個和柳建文能扯上干係的。

晏仲吸了口氣，隨意倚在靠背上，神色已經不再如方才那般和善了。「今日這一齣是妳安排的？」

「是。」顧妍頷首，笑盈盈地看過去。「不知晏先生可還滿意？」

滿意不滿意的先不說，這小丫頭膽子倒是挺大的！這麼點年紀就隨意從家裡跑出來，還這樣跟他說話，是以為有那層關係，他就不會拿她怎麼樣？

既然是為了他來的，定然也是為了治病，自來可有不少人求到他這裡，她倒是打聽得清楚，還知道投其所好，對症下藥，如此收買人心，委實是花了不少心思。

晏仲哼了聲，斜著眼睨她。「小丫頭，妳憑什麼以為我會幫妳？」那語氣都帶了點看好戲的意味了。

顧妍也沒有把握。他們現在的交談，本就不在一個層面上。晏仲這個人，她前世見過的次數都屈指可數，更別提接觸了，只偶爾聽人提過，多多少少地聽聞一些他的秉性。

這是個凡事都按著自己喜好來的，有一身好醫術，看病治人卻得看他的心情。他老大要是高興的時候，當然極好說話，萬一倒楣碰上他不樂意，你便是在他面前磕破了頭皮也無濟於事。

和他談惻隱之心或是醫德？別白費力氣了，這些東西他早就餵給狗吃了！

和他說救人一命，勝造七級浮屠？那他定會回你。「這世上要救的人這麼多，一人哪裡救得過來？人生苦短，還不如及時行樂。」

他所有的一切都是以自我為中心的，從一開始顧妍便只是在試。

「晏先生，這不是幫，這是一場交易。」她沈吟了片刻。「我知道我年紀小，說的話晏先生未必會放在心上，但請先生不要懷疑我的誠意。家母和胞弟被病痛苦纏良久，若非無可奈何，小女也不會求到先生這裡。素聞先生治病救人自有一套，小女願意按著先生的規矩來。」

他需要從她身上得到些什麼？就憑方才那一桌子的菜品？小孩子的想法到底簡單了些。

「小丫頭，都說外甥像舅，妳和妳舅舅可真是一點也不一樣。」他似笑非笑，目光堅決。「別白費力氣了，我是不會同意的！」

顧妍垂下眼眸。就知道他是個記短不記長的，因著舅舅的原因，便將相干人等一竿子打死。

她手指緊緊捏著衣袖，蕭若伊拉住了她。「妳母親和弟弟病得很重嗎？」

倒也不是嚴重到病入膏肓，只眼下情形對他們不利，她想多份保障。何況久病自成疾，長此以往，絕對不是好事。

顧妍搖搖頭，不想多說，蕭若伊就以為她是難過的，便看著晏仲道：「晏叔，你就幫一下人家啊，你醫術好，治個病又不在話下。」

一番恭維，在晏仲這裡並不管用，他這會兒酒足飯飽，正舒舒服服地靠在背椅上，老神在在。

蕭若伊看不下去了，逕自嘟囔了幾句，晏仲便抬了下眼皮子，道：「伊人，就是妳祖父，對我那也是客客氣氣的。」言下之意，無非是在責備蕭若伊不知禮數。

蕭若伊更不買帳了，她皺皺鼻子，道：「祖父是祖父，我是我，何況我又沒說錯，你就是為老不尊！」

晏仲當下氣樂了。「剛剛誰還跟我說，男人四十一枝花，我一點也不老的？」

她有說過這種話嗎？就算說過，現在也不算數了。

蕭若伊哼了聲，邊拉著顧妍往外走，便說道：「妳別理那人，他就是個驢脾氣，他不肯治，我給妳請太醫院的院判，誰說就非要他不可了？」

顧妍啼笑皆非，頓住了腳步。「縣主，這就不必了。」

等太醫院院判一來，顧家就該炸開鍋了，那些趨炎附勢之人一個個蜂擁而至旁敲側擊的，煩不勝煩，對他們而言有害無益。

但想到蕭若伊也是好意，顧妍又長謝一番。「晏先生現在不答應，以後卻是說不準的。」

蕭若伊眼睛一亮。「妳有辦法？」

「可以試試。」她也不敢說得太滿。「若是實在不行，也只能說天意如此。」

「是妳的話定然沒問題的！」蕭若伊篤定。

顧妍也不知她為何會有這種想法，明明從前互不相識，又怎會對她格外信任？

蕭若伊將隨身佩戴的一塊玲瓏珮給她。「妳若是有什麼麻煩，可以拿這個去國公府找我，至少這兩個月我還是在府裡的。」

那玉是冰種翡翠，藍水飄花，下方掛了兩個赤金小香球，走起路來叮噹作響，做工精良，一看便十分貴重，顧妍惶惶不敢收。

蕭若伊笑道：「放心，這不是皇家物，於我而言也不過是一件飾品，難道用來交妳這個朋友還不成嗎？」

她又不是傻，拿那些宮裡頭御賜的東西給人家，那才是存心給人招不痛快。

顧妍這下反倒不好不收了，她瞧了瞧，將腰間別的碧璽玉打攢心梅花的絡子遞過去，當作回禮。

雖然比不上玲瓏珮的，蕭若伊卻很高興。「這絡子打得真好！」

「是我母親打的。」顧妍道。

「這樣啊……」她目光露出了些許羨慕。

顧妍想到欣榮長公主逝世的時候，伊人縣主不過孩提，此後被太后接入宮中，只每年回府上住一段時日，對母親的記憶其實淺薄至極。

然而蕭若伊並未想太多，珍而重之地將絡子收下，二人說了幾句話，顧妍便告辭了。

臨走前，蕭若伊拉著她，拍著胸脯信誓旦旦，說：「如果晏叔還是不答應，我會幫妳的！」

這樣的神情，恍惚間似乎和衡之很像，每當她做了新的糕點給他，他都是這樣雙目放光的。

果然下一刻蕭若伊湊到她的耳邊，輕聲道：「只要妳時不時給我送些今日那樣的紅菜就好啦！」

顧妍無言。「……」

終於在蕭若伊滿是期待的眼神中應下來，蕭若伊高興地揮手與她告別。

馬車車輪吱吱呀呀的輾壓聲枯燥乏味，顧妍自車簾放下後便神色凝重。

果然……還是不行嗎？

她搖晃著那玲瓏珮上的赤金香球，鈴玎的撞擊聲清脆動聽，不由輕笑。伊人縣主今日的出現確實始料未及，對她那樣的態度更讓她不明就裡，但好在，似乎不是壞事。

伴月瞥見她嘴邊彎起的淺笑，又猜不出五小姐究竟在想什麼。既然來了廣平坊的茶樓，卻只要了盞茶喝，什麼也不做，又讓她去隔壁街的鋪子買蜜餞山楂。她心知這是為了支走她，又礙於身分只好照辦，緊趕慢趕地回來，只見她和一個年紀相仿的小娘子說著話，還互換了腰佩。

難不成五小姐就只是為了見一見那個小娘子？

伴月心裡有無數個問題，心想著回去要如何給二小姐報備，馬車已經悠悠然回了九彎胡同。

如來時一般，從角門回了府，青禾正候在二門處，既算是觀望，也可做把風。

「沒什麼特別的事吧？」顧妍原也只是隨意問問，青禾卻欲言又止。

青禾緊緊蹙了眉，道：「二少爺從國子監回來了，據說是將太學許博士氣壞了，還刮了人家的鬍子，偷偷跑了回來……世子夫人將二少爺領去寧壽堂，二少爺的書僮都被打發了，就連二少爺，也用了家法。」

顧妍一驚，急急問道：「現在怎樣了，二哥呢？還好嗎？」

從二哥離開至今，也才一個月吧，再過不久便是童試開考，二哥果然是在這之前回來了。

安氏期望有多大，失望就有多大。哪怕二哥是參考了，就算考不上也不打緊，可這樣鬧開，貿然地回來，簡直是丟盡了臉面，而安氏最在意的就是她那張臉了。

祠堂裡供奉的那根烏木，小兒臂粗，堅硬如鐵，外頭裹了一層黑漆，油光發亮，是顧家祖先為警醒後人而留下來的，卻已經長久未曾用過了。那樣生生打下來，怎麼會沒事？

她本想如果二哥回來，她想想辦法也許能幫他免過這一頓打，到底還是沒趕上。

青禾忙道：「打了十幾下，被老夫人和世子攔下來了，已經請大夫看過了，如今正在房裡歇著。」

對外自然也就是聲稱顧家二少爺病了，無法參加童試。

顧妍不由冷笑。安氏除了這點本事，再沒了嗎？怕二哥出去了會跟人家亂說，讓她沒了面子，所以就要傷了二哥，連一個機會也不給，不是自己身上掉下來的肉，所以她一點也不心疼，就可以隨意糟蹋是嗎？

顧妍覺得自己全身血液都要沸騰了，氣得心裡一抽一抽地疼。她從伴月手裡拿過剛買的蜜餞山楂，她二話不說就往顧修之的院子去。

顧修之的院落名為留青堂，外面種了一片竹林，濃蔭匝地，樹影婆娑。

這片竹林是安氏讓人栽的，為了仿效蘇大學士「寧可食無肉，不可居無竹」，怡情養性，陶冶情操。可她從沒想過，二哥根本不喜歡這些。

顧妍一路穿過竹林，都沒見到什麼人，她心知這是安氏吩咐的，下人不敢違逆，院外還把守了幾個身形魁梧、膀大腰圓的婆子，大剌剌搬了個板凳坐著，像是幾尊門神。

顧妍給青禾使了個眼色，青禾會意地上前給每人都塞了兩個銀錁子，甜甜笑著說：「幾位嬤嬤辛苦了，一點點心意，還請嬤嬤們收下。」

一個銀錁子足有三錢，兩個下來都抵得過她們近兩個月的月錢了！

幾個婆子牢牢攥緊在手裡，看了眼顧妍正巴巴地望著她們。

都知道二少爺和五小姐最要好了，二少爺受罰，五小姐來探視也沒什麼奇怪，三夫人身家不菲，連帶著三房的小姐出手也這般大方。

婆子們心裡自然是樂的，咳了聲，低低地道：「五小姐請快些，夫人吩咐了不准人靠近。」

顧妍連連道謝，讓青禾守在外頭，自己疾步進了院門。

大約是真要顧修之吃點苦頭，安氏連個端茶遞水的丫鬟都沒有留下，陽光斜斜地照進來，樹影斑駁落在窗子上，屋內昏昏暗暗的。

顧修之正趴在床上，只著了件單衣，看樣子是上過藥了。他似是想稍稍挪一挪，不想牽動了背後的傷口，疼得「嘶」一聲抽了口涼氣。

顧妍噔噔地跑過去，按住他，讓他別動。「二哥想要什麼，說一聲就是了。」

顧修之還有點懵，再仔細一看是顧妍，卻笑開了。「阿妍！」

他覺得自己這樣趴著不像樣子，掙扎著要坐起來，顧妍又按著他，不許他動。

顧修之就當真不動了，任由顧妍拿絹帕給他擦汗。那帕子上沾染的淡淡幽香，和她繡給自己的香囊味道極像。

顧妍看他嘴唇都乾得發白了，忙去倒了杯茶水。茶是涼的，可眼下也顧不得，只能餵給他喝，又嗔道：「被打了還笑得出來！」

顧修之急急將一杯子水喝得乾淨，舔了舔嘴唇，說：「還要。」

又一杯冷茶灌下來，他總算是好受些了。

顧妍也覺得安氏做得有點過分，再如何也不能連個伺候的人都不留。

「這些是給我的？」顧修之瞧著顧妍放在一邊的桑皮油紙包，問：「都是什麼？」

「你喜歡的。」

她拿過來在他面前打開，顧修之撚了粒桃脯就放進嘴裡，瞇著一雙眼，連眉心都舒展了幾分。

顧妍又突然不知道該說些什麼好了。事情都已經發生，再去追究什麼毫無意義，何況二哥總有他自己的考量，揚名立萬從來都不是只有仕途一條道，更別提二哥的天賦和心思本就不在這上頭。

等顧修之又撚了粒蜜棗放進嘴裡，她開口問道：「大伯母準備怎麼做？」

就這麼關著他，給個教訓，讓他認個錯服個軟，然後這件事就這麼算了？

不，安氏可不是那麼容易妥協的人！二哥是她唯一的兒子，以後整個長寧侯府都會是長房的，未來也是要交給二哥的，安氏必須要趁現在拿捏住二哥，否則等日後鳥兒翅膀硬了，她也就失去掌控的能力。

「她還能做什麼？不就來來回回那麼幾個花樣？把所有問題全部歸咎於我的心不靜，那是缺了管束！管束？她從小可沒少管我，到頭來又怎麼樣了？」顧修之嘴邊的笑容淡了下來，他扯了扯嘴角，露出一抹苦笑。「許博士那鬍子就是我故意刮的，那老頭子就是個老儒，迂腐得很，見我沒什麼天賦就和稀泥，隨意敷衍，我就看不慣他那樣子！他既然寶貝他那幾根白鬍子，我就給他弄了！」

他這是想對誰發脾氣呢？是許博士？還是安氏？又或許，他只是想對他自己發發脾氣？

顧修之撚了粒山楂放到嘴裡，有點酸，他五官都皺起來了。

「她還想給我說親了！」他冷笑起來，抬眸深深望進顧妍的眼裡。「都道成家立業，說什麼男兒成了家，那一顆心也就收了，身上擔子重起來，自然而然是要思進取、發憤圖強的。」

顧妍心中一驚。二哥今年剛滿十五，按理，確實可以說親了，可……未來擔當這個家族主母的大婦哪那麼容易找，更遑論二哥如今一事無成，他也沒有半點要成親的意思。

「我是她的誰啊，她要這樣糟蹋我！」顧修之情緒激動起來。「我骨子裡壓根兒沒有一點點顧家人的血，憑什麼就隨了顧家的人讀那四書五經？她把我拉進來，就有沒有問過我想不想？」

後面的話被堵在喉嚨裡，顧妍捂著他的嘴，不許他再說了。

她四下看了看，見確實沒有人，這才鬆了口氣。

「二哥！」顧妍跪坐在床前踏板上，看著顧修之發白的臉上充滿痛與恨的眼睛，好像一下子回到那個炎熱的午後。

樹上的蟬叫得好響，「知了」、「知了」地沒完，花園裡樹長得很茂密，鬱鬱蔥蔥的，誰都沒有發現那灌木叢底下還蹲著一個孩子，嚶嚶啼哭都被蟬鳴聲蓋住了。

她心裡是極不好受的，將打碎花瓶的責任推給二姊，雖然為自己未被懲罰而僥倖，但看著姊姊的眼神，卻也是悔的。

二哥找到她的時候，她已經哭不出來了，腫著一雙眼睛，一道道淚痕乾在臉上很難看，二哥笑她是花貓，卻又拿了一粒窩絲糖出來塞在她嘴裡。

她喜歡吃甜食，可也沒有二哥那麼喜歡，她剛剛吃完一顆，二哥都吃了兩顆了。兩個人在灌木叢下面你一顆我一顆，誰都沒有發現。

角落裡幾叢梔子花開得正好，香味飄飄蕩蕩的，一直縈繞在鼻尖。

他們就這麼安安靜靜地坐著，也不管地上的塵土弄髒了衣裳。可誰都沒想到，會有人那樣不期然地闖進來。

「修之又蹺課了？」

很熟悉的聲音，淡淡的語調裡帶著顯而易見的威嚴，只是那語氣，與大伯母平日裡的溫和又很不一樣。

顧修之翻了個白眼，拉著顧妍又往更密集的樹叢裡躲去。

大伯母總是逼著二哥念書，二哥不喜歡，便每每將先生氣走，自己偷跑出來。顧妍也覺得讀書沒什麼意思，又覺得這樣玩躲貓貓很有趣，笑嘻嘻地跟他擠在幾大叢梔子花樹的中間，靜悄悄地不說話。

安氏身邊還跟了常嬤嬤，兩人的聲音都壓得低低的，由遠及近。常嬤嬤左顧右盼了一番，見沒什麼人，這才放心大膽地說起來。「夫人，不是老奴多嘴，二少爺的性子委實太皮實了，既不像世子，也不像夫人，這些年漸漸長大，這容貌也……」

安氏一眼瞪過來，常嬤嬤連忙縮了縮腦袋噤聲，畏畏縮縮立在一邊。

安氏深深吸幾口氣，抬眼望向天上炎炎烈日。明亮的日光下，那從來都是慈和微笑的臉上，生出幾抹痛苦哀愁。

顧妍透過樹叢枝葉，一點一點看得很分明。

她側頭去看顧修之，顯然顧修之也瞧見了。他皺起眉，神色黯淡下來。

大約是覺得自己確實對不起大伯母了。

大伯母雖然對他嚴厲不假辭色，但畢竟是生身母親，哪能不心疼自己孩子的？究其原因也只是嚴厲了些。

顧修之挪了挪身子，想要出去認個錯，可安氏又說話了。

「既然當初作了這樣的決定，就沒什麼好後悔的。他雖然不是我生的，但眼下總是我的兒子，我現在的、將來的一切都要靠他，就是他不姓顧又如何？只要他一日是我兒子，就是塊朽木，我也要給他變成棟梁！」

盛夏午後的園林靜謐得很，極少會有人踏足，安氏那樣的話鏗鏘有力，一瞬間從眼裡露出的凶光，讓兩個孩子都有些無法適從。

顧修之怔怔望著那個方向，身子僵在那裡，竟是一動不動一下。

顧妍有些不明白安氏話裡的意思，什麼叫二哥不是大伯母生的？什麼叫二哥不姓顧？

安氏居然捂著臉低低哭起來了，常嬤嬤忙上前去小聲安慰。「夫人可是又想起小姐了？」

小姐是誰？是大姊顧姚？

安氏拿帕子捂住嘴，眼淚撲簌簌地往下掉，顧妍還是第一次見到大伯母這麼脆弱的模樣。

「我的孩子，過兩日便該是她的生辰了，卻也是她的忌日，她都沒好好睜眼看看我，看看她的娘親，就這麼去了……」

常嬤嬤上前去細聲安慰，總算安氏的情緒平復了幾分。她深深吸了口氣。「多備些香燭紙錢，我兒也該十二歲了，去普化寺找高僧作場法事，也為我兒過一場陰壽。」

她們開始走過來了，說話的聲音越發靠近。

顧妍也不知當時是怎麼想的，拉住顧修之，讓他再往裡一些。她本能地覺得，這時候如果被發現，會很麻煩。

然而顧修之動也不動，他的臉色慘白，雙唇顫抖，眼睛通紅，烈日炎炎的盛夏，額上的汗滴答滴答落在土裡，又被塵土迅速掩埋。

梔子花甜膩的香味飄起來，像是黏在肌膚上，噁心得讓人幾欲作嘔。

顧妍便這樣捂著他的嘴，不讓他出聲，用力地捂著。嫩白的小手遮住他的臉，她能看到的，也只有那雙絕望而哀慟的眼睛，如眼下一樣。

當年顧大爺為懿寧太后陵寢修繕祭祀一事遠赴遼東襄平，途中遇大批流民搶掠而下落不明，已是身懷六甲的安氏用盡關係想探尋顧大爺下落，最後甚至遠赴廣寧去尋昔年的手帕交幫忙。

顧大爺被當地土匪劫掠，動用軍隊的力量才就此逃出生天，而安氏也是在遼東撫順關境內生下的孩子、坐的月子，回來時顧修之都是白白胖胖的了。老夫人還找高僧為顧修之批命，找了道士為他算卦，都道是大富大貴之相，是個極有福氣的。

府裡的人都極其高興，尤其在長房當時還有一個成日病懨懨的大少爺的情況下，健朗而有福相的二少爺就理所當然承載長房乃至長寧侯府所有的希望。

在之前，從沒有人懷疑過，二哥的身分。

顧妍看著面前英朗的少年。他的眉眼不像顧家人的陰柔秀美，眉毛濃且粗，五官要深邃一些，只平時按著安氏的要求打扮清雅，多多少少看起來有些名士風流之姿。

「二哥既然一日姓顧，便一日是顧家的人。」顧妍低聲說道，看著他漸漸暗下去的眸子，她鬆開手。「便是反抗了，二哥現在又能做什麼？如今日一般，再被打一頓嗎？你今日受得住，以後又能如何？」

「那不然，我就被她牽著鼻子走？」顧修之強撐著坐起身，疼得齜牙咧嘴。

這回顧妍也不攔著他了，任他一拳打在木架子床的橫欄上。「她拿我當什麼？鞏固她地位的保證？還是為她爭面子的工具？」

「那麼，就讓自己強大起來。」顧妍直直看進他的眼睛。「就強大到……她掌控不了你的腳步，主宰不了你的命運，強大到二哥可以做自己一直想做的事。」

泥潭深陷，步履維艱，不是放棄掙扎自生自滅，也不是用盡全力越陷越深，而是給自己找一條合適的途徑，將自己帶出這深淵。

她是這樣，二哥，也是這樣的。

這樣的話讓顧修之愣怔了好一會兒，他睜大眼睛看著顧妍，一時有些反應不過來。

面前的人明眸皓齒，眉眼清晰，臉頰粉嫩，彷彿能掐出水來，分明是這樣熟悉，可為什麼他覺得，有一瞬，他都不認識她了。

青禾輕輕敲響了門，原是那些個把門的婆子一個個已經等得不耐煩了。

「二哥，既然靠不了別人，我們就靠自己，從來沒有什麼事都一帆風順的，二哥既是塊金子，便終有一日會發光發亮。」顧妍站起身，讓顧修之重新躺下去，幫他掖了掖被子，低聲說：「二哥先休息吧，我明日再來瞧你。」

直到那纖細瘦小的女孩消失在視線裡，顧修之始終怔怔地盯著一個方向。

殘陽如血，顧妍對著被晚霞染紅的天際長長嘆了聲。

安氏既然要開始著手二哥的婚事，那相看女方也是早晚的事了。登門造訪總有多番束縛不便，相較而言，寺廟、庵堂、道觀這些地方，除卻善男信女求神拜佛外，也成了各家約見的場所。

去普化寺祈福燒香已是近在眼前之事了。上一世的衡之，就是在去祈福燒香的路上驚馬而亡的。多少次，衡之從病痛中死裡逃生，卻最終消亡在這場意外裡。

意外？若真是意外，未免發生得太過巧合了！

為何其他的馬匹都沒事，唯獨衡之和二姊坐的那輛出了問題？前去普化寺的一路都用青石板鋪得嚴嚴整整，哪裡就那麼巧出現一塊大石頭，又這麼巧讓衡之碰上了？

三房就這麼一個子嗣，衡之沒了，三房也沒了承繼人，怎麼又偏偏在這當口，李姨娘有了身孕？而待李姨娘生下幼子顧徊之，整個顧家的一切，都成了他們母子倆的，這若真是巧合，那什麼又稱得上是謀算？

顧妍只要想想那時在棺槨裡躺著無聲無息的顧衡之，就覺得自己的喉嚨被緊緊扼住一般難受。都說雙生子之間有一種特殊的聯結，那時大約便是覺得，另一個自己就這樣死了。好像有什麼東西，從自己身上硬生生被拔去了，連心裡都空了一塊。

顧妍一路想一路走，腳步飛快。不能再讓這樣的事發生了。

顧修之的留青堂在靠近二門的地方，進出往來都十分方便，垂花拱門後是一片花園，如今初春乍暖還寒，許多草木都冒了綠尖，甚至有幾枝爭鬧的虞美人悄悄支起了花骨朵。

顧妍一心想著事，也未曾留意那花園小徑上正徐徐走來的主僕二人。

「五小姐！」

一聲清亮的呼喚，讓顧妍停下腳步，她隔著幾棵老桃樹的枝椏，迷迷濛濛地瞧見一個穿了大紅遍地金的團花圓領長襖的女子正款款走來。蓮步輕移，動作舒緩，一手由身邊婢子扶著，一手輕輕搭在自己隆起的小腹上，明豔的面龐彷彿都鍍上了夕陽燦燦的金光。

竟是秦姨娘。

顧妍心中納悶，還是轉身輕輕頷首，算是打過招呼。

這位秦姨娘最近也算是風生水起了，賀氏被她氣得回娘家，她肚子裡揣著顧二爺的骨肉，連老夫人都格外看重，顧二爺每天都會前去探望，哪怕賀氏回來了，都未改變什麼。前些日子都安安分分在院子裡養胎，極少出門，如今賀氏回來了，倒出來溜達了，還穿這樣豔麗的顏色。

按理，妾室是不能穿大紅的，主母著大紅色，妾室只能用煙粉或桃紅來襯，她這麼大搖大擺出來，是什麼意思？

秦姨娘近到跟前，非常慈愛地看著顧妍。她馬上要做母親了，對小孩子總有種特別的喜愛，都想靠近了逗弄一番。「五小姐出來玩？」

顧妍覺得她的目光就是在看小孩子，是看著那種只有三、四歲幼齒小兒的目光，那她就索性裝一裝又如何？

「是啊，秦姨娘身子不便，怎麼不好好歇著？」

見她笑容甜甜的，懂事又乖巧的樣子，秦姨娘一顆心也跟著軟化，輕聲笑道：「大夫說多走動走動是好事，這兒虞美人開了，我便來瞧一瞧。」

顧妍笑著伸出手，也要摸摸她的肚子。「這裡面會是阿妍的弟弟嗎？」

指尖剛要碰到，秦姨娘身邊的婢子便伸手扼住顧妍的手腕，力勁極大，那指腹粗糙的厚繭硌得她很疼。

「五小姐，當心些。」那婢子定定看著顧妍，啟唇緩緩地說道。

顧妍抬眸看向她，很陌生的臉，平凡普通至極，沒什麼特徵，只是她的目光，卻懾人得很。她不適地掙脫開手，揉了揉有些痠痛的腕子。

秦姨娘很高興聽到這樣的話，可一時又有些尷尬，她斜過眼嗔道：「素月，妳失禮了！」

說的話雖是責備，卻一點也不像是真的怪罪。

秦姨娘伸手替顧妍揉著腕子，柔聲道：「素月只是嚴肅了些，妳別怪她。」

素月又走上前輕聲道：「姨娘，時候差不多，該回去了。」

秦姨娘還有些意猶未盡，可猶豫了一瞬，竟也點頭答應了。「五小姐若是高興，可以來找姨娘玩。」

於是，秦姨娘便在素月攙扶下慢慢往回走，顧妍不由眯了眯眼睛。

記得那日秦姨娘來侯府的時候，身邊跟的婢子分明不是眼前這個的，而且目前看起來，似乎秦姨娘很「聽話」，這就有意思了。

她摸了摸手上被捏出來的一道紅痕。方才素月的手指觸碰到她的腕子時，她能感到那手指掌心厚實粗礪的硬繭，主要集中在四指的第二指節和虎口處。

看她的身形，也不像是做粗活的，再說做什麼粗活，能把手磨成這樣？倒是有點像長年握劍或是使用弓箭的人才留下的痕跡。

侯府什麼時候出現過這樣的下人？

「青禾，妳認不認識那個素月？」

青禾搖搖頭。「不曾，從未見過。需不需要奴婢去打聽一下？」

她多數情況下都是跟著小姐的，有時跑腿辦事，認識的人也很多，卻從未見過素月。

顧妍微笑著看她，青禾這段時日倒是越來越得她心意了。「小心些，別教人瞧出來。」

「是！」

第十三章

天色漸漸暗下來，褪去白日的浮華喧囂，一抹亮銀色交際在暗藍與亮橙之間，隱隱能瞧見星月朦朧的影子。

蕭若伊在晏仲的掩護下安然回府，輕車熟路地一路往自己的院子走去。拐了個彎，跨過月洞門，燈光有些暗了，風一吹，燭火明明滅滅的，她打了個哆嗦，恰好一個沈沈的聲音便飄忽在身後。

「去哪兒了？」

蕭若伊嚇了一跳，回身看到一抹長身玉立的身影，雙手抱胸倚靠在門邊，目光正淡淡地看著她，這才長長吁了口氣。

「你、你走路就不能出點聲？」蕭若伊拍了拍胸口，仍有些後怕，差點還當是什麼不乾淨的東西找上她了。

蕭瀝無奈地勾唇。「不做虧心事，不怕鬼敲門，妳做了什麼，嚇成這樣？」

他直起身子，身影一下子又高大了幾分，身上還穿著寬袖棕黃的飛魚服，竟還是上衙時的著裝。

蕭若伊癟嘴。「你不是都知道嗎？還問我？」

身為錦衣衛左指揮僉事，他要查什麼查不出來？更別提她的行蹤了。

蕭瀝沈默，黑暗裡看不清楚他的神情。過了會兒，他道：「伊人，最近不太平，妳少出去。」

蕭若伊翻了個白眼。「大哥，有晏叔在，我能怎麼樣？你妹妹我機靈著呢！何況，光天化日，朗朗乾坤，天子腳下，前有神機營坐鎮，中有五城兵馬司巡衛，不還有你們錦衣衛做秘密工作，能有什麼不太平？」

未料，蕭瀝似乎更嚴肅了。「伊人，我不是在說笑。」

蕭若伊投降了，舉著手道：「是，我知道了，我以後如非必要，絕不出門。」

真是個沒有情趣的木頭！這府裡糟心事那麼多，還不得憋壞她？

蕭瀝卻像是能聽到她想什麼，皺起眉道：「王淑妃宮裡的波斯貓剛產了幼崽，妳若是覺得無趣，我去幫妳討一隻來。」

蕭若伊眼睛一亮。「真的？王淑妃可寶貝她那兩隻波斯貓了，有一次我向她討要，她都不肯鬆口，你去向她要，她就肯給了？還真是差別對待啊！」

蕭瀝搖搖頭不再說了，提步就要走，誰知蕭若伊就這麼纏上來。

「大哥，你知不知道我今日遇著誰了？你肯定猜不到！」她獻寶似的拿出從顧妍那裡得來的絡子，道：「你看，這就是她送給我的，是不是很好看？」

蕭瀝瞥了眼，覺得有些眼熟，在哪裡見著過。

「就是那個上元時奪了我那只哪吒鬧海燈籠的小姑娘，記得嗎？」

蕭瀝當然記得。別人看他的時候，或許是驚慕，或許是恐懼，或許是羨妒，卻從沒有她那樣的……怎麼說呢，除卻那種本身濃烈的抗拒外，還有一絲絲莫名其妙的憐憫。

「哦，然後呢？」語氣很淡很淡，也聽不出什麼特別。

蕭若伊眼裡卻閃過一道得逞般的狡黠光芒。她頓住腳步，皺起了臉。「她太可憐了！母親和弟弟病入膏肓，好不容易找到晏叔這裡來，要請他救治，可晏叔不肯幫忙，她又是跪又是求，哭得好慘，就差沒以死相逼了，晏叔還是那樣鐵石心腸……」說著就揉起眼睛，似是為了人家同情心酸。

蕭瀝又是沈默，這讓蕭若伊覺得，好像自己在唱獨角戲。

「伊人。」

她怔怔抬起頭來，望進那雙夜幕裡黑亮的眸子。

「伊人，妳在笑。」他無奈地搖頭，嘆了聲先走一步。

那個人若真如伊人說的那樣，也不至於全副武裝將自己鎖進厚實的囚牢了。她完全可以哭一聲或是求一聲，等著別人為她解決所有事。然而，卻偏偏要用那麼瘦小的身子，執拗地站在前面。何必這樣累呢？

蕭若伊摸了摸嘴唇，在觸及唇邊拚命上揚的弧度時，內心哀號一聲，她就應該忍一忍的！

「大哥，你聽我說，雖然有些誇張了，但我說的話是真的！她母親和弟弟真的病了，晏叔真的不肯治呢！我說的都是真的……」

是真的又如何，與他又有何干係？萍水相逢，無親無故，兩個沒有絲毫瓜葛的人，他去知道這些做什麼？

蕭若伊追著他說了許久，見他沒有反應，這才覺得無趣，扭頭回了自己院子。

蕭瀝對她無奈得很。他們一母同胞，自小接觸的時間卻是少之又少。他去西北軍營那會兒，伊人才四歲，剛剛牙牙學語的孩子，還會拉著他的手叫哥哥，頂著兩個包子髻在他手裡一蹭一蹭的，癢極了。

現在的伊人比小時候更活潑了，他該感謝她這樣的性子，作為她的兄長，在面對她時不至於尷尬無力。

蕭瀝回了寧古堂。

這是鎮國公府歷來世子的居所，從前屬於他的父親，現在就成了他的。不過他也知道，這裡總有一天，是要重新回到父親手上的，早晚而已。

嘴角勾起了一抹譏諷的笑，他剛剛踏入院門，就有兩個豐滿的婢子出來迎接，香粉脂膏味熏得他眉毛大皺。

二月陰寒的晚上，一個個卻穿著薄紗絲衣，豐腴白淨的身子在月光下閃著惑人的光澤，目光纏綿又水潤地望著他。

「誰讓妳們來的？」蕭瀝閃身避開她們，淡淡說道：「從哪兒來回哪兒去。」

他拂袖就往屋裡走，高大挺拔的身影結實又緊緻，更別提少年恍若天人般俊美的姿容，府裡有多少丫鬟都暗暗覬覦著世子。

那兩個婢子相互對視一眼，卻又近前了幾步。世子如今正是年少力壯的時候，男人麼，哪有不偷腥的？前幾年他遠在西北，那地方苦寒貧瘠，自是比不得京都富麗堂皇，如今回了府，不好好把握機會，教世子知道什麼是溫柔鄉芙蓉帳，豈不白費了良機？

「世子……」其中一個丫鬟媚聲喚道。

蕭瀝回過身來，手掌已經撫上腰間的佩刀，目光清冷。「不要讓我說第二遍。」凌厲的氣勢終是讓兩個丫鬟一滯，晚風本就寒冷，如今更覺得全身汗毛一瞬間豎了起來，生生打起寒顫。兩個丫鬟低下頭，再不敢上前一步，蕭瀝大步回了屋，砰一聲將房門緊閉。

「姊姊，夫人不是說，世子年輕，我們有的是機會嗎？」其中一個矮小些的丫鬟如是問道。

那高䠷的丫鬟撫了撫手臂上暴起的雞皮疙瘩，望了眼這深深庭院。「等著吧，來日方長。」

蕭瀝回屋便坐在案桌前凝神靜思，他不喜歡有人在身邊伺候，昏暗的房裡也就點了盞松油燈，燭光搖搖曳曳。

桌上零散地放了幾本書冊，文房四寶一應俱全，簡單得很，唯一顯得有點突兀的，是一只小巧玲瓏的兔子燈。紙糊的燈籠很單薄，用竹片撐起了骨架，一個不小心磕磕碰碰，便有可能磨損破裂。

這麼些年他受嘉獎無數，也有不少給他送禮的，然而收到最特殊的，就是這個了。

他還記得那個送他燈籠的男孩子，整張臉都包在帽子裡，眼睛又黑又亮的，毫不掩飾自己的好奇，可那臉色卻是病態的蒼白。

伊人說那女孩的弟弟生病了，就是他吧。

蕭瀝拿過燈籠在手裡慢慢摩挲，腦裡一瞬有些空白，回過神來竟不知道自己都在想些什麼。他搖搖頭，將燈籠放下，高聲道：「來人，送水進來，我要沐浴！」

終究不是他該管的事。

顧妍正在聽青禾說起那素月的事。

「使了些銀子問秦姨娘身邊的秋霜，素月是秦姨娘入府後找來身邊伺候的，秋霜以前也不認得她。然而秦姨娘對素月卻是百般信任，無論吃食、用度、穿戴，都要問過素月才做，秋霜心裡不高興著呢！」

秋霜是秦姨娘做外室的時候就跟在身邊的，按理就該是最貼心的人，如今卻被別人拔了頭籌，當然心有不甘，所以對著青禾就大吐苦水，把知道的都說了。

「秋霜有一次私下裡問秦姨娘，那素月是什麼人，秦姨娘居然說，那是她的恩人，更是是肚子裡小少爺的恩人。」

這話就有些耐人尋味了。顧妍這回有理由懷疑，秦姨娘是得了素月的指示，這才大張旗鼓來侯府，又憑賀氏鬧了那麼一通，拿腹中孩子打了回賭，徹底登堂入室。

畢竟，若秦姨娘一直都是二爺的外室，那她的孩子也不會有什麼地位，可如今她成了二爺的妾室，那孩子就順理成章成了二爺名正言順的子嗣了。

顧妍覺得素月似乎不大像在幫秦姨娘，素月既然有這個本事，將一環一環都扣得如此精準，有些事怎麼會不明白？

秦姨娘既然吃穿用度都要問過素月的意思，那日在花園裡遇著她，她又怎麼會穿著大紅色的衣裳就出來見人？讓別人看見了，告訴老夫人或是安氏，她們心裡定然會對秦姨娘不滿意，至多便是看在她身懷六甲的分上暗示一、兩句，而若是讓賀氏或顧媛看見了，豈不是又要點燃怒火，說秦姨娘狼子野心，然後大鬧一場？難道……素月這不是在幫秦姨娘，她是在利用秦姨娘和賀氏、顧媛對上！

顧妍心裡一驚，接著就蹙起眉，當真是不得不佩服。原來他們在不知不覺中，就已經被一團大網緊緊網羅住，只待收線，就可以一網打盡。

此時，景蘭走進來了，面色有些古怪。「五小姐，有個大夫，要來給夫人看病，唐嬤嬤讓奴婢來問問您……」

顧妍心念電轉，眼睛一亮。「大夫？是不是身形高大，面容粗獷的一個中年男子？」

景蘭更驚訝了。「小姐您知道？」

顧妍這才高興起來，急急道：「快去讓他進來！」

這是這段日子聽到最好的消息了，晏仲嗜吃，到底還是受不了，上鉤了！

景蘭看顧妍這樣迫不及待，萬分不敢怠慢，忙去吩咐將人請進來。

晏仲是黑著臉進來的。

他上門來看病，哪次不是被人點頭哈腰請進去？現在呢？被那門房攔住不說，還要看他們的臉色，使了銀子讓他們進去通報，一個個的憊懶至極，居然磨磨蹭蹭用了兩刻鐘！他什麼時候受過這股窩囊氣？

晏仲很想拂袖走人，但轉念想到自己近來空虛無度的五臟廟，不由吧唧兩下嘴，什麼都忍住了。

來迎接他的是個貌美的婢子，小心翼翼對他恭敬得很，晏仲這才覺得舒坦些。

一路將他請到垂花門，就見顧妍笑盈盈地立在那處，恭恭敬敬給他欠了身。「晏先生，有勞了。」

晏仲咳了聲，暗暗瞪她一眼。「帶路吧！」

顧妍笑著在前頭引路，一路便帶去了琉璃院。

柳氏近來精神不佳，往日裡若還能半倚在床前，或者偶爾下床走一走，現在即使連和人說話都費力了，大夫盡開一些溫補滋潤的藥，見效極慢。夜裡淺眠多夢，神虛盜汗，白日休憩的時間越來越長，哪怕生了火盆，蓋上厚厚的棉被，還是一個勁兒的冷，手腳冰涼。

顧婼見到陌生人來，自是一驚，但在看到晏仲隨身攜帶的藥箱時，又鬆下了心神，悄聲拉過顧妍道：「怎麼換了個大夫？」

最近給母親看病的都是回春堂的鄒大夫，行醫數十年，也是一把老手了，街坊四鄰都說他藥到病除，口碑不錯，顧婼也是信的。

顧妍搖搖頭，緊緊盯著晏仲的臉，顧婼也便不說話，同樣靜悄悄看著晏仲。

他把脈時面色嚴肅，粗長的眉毛先是一皺，隨後慢慢挑起，又漸漸往中間靠攏，等到眉頭相接時，他鬆了手，回身掃了圈四周。

顧妍連忙請他到西次間去，又上了新鮮的茉莉冰片。「晏先生，家母病情如何？」

「病？都拖半年了，你們還當是尋常陽虛體虧、氣血不足來治啊！」晏仲好笑地瞥她一眼，搖搖頭，低頭呷了口茶，眉毛一抬似是極為享受。

顧婼不解。「難道我母親不是這種病嗎？好幾個大夫看過，都是說這些的。」

一道銳利的目光就這麼刺過去，顧婼突然噤了聲，就聽晏仲不屑地哼道：「那些酒囊飯袋，懂個屁！」

他瞥了眼一旁安安靜靜的顧妍，到現在都還沈得住氣，便站起身似笑非笑。「小丫頭，妳眼睛倒是利得很！」

還知道找他來，否則，任誰得到的也不過都是那個結果。

他提筆就寫了張方子甩過來。「先吃著吧，等情況好些了，再換一服。」

顧妍低頭看了看，這樣的藥物組合她聞所未聞，可其中有兩味，七葉一枝花還有半邊蓮，這都是清熱祛毒的良藥。「我母親生的不是病，是……中毒？」

「妳這個小丫頭，懂什麼？」晏仲「嗤」一聲笑出來。「就如砒霜劇毒無比，寒食散迷惑人心，可劑量若把握得當，砒霜亦能美白肌膚，寒食散可強身健體，是好是壞，一時又如何說得清？」

只要在劑量上動一動手腳，治病救人的良藥，都能變成殺人無形的毒藥，一點點造成身體各方疫病，還教人瞧不出來，這也不是不可能的事。

顧妍在想誰有這個本事做到？母親病了半年，前兩個月都是由龐太醫診療的，若是龐太醫，興許真有這個可能，那他又是受了誰的委託？

晏仲可沒工夫管這些家長裡短，不耐煩地問道：「不是還有一個嗎？妳弟弟呢？」

顧妍這才斂下心神，將藥方交與唐嬤嬤，唐嬤嬤有些疑惑，見到顧妍肯定地點頭，領了便退下。自從上次出了鶯兒那事，柳氏的湯藥便都由唐嬤嬤親自經手，不假他人。

顧妍帶著晏仲去了東跨院。

顧衡之面前放了道新鮮的五香陳皮糕，隨便抽了本經史子集，腦袋一點一點的，看得昏昏欲睡，顧妍來的時候，他正巧一個瞌睡醒來，迷迷濛濛似乎看到個活像張飛的糙漢子走過來，一個激靈頓時睡意全無。

「五、五姊……」顧衡之吶吶喚道。

晏仲才懶得解釋，直接抓了腕子就來。

顧衡之當然要反抗，顧妍則過去拉住他的手。「衡之別怕，他是大夫，給你看病的。」

她拉著顧衡之坐下，看了看他放在案桌上的書，還停留在《詩經》的〈周頌篇〉，不由問道：「怎麼想起看這個了？」

細柔的聲音讓顧衡之放鬆下來，他笑道：「要多讀書，以後考科舉！」

顧妍莞爾，隨即又升起一點憂思。科舉多考四書五經七略六藝，如《詩經》、《爾雅》等，大多為文人雅士陶冶情操之用的，何況這也不是衡之這個年紀正常該接觸的東西，但沒人與他說，也沒人教他。

顧衡之睜著一雙眼好奇地看著晏仲，就像是新發現了一樣有趣好玩的東西，緊緊盯著不放，隨手又撚了塊糕點，一口一口慢慢咀嚼。

晏仲覺得自己就像是成了耍猴的，平白給人看，便故作凶狠地瞪他一眼，誰知顧衡之笑出了聲。

晏仲咬咬後槽牙，手一甩不幹了。「小屁孩不就是從胎裡帶出來的不足之症嗎？跟你講，沒得治！」

他哼了聲，見顧衡之手裡還抓著塊糕點啃得津津有味，也不客氣，一盤子直接端過來。

顧妍抿緊唇，直直地看著他，看得晏仲一點胃口都沒了。

「小丫頭，妳別這麼看我，妳弟弟什麼病，妳難道沒數？」

他們一胞雙生，並不是足月產下的，衡之生來就比她瘦弱，又自帶不足……有時候她也在想，是不是真如顧媛說的那樣，自己在娘胎裡時，將衡之的養分都搶走了，才造就如今的局面。

晏仲說沒救，其實也沒有說錯。既是先天不足，後天人力又哪會那樣容易便矯正過來？若他真有這個本事，舅母那體弱之症也不至於到如今也未能根治。

她是知道的，沒有人比晏仲更希望舅母能夠康復。

晏仲撚了塊糕點入口，嘴角一挑，笑出了聲。「小丫頭，下的工夫還挺足的，妳倒是知道怎麼用藥膳調理他們的身體。」

方才給那夫人把脈時便發現，除卻她身子多方面疲病，極易染上各種病症，損傷最嚴重的還是肺經，但很奇怪，似乎一大部分已經修復，而且溫潤滋養，不是尋常藥劑能夠達到的效果。

眼前這小兒身體雖說先天不足，保養卻尚算得當，若仔細調理，無特殊情況下與常人無異也不是不可能之事，原來關鍵都是在這藥膳之上。比起純粹的藥飲，確實，藥膳的療程更長遠，但也是最牢靠的。

他站起來寫了些膳食方子交給顧妍，又開了些溫補的藥單，伸出一根手指道：「一個字——養！」

顧妍微愣，接過後笑道：「是，多謝晏先生。」說著便深深福一禮。

晏仲哼了聲也算受了，不耐煩地問道：「我的診金呢？」

顧妍自然知曉他說的診金指什麼，暗笑了聲，讓綠繡去廚房取了早便備好的菜餚，又讓忍冬去暖房取了盆新種的番椒過來。

「晏先生日後在廣平坊茶樓可以予取予求。」她挑著細眉，眼睛彎彎。

被個小丫頭擺了一道，晏仲真覺得自己牙疼，又見一個高大的婢子抱了盆將將冒芽的盆栽過來，極為不解。「怎麼，這個算是送的？」

「晏先生可以帶回去種種，您念念不忘的那劑調味品便是這番椒。」

她不會種，但晏仲熟識各類草藥通性，要種起來便不會太難，日後她要大規模種養，總還是得請教他的。

晏仲這才來了興致，伸手抱在懷裡仔仔細細瞧了瞧。「倒是真沒見過。」

他睨了眼顧妍，而後毫不客氣地收下，打道回府。

顧妍這顆心才落回了原處，總算了卻一樁心事，可也僅僅一瞬，便又重新提起。

想起晏仲說起母親身體的病因，那是由於藥物原因造成的損傷，除卻龐太醫在方子上動了手腳的緣故，也可能是曾經鶯兒在煎藥時所為。

顧妍又覺得頭疼起來。然而這兩個人都死了，死無對證，她又要去找誰來驗對？

寧壽堂風平浪靜了好些時日，正月裡那會兒老夫人裝病，可到了如今，卻是真的病了。

人年紀大了，多少總有些小病小痛，老夫人近來煩心事一件接著一件，心中鬱鬱難平，終究是病了。安氏為表現她的賢良，自然是日日夜夜守在跟前伺候，反倒是賀氏，自從邯鄲娘家回來之後，連個面也不露，整日在房裡不見其人。

老夫人不由感嘆起來。這還是自小跟在身邊的呢，她將賀氏當女兒養，賀氏卻永遠將自己排在最前面，以自己為先，可見這心裡，其實根本沒將她當作老娘！

「幸虧是正月裡回去的，別人也只當她是回娘家省親，兩家來往本就頻繁，多逗留些時日能說得過去，沒讓人往老二身上想。」

安氏揚著大方得體的微笑。「二弟妹也是一時想不開，母親待她這樣好，從前這些年二叔對她也寬和，突然被人插足了，心裡總是不好受的，等想開了，一切便都好了。」

老夫人搖搖頭。「她什麼性子我會不清楚？多大的人了，還和小孩子似的，一個不合心意就鑽到牛角尖裡去，非得所有人迎合她。」

也不高興繼續再說她了，老夫人看向安氏。「修之那孩子，可好些了？」

提起顧修之，安氏頓感無力，長嘆了聲。「大夫看過了，這幾日休養得不錯，已經好得差不多了。」一說著神色也跟著哀痛起來。「只是那孩子如今與我生分得很，畢竟是我身上掉下來的肉，我打他，難道自己就不心痛嗎？」

見安氏拿起帕子沾著眼角，老夫人拍拍她的手。「妳也是性急了，修之還小，一時罷了，過些時日，他還能明白不了妳是為了他好？有哪個做爹娘的不希望孩子順遂如意的，打是親，罵是愛啊！」

話雖是這麼說，心裡倒不是對顧修之沒有埋怨的。童試順順當當地開考，他只要下場了，哪怕博不到功名，一時也不會有人說他什麼，畢竟年歲尚小，家裡至少清楚他的資質，也不求他成為那樣不世出的天下奇才，來日方長。

可是，在國子監鬧了那麼一齣，將許博士最珍愛的鬍子刮了，還跑回家來！捅了這麼個大樓子，要讓外人怎麼說他們顧家？

百年的詩禮傳家啊，怎麼教導出來的子弟這樣不知禮數？許博士那裡，若不是老二親自登門造訪，又準備了好些貴重禮品相贈，會這麼容易甘休？

那個老八股，真要鬧得國子監人人皆知，那京都貴圈裡也就無人不曉了，等到這時，顧家顏面何存？慶幸的是，許博士到底也是個市儈的，拿錢堵住人家的嘴，這種事反而最方便。有柳氏這麼座金山任他們壓榨，還有什麼難做成的？

不得不說，老夫人雖一方面厭惡極柳氏的商戶出身，讓顧家沾上了銅臭氣，但另一方面，卻也是需要她這樣源源不斷的金庫提供資財，練得自己財大氣粗，日子也過得舒心。

若能有一日全部占為己有，那才是真的三伏天喝冰水哪！

安氏當然能夠揣測老夫人的意思，但是她不揭穿，就繼續說著顧修之的事。「母親說得極是，媳婦想，修之是年少氣盛，媳婦這麼管他，他肯定不滿意，俗話說過猶不及，有些事其實也不好媳婦出面。都說正心、修身、齊家、治國、平天下，媳婦想，修之是太年輕了，經歷的事也少，也許心裡沒意識到自己的責任和擔當，倒不如讓他早日成家，有了自己的妻子家庭，想來也會有別的體悟。」

老夫人聞言一驚。「妳是要給修之說親事？」

「正有此意。」

老夫人忽地沈默了。

修之的性子自小便活絡，長大了也不見如何改變。老大是個不能來事的，自己都不成器，更別提教導修之了。安氏和她動了多少嘴皮子，那孩子也不見有什麼長進，可長房嫡孫，她哪能不寄予厚望？安氏說得不無道理。

「那對方可必得是個好的，將來做侯府大婦，沒一點本事卻是不行，最好，便是那知根知底的。」

安氏當然明白這個道理。「母親可還記得沐恩侯府的沐七小姐？沐恩侯府太夫人與母親也是多年交情了，沐七小姐是二房嫡女，媳婦與沐二夫人有些交情，那沐七身分是配得上的。早年您也見過她，知書達禮、落落大方，與姚兒極說得來，您還將一個長年戴著的赤金三股絞絲鐲子給她了。」

「沐七？」老夫人瞇著眼睛想了想。

前兩年倒確實是見過她，那時還是十一、二歲的丫頭呢，待人接物就彬彬有禮，舉止得體大方，比顧媛自是好了數倍。她的孫女裡，也就出嫁的顧姚在形容氣度能比上一二，就是婼兒也在沈穩上遜色一籌。

沐恩侯府也是讀書人家，地位平平，這些年還有式微跡象，長寧侯府一直在京都貴圈中游徘徊，不上不下，仔細算起來，其實兩家半斤八兩，甚至長寧侯府的腰桿還要再直一些，不怕小娘子因為娘家勢大就在夫家橫行，而同樣也能給顧家帶來不少底氣。

「我記得她閨名是叫雪茗吧。」老夫人饒有興致地問起來。

安氏知道這事有譜了，笑著說是。

老夫人點點頭。「既是結親，便是要結兩姓之好，要知道妻賢夫禍少，沐七縱然不錯，也要好生相看的……拿帖子去沐恩侯府，你們定個日子吧，這些天府裡晦氣事不少，也該去普化寺燒燒香了。」

安氏大喜，連忙應下，下去辦事了。

既然是打著燒香祈福的由頭，便免不了幾房一道去了，府裡的少爺、小姐們去寺廟，也可以當是戲耍遊玩。恰好如今天氣漸漸暖了，花朝踏青是時下風行的事。

消息傳過去，有人歡喜有人憂。

秦姨娘最近心裡有些惶惶然，她晚間的時候總是睡不安穩，夜裡淺眠多夢。問過了大夫，大夫也只說是孕期正常的反應，開了許多凝神靜氣的方子或是藥茶，但用過之後效果卻不明顯。

這一晚，秦姨娘又作夢了，是個很不好的夢——她走在滿是漆黑的小道上，四周沒有一點光，喊誰都沒人理會，腳下突然坍塌，她便如此掉入萬丈深淵。

秦姨娘從夢裡驚醒，連忙喊著素月，將自己夢中之事全說了。

素月寬慰道：「都是夢，姨娘千萬別放在心上，您和小少爺可都好好的呢。」

秦姨娘撫了撫自己凸起的肚子，長長鬆了口氣。「也不知怎的，最近總覺得心慌。」

素月想了想，道：「奴婢聽聞普化寺的一緣大師擅長解夢，姨娘若是不放心，不如去一趟普化寺，既可了卻心事，也當是為自己和未出世的小少爺積善祈福。」

秦姨娘聽著有理，早先又聽聞侯府幾房都要去普化寺燒香，自己便去求了顧二爺。

顧二爺自賀氏回來後去見了她一趟，結果自然是無庸置疑的，顧二爺氣怒拂袖，心火正燒得旺盛，而秦姨娘那樣殷勤小意、溫柔似水，又只是這麼個小要求，自然願意幫她去與安氏提一句，安氏笑了笑便一口應下了。

第十四章

出行那日天氣極好，天高雲淡，春日陽光暖融融的，園圃裡的杜鵑盛開，紅火一片。

顧婼側過頭瞥一眼顧妍，又回身看看後頭空蕩蕩的，除了幾個丫鬟再沒其他，不由問道：「衡之沒跟著一道？」

難得他身子有起色，又是這樣的好天氣，踏青郊遊最合適了，怎會沒跟著一道來？

顧妍搖頭，說得含糊其詞。「衡之覺得有點不舒服，就不出門了。」

顧婼跟著一驚。自從上回那位大夫來看過，母親的身體大有起色，幾日調養下來，已恢復到前兩月的模樣，她也相信，繼續下去，母親定可以康復的，因而她對那位大夫的醫術很是信任，既然衡之也已經由他看過了，又為何還會反覆？

然而細看顧妍的神色，卻未曾見她有何憂慮之色。若衡之真有不適，怕顧妍早已坐立難安了。

顧婼想到近來接二連三的事，心裡對顧妍雖有諸多疑問，但也已經意識到，似乎這個妹妹比自己著實能幹許多，她說不出心裡究竟是失落或是欣慰，抑或是其他。

二人一路去了角門，幾輛青帷馬車已經候在門外，她們竟也見到多日未曾露面的顧婷。

她看起來似乎消瘦了些，穿著件鵝黃色滾邊蝴蝶紋小襖，綰著雙螺髻，皮膚白嫩剔透，早看不出一絲被燙傷的痕跡，盈盈站在那裡，還有幾分弱不禁風的美感。

見到顧妍、顧婼二人過來，她揚了笑便上前見禮。

顧婼仔細瞧了瞧顧婷，微笑道：「六妹都恢復了，那就太好了，前幾日還提到妳呢，可不知什麼時候痊癒。」

顧婷心中嗤之以鼻。提到她？提到她幸災樂禍吧，當真關心她，這段時間也不會不見她們來看望。

「勞兩位姊姊掛心，已經好全了。」她半垂著眼眸徐徐說道。

這時，安氏、于氏、顧好和顧修之都來了，秦姨娘也在素月的攙扶下緩步走來，對諸位都依次行了個禮，安氏就笑著招呼眾人上馬車。

顧修之頗有些不情不願，全程黑著一張臉，顧妍拽了拽他的衣袖，讓他別太在意。

此次去普化寺，雖說是去祈福燒香，但多多少少什麼目的大家都是心知肚明的，安氏還約了沐恩侯府的沐二夫人和沐七小姐，自然是為了給二哥相看。

前世在去途中，因為出了驚馬的事，所以最後不了了之，這回她好說歹說將衡之勸下來，去途雖能順利，但八字還沒一撇，真要破壞的法子也多得是，何必急於一時。再說，如果她沒有記錯的話，沐雪茗是嫁了夏侯毅做信王妃的，後來還是昭德帝的沐皇后呢！她的眼界高得很，哪裡看得上眼下的二哥？

顧修之是懂這個道理的，所以他沒有跟安氏硬碰硬，除卻臉色差了些，其他的一律配合。

於是大家便陸陸續續上車，顧修之則跨上一匹毛色雪白的高頭大馬。他坐在馬鞍上，愛憐地撫了撫那匹馬的鬃毛，眼裡才多了幾絲明亮的神采。

秦姨娘這廂才剛剛往車裡坐下，外頭便響起一道尖利的聲音。「大伯母這便準備走了？也不等等我們？」

顧妍聞言不由皺眉，掀了簾子往外看，就見顧媛跟賀氏一前一後走出來，二人都打扮得花枝招展，賀氏神色雖然有些許憔悴，施補上妝粉，倒也顯得明麗動人。

安氏蹙了眉。「二弟妹昨日不是說，這幾日身子不舒坦，便不去了嗎？」

賀氏微揚起下頷，哼一聲。「昨日不適，今日卻不錯，能去燒個香散散心自然是好的。」

賀氏近來是越發按著自己的性子來了。她看了看，一共四輛馬車，三房兩個丫頭坐了一車，顧妤和顧婷坐了一車，安氏、于氏一車，那剩下的那輛定是她的了。

賀氏拉了顧媛便走過去，安氏忙攔著，道：「二弟妹，這會兒沒準備妳的……」

前一日分明說好了不來，她按著人數準備車馬，算好的呢，如今臨走了賀氏卻又硬湊上來，還得重新去套車，耽誤了時辰，讓沐夫人、沐小姐等著，可是多麼失禮的事。

賀氏奇怪地望了安氏一眼，指了指秦姨娘坐的那輛車。「大嫂說的什麼話？這輛難不成不是給我的嗎？」

秦姨娘聞言心中一緊，緊緊蹙著眉望向素月，素月無奈地搖搖頭。「姨娘，二夫人的性子……」

後面的話不好再說，秦姨娘卻明白了。

那日她初初來侯府，賀氏就闖進來對她又打又罵，她腹中的孩子險些不保，心裡對賀氏自是怨極氣極，卻也明白賀氏橫衝直撞、蠻橫得很，真惹怒了她，又會很麻煩，眼下不讓步是不行了。

安氏正要開口勸一句，顧媛卻像是發現了什麼，厲色問道：「裡面什麼人！」

素月這時就下了車，對二人福了一禮。「二夫人、三小姐，對不住，裡頭是秦姨娘，跟著一道去普化寺的。」

顧妍聽著這話就不對勁，這麼指名道姓直接報上來，怎麼有點像是故意的呢。

另一輛馬車裡的顧婷卻順勢露出一抹微笑。她挑開一道簾子細縫，靜靜看著外頭發生的事。

果然賀氏和顧媛聞言便像是胸口中了一箭，賀氏一瞬間臉都皺起來了，目光怨毒又陰狠，顧媛心裡則是被火狠狠燒了個徹底。

恰好秦姨娘正要下來將馬車讓給賀氏，顧媛也不知怎麼想的，洩憤般地上去，就對著馬車輪子踢了一腳。

微微的震動讓秦姨娘站立不穩，她連忙扶住車轅，這才鬆了口氣。

然而，變故就在這時發生了。

素月剛走上前兩步，想扶一扶秦姨娘，那匹棕黃色的大馬卻突然抬起後腳，一下將素月踹倒在地上，隨後，便如脫了韁似的，又像是被捏了尾巴一般狂奔起來。

九彎胡同口前的裡巷，雖然不算寬敞，卻筆直平坦，那馬沿著裡巷一路毫無阻礙地衝出去，秦姨娘被甩回馬車裡，左右顛來倒去。

顧媛傻眼了，怔怔地望了眼自己還未收回來的腳，一時間回不過神。而其他人也都愣了一瞬，在他們的角度，看到的就是顧媛走上去踹了一腳，然後……馬兒發狂了。

顧妍睜大了眼，對著顧修之喚了聲。「二哥！」

顧修之立即會意，夾緊馬腹趕緊追上去，安氏後知後覺，也命馬夫和隨從牽了馬趕過去。

素月艱難地從地上爬起來，哀號了幾聲，轉而看向早已不見蹤影的馬車，又牢牢抓著顧媛的手痛哭流涕。「三小姐，三小姐！您為什麼要這麼做，姨娘還懷著身孕呢！那是您的親弟弟啊！您怎麼可以……姨娘身子受不住的啊！」

這話似乎是在證實顧媛方才確實是做了什麼，才導致這個結果。素月哭得涕泗橫流，跌跌撞撞直要去追。

顧媛瞳孔一瞬間縮了縮，而後尖聲叫出來。「我沒有！我沒有！我什麼都沒做！」

怎麼可能呢？怎麼會這樣？她只不過踢了一下車輪，又沒踢到那馬！

她只是、只是太生氣了，所以要找個東西發洩一下，她明明沒有很用力……可是秦姨娘都有身孕了，不管她怎麼想，那孩子名義上都會是她的弟妹，馬車顛成這樣，別說是個孕婦了，就是普通人都極凶險。

顧媛現在知道怕了，接受到四面八方投射過來懷疑驚懼的眼神，心裡一瞬涼颼颼的。她回過身抓住賀氏的手，聲音都哽咽了。「娘，我什麼也沒做，明明是那匹馬，是牠犯病了……對，一定是這樣的。」

「沒事沒事，媛兒不怕，與妳無關。」賀氏忙攬了顧媛到懷裡，看著周圍那些不可思議還有無奈悲哀的目光，大聲叫道：「都看什麼，那馬自己出問題了，和我的媛兒有什麼干係？那就是命，她生來就是這個命，只怪她自己沒投好胎！」

賀氏護短是極厲害的，為了顧媛，她自能將黑白顛倒了來說，只要將顧媛摘乾淨了，她才不去管別人是怎麼樣。

這兩母女的所作所為，府裡的人都不陌生了，可正是因為如此，他們才更加懷疑，方才根本就是顧媛故意惹了那匹馬，然後出了事。

小小年紀，怎麼就這般窮凶極惡，何況，秦姨娘腹中還有顧二爺的親骨肉，她的親兄弟啊！

九彎胡同出去，那就是長興坊，住的都是在朝為官的讀書人家，都是重視規範禮教的，這樣一匹馬奔出去，定然會引起一陣轟動，到時候隨便一打聽，什麼事不都清楚了？

長寧侯府的小姐，心腸歹毒，殘害庶母和未出生的親弟，這樣的名聲一傳出去，顧家的臉往哪兒放？

安氏覺得自己眼前一陣陣的有些發黑。她正想要為顧修之說一門親事，今日必要爽約了不說，本是門當戶對的，可日後顧家名聲有垢，那沐恩侯府哪還能看得上他們？她辛辛苦苦經營的一切，就都這麼毀了！

安氏差點忍耐不了，抖著帕子深呼吸了好幾口氣，才算壓住火氣，恨恨地瞪向賀氏母女。

她現在可不能倒下，又有一堆爛攤子要收拾，她走了，誰來管！

一直知道這兩人是害人精，破事一籮筐，全是她們搞出來的。不讓她好過，她也不會讓她們好過，這次不好好收拾她們，她就不姓安！

安氏又呼吸吐納了幾回，強打起精神來，差了貼己可靠的婆子，拿著帖子親自跑一趟普化寺去與沐二夫人、沐七小姐說一聲，家中突然有事，去不了了。

之後，趕緊命人將馬車全部卸了，指揮外頭的人都回屋裡去，又狠狠敲打目睹此事的門房、馬夫、丫鬟、婆子，膽敢透露出一個字，一家都討不了好果子吃！

吩咐完這些，安氏就領了賀氏和顧媛要去寧壽堂。

說實在，老夫人最近身體不好，如非必要，她也著實不想叨擾，可今日這禍事，必得那作妖的人出來有一個說法和章程才行。

賀氏還百般不願意。「大嫂，都說了和我們媛兒沒關係，妳帶我們去娘那兒做什麼？我不去，要去妳自己一個人去！」

安氏霎時就氣笑了，冷冷看著她說：「二弟妹，這次可不是由妳說去不去的了，凡事都得有個交代，就算與妳無關，咱今兒個也就我們兩個大人說話，妳還想要小娘子跟著去老夫人面前說道說道？」

賀氏百般不情願，眼睛又往胡同口瞥了瞥。縱然她再痛恨那秦姨娘，這一回，她也希望秦姨娘不要出事的好，若是大人自是沒關係，最要緊的，還是腹中那孩子……

「二弟妹！」安氏冷聲叫道。

賀氏緊緊摟著顧媛。「去就去，不過媛姊兒受了驚嚇，還是回去休息的好。」以為這樣能躲得掉？現在回去，被叫回來也是早晚的事。

賀氏和于氏一道去了寧壽堂，剩下的也就她們幾個小娘子。

顧妤像是心有餘悸，拍了拍胸口，緊緊攢著眉，而顧婷神色卻是平淡得很，恍若事不關己一般，若不是她本身性情涼薄，那便是此刻幸災樂禍了。

顧婷心裡定是不喜顧媛的，尤其上回除夕年宴更是結下了梁子，如今看到顧媛惹是生非，她沒有笑出聲來，就已經是極高的涵養了。

「五姊為何這般看著我？」察覺到顧妍探究的眼神，顧婷不由微微垂了眼瞼，細聲問道。

顧妍牽著嘴角搖搖頭。「沒什麼，只是沒有想到，六妹休養了一段時日，竟連膽子也一道變大了。」

以前都是一副柔柔弱弱、悲天憫人的模樣，連不留神踩死一隻螞蟻都要心痛內疚上半天，如今遇到這種變故，竟能夠氣定神閒，比安氏還要沈穩幾分呢！

她嘴角笑容意味深長，顧婷臉色一瞬有點蒼白。

顧妤也察覺到不同，側過臉深深看了她一眼，顧婷就突然換上泫然欲泣的模樣，囁嚅著低聲說道：「我、我只是太害怕了……」

可惜，顧妍並沒工夫看她表演，勾了勾唇便和顧婼一道離去，氣得顧婷一口氣憋在胸口，臉色都有些脹紅。

等過了約兩刻鐘，秦姨娘才被帶回來。

她在半途上被顛出馬車，摔在堅硬的青石板路上，當場暈厥過去，身下更是一片血紅，出氣多，進氣少。

安氏早早吩咐請了大夫和穩婆，秦姨娘一回來，就趕緊地醫治。

然而六個月的身孕，能成什麼？盡人事，聽天命罷了。

老夫人瞪大一雙眼，指著賀氏的鼻子就開罵。「妳可真有本事啊，看看妳教的好女兒，還真是什麼都做得出來……把那個孽障給我帶過來！」

賀氏一聽就不幹了，攔住要去找顧媛的沈嬤嬤，理直氣壯地道：「娘，您生什麼氣，媛兒可什麼都沒做！您要怪，就怪那馬房的沒挑好馬，怪馬夫沒調教好，幹麼將責任推到媛兒身上？」

老夫人呵呵就笑起來。「那妳是不是還要怪妳大嫂沒打理好府上庶務，將那瘋馬都往馬房裡送？」

賀氏悄悄往安氏那兒睃了眼，輕聲咕噥道：「本來就是嘛！」

安氏閉上眼，冷笑了聲。她當真覺得和賀氏是有理也說不清的，不要臉到這地步，也是少有。多說無益，還不如直接動手。

沈嬤嬤深知老夫人的意思，躲開賀氏就直往外走，這時一個丫鬟便急匆匆跑過來，哭嚷著道：「老夫人，秦姨娘生下了個死胎，人也不行了……」

老夫人眉頭微皺，再一問，是個成形的哥兒，身子就跟著晃了晃。

賀氏一聽，心裡既是鬆了口氣，又陡然緊了起來。

她一方面慶幸沒讓秦姨娘生下這個孩子，可一方面，卻又擔心起顧媛。再怎麼靠嘴皮子將顧媛洗白，可哪裡又真的是這樣容易的？事已成定局，賀氏也覺得有些頭暈目眩。

顧妍一直在等著顧修之的消息。

秦姨娘是被侍衛帶回來的，二哥至今未歸，極有可能是去追那匹馬了。

她回想方才發生的事。當時顧媛確實是存了挑釁的念頭走過去的，車簾擋住了，她什麼也看不到，顧媛幹什麼了她也不清楚，然而素月就這麼倒地，馬兒也開始發狂。當時離得近的，也只有顧媛和素月而已。

之後那素月跑著追上去，可如今秦姨娘都回來了，也沒聽說素月的消息。真要說顧媛喪心病狂，連孕婦都不放過，這點還有待考證，可這次的事若是全歸咎於顧媛，確實也草率了。

素月這個人，是個很大的疑點！然而現在人沒了，也只能從馬兒身上找線索。倒不是她想要幫顧媛，只不過此事實在蹊蹺，她直覺和魏都或是李姨娘有關係，尤其素月的身分太過可疑，可是……如此一來，雖能夠教顧媛、賀氏吃癟，甚至後果更加嚴重，但也勢必會對侯府名聲造成影響啊！

她顧媛是顧家人，難道顧婷就不是了？都是一宗的，多少都會帶累，這種傷敵一千，自損八百的招數，李姨娘真的會用？

這時，綠繡急匆匆地跑進來，道：「五小姐，二少爺回來了！」

顧妍忙站起身，顧修之正好急急地跑進來，連氣都沒喘勻，便道：「那匹馬我帶回來了，可惜死了。」

「死了？」

提起這個就來氣，顧修之翻了個白眼。「那馬跑到長興坊集市，撞壞了很多東西，我為了避開人群放慢速度，就和牠越離越遠，後來追上的時候牠已經倒地不起了。我看牠口眼都中了袖劍，直接穿腦而過，問了才知道，錦衣衛左指揮僉事剛好經過，見這馬兒擾民，就順手解決了。」說到這裡就啐了口。「他娘的連五城兵馬司巡衛都沒做什麼，他一個錦衣衛的就把手伸這麼長，仗著自己是皇帝外甥了不起啊！我將那死馬拖回來，用了多少力氣？」

顧妍一愣。皇帝外甥？這說的不會是蕭瀝吧？

細想想，好像確實也只有蕭瀝符合要求。在曝出他溺斃幼弟的傳言之前，他確實一直都在錦衣衛供職，深受方武帝器重。

怎麼連蕭瀝都跑出來湊熱鬧？

顧妍嘆了聲，倒杯茶給顧修之，讓他坐下來歇一會兒，然而不過片刻工夫，景蘭就進來道：「小姐，秦姨娘沒了……」

顧修之舉著杯子的手一頓。

顧修之默了一瞬，隨後便「噌」一下站起來，雙拳緊握，有清晰的骨骼爆鳴聲咯吱作響。「她竟然這樣歹毒，連一點骨肉親情都不顧？」

顧妍閉了閉眼，再睜開時，已經恢復平靜。

她靜靜地看著顧修之因憤怒而泛紅的臉頰，低低問道：「二哥難道就沒有發現什麼奇怪之處？」

顧修之一愣。「什麼奇怪之處？」

「一般拉車的家馬，自幼崽時便是由挑選過的優良馬種進行培育，腿腳耐力極好，性子也是十分溫順的……」她輕輕嘆了口氣。「二哥見過什麼時候，你隨便踢上一腳，家馬便會發狂成那樣？」

顧修之微微愣怔，想到他一路追趕那匹馬的時候，牠似乎是越跑越快，好像後面有什麼東西追趕著牠，猶似閃躲不及，確實很奇怪。

他拉了顧妍就往外走。「那馬我扔馬房旁邊了，現在去看看，說不定是真有什麼問題。」

馬房在外院西北角一小片樹叢旁邊，靠近的便是柴房。管事採購了草料、柴木、煤炭，都是運往那個地方，每日清理的馬糞，或是燒廢的草木灰，便放進樹林當作養料，那片常綠林因而顯得格外茂盛。

然而顧修之和顧妍才走到垂花門呢，便見到有滾滾濃煙升起，再瞅著方向，竟然就是那處。

二人對視一眼，匆匆趕過去，路上問了個小廝，只說馬房那兒的樹林著火了，所有的馬都發了狂，瘋了似的踩踏，要掙脫馬廄。

當真是屋漏偏逢連夜雨。

外院大管事趕緊去滅火，又找馬夫們將那些受驚的馬制伏。直到火勢小了，馬廄也早已一片狼藉，那先前被顧修之拖回來的死馬，早已被受驚的馬匹踩得面目全非。

顧修之捂住顧妍的眼睛，不讓她去看，又招來馬房的管事問道：「這怎麼回事，又不是天乾物燥，好端端的怎麼起火了？」

管事支支吾吾了半天，只好道：「那些乾馬糞撒在林地上，本就是易燃的，許是下頭的人將還沒熄了火星的草灰也扔進去，這一碰到馬糞，就……就燒起來了。」

這事也確實是下頭人沒做好，管事只恨那些驢腦子，怎麼一個個這樣不成器，現在可是將他都拖累進去。

顧修之又看了眼地上血肉模糊的死馬，都成這個樣子了，哪還查得出什麼？

他拉了顧妍趕緊離開，免得沾染上血腥氣。

「二哥不覺得太巧了嗎？」女孩的聲音平穩，眼中亦是十分平靜，絲毫未受方才之事影響。

顧修之覺得她的膽子真是越發大了。

「巧不巧都是這樣了，能怎麼辦？」

他無奈地搖搖頭，心裡也在奇怪，這一連串到底是誰的手筆，目的又是什麼？

為了陷害顧媛？一個刁蠻任性的小姐，縱然多數時候不招人待見，又哪裡值得出這樣的陰招？這是將人往死裡逼啊！

先不說消息一旦傳出去，那顧媛就臭名遠播了，姑娘家名聲完了，這輩子也不好過了，但看顧二爺要怎麼處置這件事，便已經足夠棘手。

賀氏子嗣艱難，顧二爺多年未有子嗣，好不容易妾室有個孩子，還是個男孩，卻以這樣的方式，一瞬間都沒了，偏偏還涉及到親生女兒，這讓顧二爺如何決斷？

手心手背都是肉，他難道就不會心痛？

而事實上，顧二爺確實心疼極了。

他怔怔地望著床榻上靜靜躺著的秦姨娘。她換了身乾淨的衣裳，額髮已經被汗水浸透了，手指緊緊抓著被單，檀口微張，眼睛還睜得大大的，滿是痛苦又不甘的樣子。

秋霜告訴他，孩子生下來的時候，秦姨娘看了一眼，便崩潰了。

渾身血淋淋的孩子，手腳口鼻都沒有長好，沒有一點點的呼吸，就這麼舉到她的面前，秦姨娘一看就昏厥過去，隨後也嚥氣了。

顧二爺只覺得渾身冰涼，緩緩俯下身子坐到床沿。

他仍然難以置信，昨日還與他說著要去普化寺燒香，為他求一個平安符，保佑他事事平安順利，全心全意為他，溫柔又易滿足的女子，如今就這麼冷冰冰地僵了身子，死不瞑目。

他這一刻想到的，竟全是在濟北時，與秦姨娘的點點滴滴。她陪在他身邊三年多，料理他的起居飲食，又為他孕育子嗣，若說沒有感情，又怎麼可能？

雖然她的存在，時時刻刻提醒著他，自己對賀氏諾言的背棄，可這個永遠都是以他為先、凡事順從他的女子，又和賀氏那樣不同，那樣讓他憐惜……

顧二爺沈默不語，輕輕合上她的眼，握著她冰涼的手，坐了好一會兒，沒人敢打擾。

沈嬤嬤親自來了，行禮道：「二爺，老夫人請您去一趟，說一說三小姐的事。」

顧二爺沈默，又看了看秦姨娘，才跟著沈嬤嬤去了老夫人那裡。

安氏去處理外頭的事，而論親疏遠近，四房到底是談不上的。于氏心知肚明，在這事上她不好插嘴，老夫人也不希望她留在這裡，便自請了退下，因此顧二爺到時，除卻老夫人，也只留了顧媛與賀氏而已。

賀氏瞧他冷著臉進來，恭恭敬敬對老夫人見了禮，卻連一眼都未曾看她們母女倆，這顆心霎時冷了大半。

夫妻這些年，又是青梅竹馬自小一起長大的，她又怎會不知道，顧二爺這是動真怒了。原先還打算著，若二爺願意為媛姊兒開脫，說上一、兩句，那麼媛姊兒興許也就沒事了，現在看看，根本是她想太多。

那個小賤人死了，肚子裡的小賤種也死了，他要難過死了吧！那女人生的是他的孩子，難道媛姊兒就不是了？多年夫妻情義，到了如今這個地步，究竟是怪誰呢？

她自認相夫教女，侍奉長輩，除了沒為顧二爺生個兒子，哪裡做得不好？男人三妻四妾雖是正常，然她和顧二爺自幼便有情分……若不是他違背他們之間的約定在先，在外頭有了那鶯鶯燕燕，他們如今都會是好好的！

都道是負心漢薄情郎，癡心女子斷人腸，千錯萬錯，都是出在他的身上啊！

賀氏憋了大量的淚在眼裡，婆娑地遙遙望向上首的老夫人，觸及到的也只有那不近人情的目光。曾經將她視若親女的姑母，後來對她寬縱包容的婆母，到如今，都那樣不待見她了。

老夫人一直想要一個像二爺的孫子，如今好不容易就要盼到了，卻恰恰出了岔子，她又怎能不恨，怎能不怪？

賀氏潸然淚下，緊緊抱著顧媛顫抖的身體。她現在只有女兒了，只有女兒是站在她這邊的，她無論如何也要保住媛姊兒！

老夫人慢慢倚靠到身後的真紫色大迎枕上，又扶了扶頭上的松綠抹額，淡淡說道：「三丫頭做了什麼，你自己問吧。」

稱呼已是從媛姊兒，變成了三丫頭，這其中包含什麼意味，再清楚不過。

顧媛身子一僵，下意識就抬頭看了看賀氏，賀氏便微微搖頭，也不知是在告訴她不要怕，還是在提醒她什麼都不要承認。

顧媛這才花了一張臉朝顧二爺看過去，啞聲喚道：「爹爹……」將將兩個字吐口，又哽住了喉，再也說不下去。

顧二爺神色複雜地看著自己這唯一的女兒。明媚的五官，大多隨了賀氏，那兩道細短的娥眉，卻是像極了他。

顧家人的樣貌，無論男女，皆偏柔美，這兩道細眉，讓他的面相看著溫和，卻沒有改變女兒什麼。細想來，女兒的性格、行事，其實都與他大相徑庭。

早年耽於公務，沒有過多時間教養孩子，後來外放濟北，更是與妻女少有聯絡，顧媛不像他不足為奇。他本以為能夠趁著顧媛年歲還小，以後悉心教導……然歪了根的樹又豈是這樣容易扳直的？

顧二爺長長嘆了聲氣，終究將目光落在顧媛身上。「媛兒，妳好好說，究竟是怎麼回事？」

怎麼回事……她現在也迷糊了，不就是踢了下車輪子嗎？她以前也不是沒有踢過，從沒發生這種事。可秦姨娘都死了，她弟弟也死了，她的手上沾了血。

不不不，怎麼會呢？與她才沒關係呢！

「爹爹，爹爹，與我無關，我什麼都沒做！都是馬的問題，要不就是那車的問題，我什麼都不知道的……」顧媛將頭搖得好似撥浪鼓。她連連擺手，像是要將所有的事都甩開。

顧二爺皺著眉，沈聲又問：「媛兒，妳只需回答我，到底怎麼回事？」

見爹爹面容都嚴肅起來了，顧媛嚇得眼淚直掉，又轉過頭去看賀氏，見賀氏搖頭，又欲將自己撇清。

顧二爺頓感無力。「我問妳話，妳看妳母親做什麼？這麼大個人了，妳做了什麼，難道還說不清楚嗎？媛兒，妳已經不是小孩子了。」

每個孩子，大約都會對父親有著天生的孺慕崇拜，希望自己在父親眼裡是那麼優秀，讓父親能夠感到與有榮焉。因此那樣失望的語氣，像是利刃寸寸剜著顧媛的心。

現在的父親，是要放棄她了嗎？

顧媛睜著大大的眼睛，尖叫了一聲，竟是在高度的精神緊張與刺激下，暈厥了過去。

賀氏嚇了一跳，抱著顧媛軟綿綿的身子大叫，隨後便滿眼怨懟地看向他。「顧崇琬，媛姊兒是你的女兒，你怎麼狠得下心！」

她放下顧媛就要衝過去找顧二爺拚命，顧二爺雖是文人，卻怎麼也是個男子，賀氏一介弱質女流，哪裡拚得過他？

顧二爺擒住她的手，大大地皺起眉頭。「妳別像個潑婦行不行？」

「你現在嫌棄我了？你早就嫌棄我了是不是？我什麼樣你不清楚？你清楚了當初又何必娶我！你……」賀氏怒氣攻心，眼睛一瞪，身子又軟軟地倒了下去。

「二夫人！」沈嬤嬤趕忙喊道，掐著賀氏的人中。等賀氏幽幽醒來，卻再沒有之前那張牙舞爪的力氣了。

老夫人狠狠敲了敲炕桌，几面上的茶具叮噹直響，沈嬤嬤知道老夫人是氣了，忙領著人將賀氏和顧媛帶下去請大夫，空蕩蕩的廳堂裡，也就留了他們兩母子。

顧二爺神色定是難看的，老夫人同樣面沈如水。

「老二，媛姊兒要如何，你且給個說法吧，她畢竟是你的女兒。」

在官場上八面玲瓏的顧二爺，這一刻，又沈默了。老夫人不逼他，有些事，也只有靠他自己去想。

然而這時安氏匆匆趕了進來，都顧不得請安了，急急說道：「母親，外頭已經傳開了！說顧三小姐心狠手辣，殘害庶母、胞弟，人人都在議論呢！」

老夫人只覺得耳裡嗡嗡作響。她一拍桌子站起來，然而身子又不穩地晃了晃，指著安氏就罵。「妳是怎麼封口的，說成是一場意外不就是了？怎麼連這點小事也做不好？」

這種話傳開來，顧家辛辛苦苦經營的名聲，老二的仕途，就通通完了！

這樣一輛馬車跑出去橫衝直撞，又有人從車上拋墜下來，隨後都被帶回長寧侯府，這是大家都有目共睹的，長興坊的人難道都是瞎的不成？

既然發生了，自然是要給個交代，而安氏的法子，便是對外宣稱這是一場意外。

當時在場的全是侯府中人，深知一榮俱榮，一損俱損，哪怕是為了自己，他們也絕不會多透露半個字，如此外人不知內幕，至多便唏噓感慨一番罷了。

計劃如此美好，卻失了先機。安氏還沒將她的說法傳出去，另一種說法卻已經率先傳開了。

安氏也覺得氣悶，這會兒已經焦頭爛額，怎麼破事還越來越多？讓她查出來是哪個人散布謠言，看她怎麼收拾！

安氏狠狠吸了口氣，道：「母親，都是媳婦的錯，容媳婦去查一查怎麼回事。」

眼下，安氏也只能先認了再說，老夫人也不過就是想找個人發洩發洩而已。

顧二爺抬起眸子，臉上露出一抹堅決。「母親，事到如今，媛姊兒不能姑息了。」

先前猶猶豫豫，不過就是在想，這事的前因後果。失去了兒子和秦姨娘他很難過，卻也沒有到神志不清的地步。

他所知曉的一切都是出自他人之口，這種千篇一律的說詞他實則不十分相信，他更想聽聽顧媛是怎麼說的。方才連番詢問，本想從顧媛口中探詢此事的蹊蹺之處，然而那不爭氣的卻連這個機會也不給他。他也是個俗人，對親生女兒總是會有些偏愛的，哪怕在方才一刻，顧二爺都有種想要為其開脫的衝動，可現在，卻不同了。

後續道路被阻斷，是對是錯，功過與否，都沒有意義了，你藉口說不，人家便會戳著你的脊梁骨說你狡辯；你不解釋，人家就會說你作賊心虛，偏袒自家人。怎麼做怎麼說都是錯，這時候，總得要有人站出來一把扛起。哪怕是冤大頭，一人與一個家族相比，根本算不了什麼。顧媛究竟無不無辜，也不是那麼重要了。

女兒？

顧二爺冷笑一聲。惹出這些麻煩，整個顧家都會受影響，先不論她自己，明日他便有可能被御史彈劾管教不力。

一屋不掃，何以掃天下？他那些政敵，正虎視眈眈地盯著他出錯呢，如此好的機會哪能放過？有這樣害自己父親的女兒，他可消受不起。

老夫人瞇著眼，重重點點頭。「三丫頭這性子太急躁，得要好好靜心養性了。」她似乎是瞇著眼睛想了許久，才道：「清涼庵的妙慧師太，精通佛法，三丫頭跟著她，也能學到許多。」

安氏愣了愣。

清涼庵是景山西面半山腰的一座庵堂，百年前倒也是個香火旺盛的地方，然而如今早已沒落，寺廟破敗不說，更是杳無人煙，如今大約只有妙慧師太和一、兩個小比丘尼勉強支應著門庭。

送顧媛去那裡，以她大小姐的脾氣，簡直是要了她的命！不過，這人自己作怪，怪得了誰？修之的婚事都被耽誤了，她難道還要對顧媛感恩戴德？

安氏點點頭，便躬身退了下去。

老夫人看著顧二爺陰沈的臉色，不由問了起來。「你在朝堂上……」

顧二爺忙打斷她的話。「母親，這些便不要問了。」

老夫人心下了然，對顧媛的怒氣陡然又深了幾分。

這樣一來，這個女兒也就形同虛設了。老夫人不由覺得自己對不住兒子，因顧忌著賀氏的感受，一直沒給老二納妾，這些年膝下空虛不說，好不容易有了個兒子，說沒就沒了。

可念到這裡，突然又想起被她關在碎芳樓的玉英了。雖是個下賤的婢子，好歹也是懷了老二的骨肉……

老夫人總算欣慰了些，計算著是不是該將玉英放出來，好好養著胎，若能一舉得男，那隨便抬個姨娘也不是什麼大事。

沈嬤嬤突然面色古怪地進來，福了身道：「老夫人，大夫診出，二夫人已經有了兩個月的身子……」

老夫人和顧二爺的面色陡然都凝重起來。

「當真無誤？」

「確實，大夫還說，二夫人年紀大了，情緒又不穩，得萬分小心。」

顧二爺閉了閉眼。十多年未曾有過動靜，卻偏偏在這個時候，本該是好事，如今卻是更大的麻煩。

他們都打算將顧媛送去清涼庵了，賀氏哭鬧無所謂，可如今她有了身子，又要顧及她的感受。

賀氏會願意放顧媛去庵堂？答案當然是否定的！

夜色漸濃，皎月升起，府裡頭的熱鬧總算平息下來。

顧妍梳洗完了，正坐在床頭看著一本傳記，忍冬便在旁替她挑著松油燈芯。

青禾微微喘著，掀開簾子進來，面色還帶著酡紅，忍冬倒了杯茶給她，青禾連連擺手不肯接，顧妍便笑道：「先喝了，喝完慢慢說。」

青禾這才受寵若驚地一口氣喝完，福身謝過，然後將自己打聽到的事言簡意賅地說出來。「外頭都傳瘋了，青禾出了府，聽到的全是說顧三小姐的事，要不便是說侯府的教養不好，總之沒一句好話。世子夫人在查是誰說出去的，最後落到秦姨娘身邊的素月身上。」

顧妍心道一句：果然，素月當時急匆匆地去追，沒人想著攔住她，而安氏平日裡威信有餘，倒不用擔心下頭人反抗，這唯一的漏洞就這麼遺落出去。

「那素月人呢？」

青禾搖頭道：「不見了，自出事之後便再沒見她露面，世子夫人還差人去將素月的賣身契翻找出來，誰知，那素月根本沒有賣身契，竟是秦姨娘直接留在自己身邊伺候的。」

這樣一來，哪怕是想通過官府將這人揪出來，也沒辦法了。

這種不明不白的人，要出現在侯府是極困難的，素月卻能避開耳目，光明正大在眾人面前露面，確實是有幾番本事。

顧妍不由越來越好奇素月的身分。她手指輕輕扣著書冊的扉頁，又問道：「二伯母和三姊那裡如何了？」

「二夫人先前氣暈了，鄒大夫說，二夫人有了身子，動不得氣，至於三小姐，被罰去跪祠堂了。」

顧妍合上書頁，讓忍冬放回原處去。如前世一般，賀氏還是有孕了，且來得這樣及時。

無論顧二爺或是老夫人怎麼想，賀氏到底還是顧二爺的原配夫人，她腹中的也是顧二爺的血脈，更是最重要的嫡子，在這時候，如何也得先照顧到賀氏的情緒才行，顧媛算是好運逃過一劫，否則……那清涼庵苦寒的日子，她至今可都還歷歷在目呢！

來。

顧妍擺擺手。「都下去吧。」

二人都退下，忍冬則歇在外間值守。

床頭一盞小燈光線微薄，顧妍平躺在床板上，望著頭頂青碧色的承塵，看著看著就笑起

若不是賀氏突然被確診了身孕，顧媛也就相當於被拋棄了。再受寵又如何？真的到了生死存亡的關鍵時刻，再寶貝、再上了心的人，在他們眼裡，不過是一顆棄子，無用時隨意丟到一邊，任其自生自滅，這種被鐫刻在骨子裡的自私冷血，才是顧家人的本性。

她看了看自己嫩白的手，無聲地笑了笑。

看來，她並不是一個合格的顧家人。

——未完，待續，請看文創風502《翻身嫁對郎》2

為流浪貓狗加油 和貓寶貝 狗寶貝 廝守終生(一定要終生喔！)的幸福機會

對人來說，貓寶貝狗寶貝只是生活的一部分，但妳（你）對牠們來說，卻是生活的全部，領養前請一定要考慮清楚——

▲ 隨和又可親的毛小孩　曉舞

性　　別：女生
品　　種：西施
年　　紀：約7～8歲
個　　性：熱情活潑，喜歡與人互動
健康狀況：收容所領出時已完成結紮與年度預防針、通過四合一檢查、2016年8月血檢正常
目前住所：新北市新店區

本期資料來源：台灣認養地圖

『曉舞』的故事：

曉舞原是被好心民眾發現送至收容所，所方聯絡到原飼主後，卻得到「不擬續養」的回覆。那時的牠，外觀並不討喜，加上所方備註的資料，讓牠遲遲得不到關愛。後來，中途在被朋友説動及幫忙之下，就決定將牠帶離收容所。曉舞在中途家生活時，完全好吃好睡，也很活潑，唯獨在照顧上需要費點心思。

經過一連串詳細檢查，曉舞有通過四合一檢驗，無感染；做血檢，也顯示一切正常，是個健康的小朋友，只是有皮脂漏和乾眼症。由於先前生活條件不佳，導致曉舞有皮脂漏，需每3、4天洗一次澡，建議戴頭套避免啃咬；而雙眼的乾眼問題，需早晚清潔並點眼藥水，避免惡化。另外，曉舞的後腳也有輕微膝關節異位，但完全不影響日常生活。曉舞在正常情況下，無須就醫服藥，只要給予均衡的營養、乾淨的生活空間及勤勞的洗澡即可。

曉舞的個性很好，和人、狗的互動都沒問題；牠也不太挑嘴，即便是乾糧，都能在短時間內一掃而空；此外，牠也是個很快能融入新環境的孩子，很好相處，現在，就等有緣人出現。若您想當曉舞的有緣人，請來信u811825@yahoo.com.tw或致電0922-627-796（毛小姐），或臉書私訊：Joan Mao。

認養資格：

1. 認養者須年滿20歲，有獨立經濟能力，
   並考慮清楚自身未來的狀況。
2. 須同意簽認養寵物切結書。
3. 同意送養人日後之追蹤探訪，對待曉舞不離不棄。
4. 不可長期關、綁著曉舞，限制其活動，亦不可隨意放養。
5. 請準備好曉舞的生活必需品，以及請支付醫療費用3000元
   （含全套血檢、驅內外寄生蟲，和皮膚、眼部相關用藥）。
6. 讓曉舞每年施打八合一及狂犬疫苗，每月按時服用心絲蟲預防藥。

來信請説明：

a. 個人基本資料：姓名、性別、年齡、家庭狀況、職業與經濟來源等。
b. 想認養曉舞的理由。
c. 過去養寵物的經驗，及簡介一下您的飼養環境。
d. 若未來有當兵、結婚、懷孕、畢業、出國或搬家等計劃，將如何安置曉舞？

翻身嫁對郎 1

國家圖書館出版品預行編目資料

翻身嫁對郎 / 方以旋著. --
初版. -- 臺北市 : 狗屋, 2017.03
冊 ; 公分. --（文創風）
ISBN 978-986-328-702-5（第1冊：平裝）. --

857.7　　　　106000360

著作者　方以旋
編輯　黃鈺菁
校對　黃薇霓　林安祺
發行所　狗屋出版社有限公司
地址　台北市104中山區龍江路71巷15號1樓
電話　02-2776-5889～0
發行字號　局版台業字845號
法律顧問　蕭雄淋律師
總經銷　知遠文化事業有限公司
電話　02-2664-8800
初版　2017年3月
國際書碼　ISBN-13　978-986-328-702-5

本著作物由起點中文網（www.qidian.com）授權出版

定價250元
狗屋劃撥帳號：19001626
網址：love.doghouse.com.tw　E-mail：love@doghouse.com.tw